KB270438

북파
공작원 下

북파 공작원(下)

1판 1쇄 인쇄 2002년 12월 10일
1판 1쇄 발행 2002년 12월 20일
2판 3쇄 발행 2024년 1월 20일

지은이 강평원
펴낸곳 도서출판 선영사
주소 서울시 마포구 동교로12길 21 선영사
전화 02.338.8231 팩스 02.338.8233
E-mail sunyoungsa@hanmail.net
등록 1983년 6월 29일 제 02-01-51호

편집 주간 장상태
펴낸이 김영길
제작 팀장 김범석
본문 일러스트 김종수
표지 디자인 이용인

ISBN 89-7558-098-9   03180

북파공작원 下

강평원 지음

HID (Higher Intelligence Department)
AIU (Army Intelligence Unit)
UDT (Under Demolition Team)

추천사의 글

한국소설가 협회 회장 정을병

한국 근대사의 뼈져린 리얼리티가 살아 있는 글

강평원 작가의 글은 한마디로 황량한 벌판을 달리고 있는 야생의 들소 같은 힘이 있다.

문장이, 문맥이, 주어와 술어의 매치를 분석해 따지는 것은 부질없는 짓이다. 그의 작품에서는 문학성을 보기보다는 글의 힘을 눈여겨보아야 한다.

대테러부대원의 양성훈련과정에서 저질러진 인권유린 현장과 훈련을 끝내고 한민족간에 적이 된 북한 특수부대가 우리에게 가했던 테러를 테러로 보복한다는 내용은 노벨상을 탈 수도 있는 인권유린 현장을 고발한 책이 될 수 있을 것이다.

입영하는 동네형을 환송하러 논산훈련소까지 동행한 작가는 현지에서 18세 소년의 몸으로 자원 입대하여 훈련을 끝내고 자대 근무 중 하사관학교에 강제 차출되어 교육 수료 후 휴전선 경계사단 소총부대 분대장으로 근무 중 또다시 테러부대 양성소에 강제 차출되어 기독교와 불교 신자 동료들과 함께 인간병기가 되어 악의 화신이 될 수밖에 없었던 순간들을 진술하게 써 놓았다. 테러의 현장에는 선과 악의 경계도 존재치 않았다는 저자는 이 작품을 통해 이러한 민족간에 저질러졌던 아픔조차도 따뜻한 시선으로 보듬어 안고, 인간의 근원적인 삶에 대하여 우리 앞에 주어진 현실에 대해서 준엄한 질문을 던지고 있고, 관념보다는 인간 존재에 대한 성찰을 우선하고 있다.

한국 문단에도 앞으로 강평원 작가처럼 "글 힘이 있는 작가"들의 또 다른 탄생을 기대한다.

글쓴이의 말

　책 속에 많은 비어(卑語)들이 기록되어 있다. 그것은 번지러한 헌사(獻詞)만 난무하는 세태 가운데서도 살아나는 건곤일척이 되는 욕이 우리 가운데 꿈틀거리고 있기 때문이다. 도대체 욕이란 뭐길래 우리 일상사에 사용되는가?

　인제대 민속학과 김열규 교수님은 욕 좀 하고 살자며, 우리 나라 욕을 찾아다니면서 글을 쓰시는 분이다. 우리 일상사에 욕은 잘못 쓰면 독이 되고, 잘 쓰면 친구도 생긴다. 다만 전자이든 후자이든 간에 우리는 욕 속에서 산다.

　필자가 쓴 책들 속에서 비어들에 대하여 저속 언어라고 탓하는 독자가 있을 것 같아 욕을 이해할 수 있는, 또한 욕을 쓸 수밖에 없는 이유를 말하겠다.

　인간이 살아가는 삶의 현장에서 욕은 빼놓을 수 없다. 특히 각 지역에서 모여든 군이라 하는 특수 집단에서는 더더욱 그러하다. 그 현장을 기록하는 글을 쓰면서 시어(詩語)처럼 아름다운 문체를 쓰면 현장 실감이 없어 재미가 없을 것이다.

한국인은 군소리를 하면서도 욕을 한다. 그런가 하면 남을 혼내면서도 욕을 한다. 전자는 돌아앉아서 궁시렁거릴 것이고, 후자는 맞대면한 채 노기 충전할 것이다. 한국인은 비두발광, 입에서 거품을 물고 머리카락이 곤추선 채로 아귀다툼의 욕판을 벌이는가 하면, 엄한 질타를 할 때도 욕이 한몫 거들게 한다.

이렇게만 보아도 욕이란 게 도무지 종잡을 수 없이 엎치락거림을 헤아리게 된다. 이것인가 하면 저것이고, 저것인가 하면 이것이다. 이쯤 지적한 것만으로도 욕이란, '변덕이 죽 끓듯 한다'라는 말을 들어도 쌀 것 같다.

그러나 우리 일상사에 욕이란 꼭 없어서는 안 될 일이다. 그야말로 창피를 주고 무안을 주어 남을 욕되게 하는 욕이 있는가 하면, 서로 터놓고 허물없음을 과시하는 사교성 짙은 욕도 있다. 오죽하면, '욕친구'란 말이 있을라고.

싸움판이 연상되는 대화에서만 욕이 주고받아지는 것이 아니다. 전라도 영암의 농악패는 저희끼리 패싸움으로 욕판을 벌인다. 경상도 영산의 고싸움은 먼저 욕싸움부터 해서 불을 댕긴다. 흥부놀부전이나 김해 오광대 등 마당놀이에는 질펀한 욕이 들어가야 재미있다. 심지어 혼례조차 신랑패를 욕해대는 신부패로 해서 잔치판답게 질퍽해지곤 한다. 이들 보기는 절묘하게도 놀이를 한답시고는 욕싸움을 벌이는 꼴을 보여 주는 한편, 명색이 예식을 치르는 사람들임에도 불구하고 욕지거리를 서슴지 않는 모습을 보여주고 있다.

인류학은 이것을 '의례적 모독'이라고 부른다. 이쯤되면 욕판은 사뭇 어지럽다. 핏대를 올리는 곁에 낭자한 웃음이 있고, 저주해 마지않는 악담, 지적에 불호령의 가르침도 있다.

모욕을 당해서 얼굴 붉히다가도 익살 때문에 얼굴이 환해지기도 한다. 그런가 하면 꾸중이고 타이름인 욕도 있다. 핀잔의 악담이 있는가 하면, 훈계하는 따가운 매질 같은 욕도 있다. 가르침이 욕이라니 참 희한하다.

그러니 욕이란 것이 외가닥일 수도 없고 단색일 수도 없다. 모양새가 까탈스럴 것이고, 그 울림이 번잡할지도 모른다. 그러기에 욕을 욕이라고만 하지 않는다. 욕설이나 욕지거리 따위는 욕의 별명이지만, 쌍소리나 악담 또는 험담으로 고쳐 부르는 욕도 있다.

패악질·악다구니·악장치기·악악거림, 이들은 모두 욕판에 붙은 다른 이름이다. 오죽하면 농담도 욕과 겹쳐질라고! 욕이란 참으로 까탈스럽고 까다롭다. 말귀가 쉽고 표현(언어 구조)이 단출한 데 비해서는 어지간히 난장스러운 게 그 쓰임새며 기능이다. 또 그 현장이다.

욕설을 단순히 일상적 언어 행위의 범주를 넘어선, 퍼포먼스로 간주할 기틀이 바로 이 점에 있다. 왜냐 하면 전통과 문화 유형으로 비춰볼 때 사회성·계층성, 그리고 인간 관계에 이르기까지 일정한 볼거리들이 거리가 있는 극적인 행위로써 치러지고 있기 때문이다.

'굿이나 보고 떡이나 먹자'고 할 때 그 굿만한, 아니면 '야단굿 났다'고 할 때의 '야단'만한 사건성을 갖춘 게 욕판이다.

우리들의 대표적인 놀이판이자 퍼포먼스인 각 지역 탈춤에서 부분적으로 말싸움과 욕지거리가 들어가는 연극을 참조해도 좋을 것이다.

그러니까 욕에 색깔이 있다면 잡색이다. 욕에 모습이 있다면 구미호 백여우처럼 요상하게 둔갑할 것이다.

욕의 성질을 따질 때, '더럽다, 험하다, 상스럽다'고 하는가 하면, '모질다, 지독하다, 야멸차다'고도 한다. 그런가 하면, '걸죽하다'에서 '익살맞다'까지 각양각색임은 너무나 당연하다. 개개인을 느낌과 표현은 같을 수가 없다. 하다 못 해 '그 사람 입이 걸다'고도 한다.

'씹(성교의 비어)할 놈 자석' 하면 욕이다라고 하지만, 실제 욕은 '씹 못 할 놈'이 욕설이다. 씹(연애, 빠구리) 못 하면 고자이거나(내시) 성불능 1급 장애인이다. 남자들 장애는 따지고 보면 성교를 할 수 없는 자가 1급 장애자이다. 너무 많아 장애 연금 주기 싫어서다(×도 모르면서)…….

필자의 군생활 때는 구타가 심했는데, 지금은 구타가 없어

져서 이 책 속의 비어들보다 지금은 아마도 더 많은 욕을
사용할 것이다.

저자 강평원

프롤로그

　며칠 전 해군 특수 부대(UDT)에서 근무하고 전역한 사람들이 집회를 하였다. 그 동안 많이 알려진 육군 특수 부대 출신자들의 보상법이 확정되어 근무 기간을 차등으로 하여 일괄 보상이 이루어진다는 소식을 접하고, 상대적으로 덜 알려진 해군 특수 부대 출신 전역자에게도 같은 특별법을 적용해 달라는 집회였다.

　1999년 6월 25일, 필자는 《병영 일기》 상하권을 출간하였다. 월남전에서 미국에 의해 무차별 뿌려진 고엽제 후유증으로 수많은 참전 용사들이 제대로 치료와 보상이 이루어지지 않고 있다 하여 집회를 하고 있을 때였다.

　그 시기에 휴전선 철조망 작업을 하면서 시계 불량 제거를 위하여 맨손으로 뿌려 병든 휴전선 고엽제 환자들은 무슨 병인 줄도 모르고 고생하였으며, 대다수 국민과 군 역시 고엽제가 뿌려진 사실도 모르고 있을 때 《병영 일기》 하권 184페이지에 수록한 내용을 읽고, 모 신문 기자가 미국까지 추적하여 1999년 11월 19일자 〈중앙일보〉 사회면에 특종 보도되어 알게 되었다.

한국 국방부 대변인과 미국 대변인은 살포 사실이 없다고 부인하는 것을 보고, 필자가 국회 국방위 소속 국회의원 사무실에 전화를 하여 《병영 일기》에 수록한 사실을 알려주면서 진실을 밝혀달라 하였더니, 며칠이 지난 뒤 한미 국방부 대변인들은 살포 사실을 인정하게 되었다.

국회 의사당 김종위 국회의원 사무실에 가서 월남 고엽제 진상위원회 장을기 회장과 만나 특별법 재정을 해 줄 것을 요구하여, 휴전선 고엽제 환자도 월남 고엽제 환자와 똑같은 법을 적용함으로써 필자는 중도금을 받아 현재 매월 315,000원의 보상금과 보훈 병원에서 무료로 진료를 받고 있다.

이 책 역시 휴전선 고엽제 살포 기간인 1968년부터 1970년 사이에 벌어졌던 남과 북의 테러 사건을 다룬 책이다. 지난 5월에 원고가 탈고되어 원고 송부 후 2일 만에 모 출판사와 출판 계약이 이루어졌다.

《쌍어속의 가야사》가 5일 만에 계약이 이루어진 뒤 처음이다. 그런데 7월 초순에 출판하기로 하였으나 출판 날짜가 임박하여 출판이 어렵겠다는 연락이 왔다. 출판사에 가서 그 이유를 물었으나 구차한 변명만 하므로. 원고를 회수하여 왔다. 그래서 신문사와 대형 출판사에 송부하였으나 많은 관심을 가지면서도 뜸을 들였다. 그러던 중 9월 29일 대북참전연대 설악동지회(HID) 회원들이 격렬한 집회를 하자 원고를 반송하기 시작하였다.

첩보 활동인 HID보다 더 상급인 테러 부대 훈련 과정과 특파 작전 기록이 너무 리얼리티하여 국정원에 원고를 보내 수정할 곳을 지적받아서 원작에 크게 훼손시키지 않는 범위의 교정을 함으로써 출판하자는 뜻을 받아들여 출판윤리위원회에 원고를 보냈다. 그리하여 수정된 원고를 여러 출판사에 보냈는데, "19세 이하까지도 구독할 수 있는가?" "원고를 수정하든지, 19세 이하 청소년에게 판대 금지 문구를 표지에 삽입하면 출판하겠다"는 답신들이 왔다. 따라서 필자는 3번을 수정하여 다시 한 출판사를 택해 계약했다. 그때 관할서 정보과 요원에게서 출판에 대한 문의가 왔다. "어느 출판에서 출판하느냐?" 전화 번호까지 알려 해서 가르쳐 준 뒤 2시간 만에 출판 불가 통보를 받았다. 그래서 출판이 어렵겠구나 포기한 상태였는데, 10월 서울 MBC TV의 PD수첩에서 대북참전연대 소속 회원들의 증언과 훈련 과정을 방영하였다.

필자도 보았는데, 몇몇 증언자들의 증언이 엉터리였다. 이를테면 휴전선 철조망이 완공된 후 북한이 특수 부대를 육로로 남파시켜 게릴라전을 할 수 없게 됨으로써 1970년부터 테러 부대도 활동이 중단되었고, 우리 부대도 해체해 버렸다. 실미도 공군 특수 부대도 북파가 되지 않자 1971년 실미도를 탈출하여 버스를 탈취, 청와대에 대통령을 면담하려다 군경 제지를 받고 영등포 유한 양행 앞에서 수류탄 자폭 사고를 낸 것이다.

박정희 전 대통령도 화면에 나왔지만, 왜 특수 부대를 만

들어야 했는가? 그 점의 전달이 미약하였다. PD수첩 방영이 끝난 다음날부터 각 출판사로부터 계약을 하자는 전화가 오기 시작하였다. 계약서를 작성 중에도 계속하여 다른 출판사에서 연락이 왔으므로 김해로 오면서 비행기 안에서 휴대폰을 꺼 버렸을 정도였다. 이후 두 군데서 연락이 왔으며, 전자 출판사에서조차 연락이 왔다.

사장될 뻔한 원고가 정치적으로 민감한 특수 부대 훈련 과정을 시사 프로에 과감하게 방송됨으로써 이 책도 출판하게 된 것이다. 집회 때마다 인권 유린 현장 책임자 처벌도 요구하였는데, 이 책을 독자들이 읽음으로써 말로만 듣던 특수 부대의 인권 유린 교육을 알았을 것이다.

테러 부대는 HID 부대와 달리 기록을 남기지 않는다. 필자가 근무 부대에 가서 기록을 열람하였지만 아무런 흔적도 남아 있지 않았고, 국방부 상훈과에 질의하였지만 기록 그 자체가 없었다.

필자와 같은 테러 부대원들은 여타의 단체나 언론에서 단

한 번도 거론되지 않았던 대북 테러 활약을 한 것이다. 이전, 다른 어떤 특수 부대원들보다 몇 배나 힘든 교육을 끝내고 작전을 하였다. 그렇지만 기록이 없어 적절한 보상을 받기 어려운 것이다. 그 동안 발표되었던 어떠한 기록 내용보다 이 책의 내용이 진실성이 있을 것이다.

끝으로 정치적으로 민감한 부분이 수록된 원고를 용기 있게 출판해 준 도서출판 선영사 대표 김영길 님을 비롯해 임직원 여러분께 감사 드린다. MBC PD수첩 제작진에게도 감사 드린다. 이 책의 내용은 34년 전에 남과 북의 최고 통치자들의 권력욕에 희생된 이 땅의 젊은이들의 슬픈 이야기일 뿐이다.

2002년 11월
김해시 장유문화원 창작 실에서
저자 강평원

OHC 북파 공작원
— 상 —

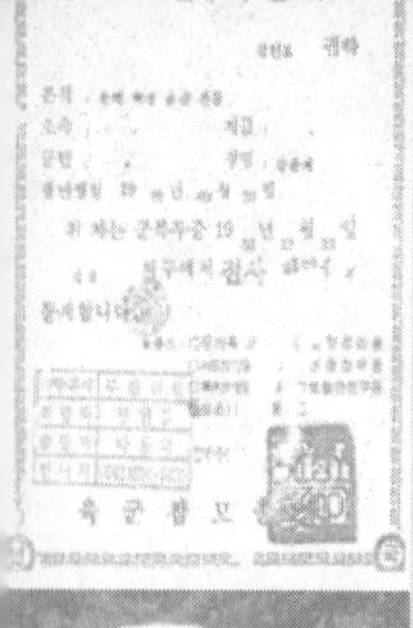

OHC 부대의 해산

악발이 양성소

나의 시국관

OHC 특파·공작원

우울한 귀환

특수 대원들은 상황에 따라서 개인의 육감으로 행동할 것인가, 본능처럼 행동할 것인가를 고민하게 될 때는, 테러 요원이라면 본능을 믿어야 한다. 고민하면 공포가 엄습한다. 공포는 인간의 최대 약점이다. 그러나 한편으로는 엄청난 지원군이 될 수 있다. 왜냐 하면 살기 위한 본능이 그때 나타나기 때문이다.

1조인 우리 조는 관측조가 되어, OP에서 5일 동안 우리가 공격할 적의 초소와 막사를 쌍안경으로 관측했다. 적은 낮에는 그다지 활동이 많지 않았고, 차량들이 가끔 나타나 막사 건너편, 우리 쪽에서는 보이지 않는 언덕 아래로 사라졌다가 몇 시간 후에 다시 나타나 어디론가 가곤 했다. 막사와 초소로 오가는 적의 수도 적어 보였고, 우리처럼 전 소대가 매복에 나서지는 않는 듯했다.

하긴 우리 조가 공격했을 때에도 그들은 거의 막사에서 취침 중이었고, 동초와 스피커 부근의 보초뿐이었다. 우리 조는 그들의 보초 교대 간격을 알아내어야 했다. 또 막사 안의 인원수도 알아야 침투조의 작전 계획 수립에 도움이 된다.

OP에서 내려다보기에는 이번에 공격할 막사는 좀 멀어, 야간에는 관측이 용이하지 않았다. 그래서 나는 그들 막사의 출입문이 열리는 순간에 빛이 새어나온다는 점에 착안하여 그때마다의 시간을 기록하게 했다. 나흘 동안 밤새워 관측한 결과, 같은 시간에 문이 열리는 시간이 밝혀졌다.

그들은 오후 8시부터 2시간 간격이다. 아마 동초 교대 시간이었던 것 같다. 출입문에서 불빛이 비친 것은 그네들의 전기 사정이 좋아서였지, 우리처럼 단 한 대의 발전기가 보내주는 전력으로는 포대경으로 보아도 보이지 않았을 것이었다. D데이가 되었다. 이제 우리 조는 그들의 하루 일과를 관측할 결과를 침투조에게 알려주어 작전이 성공하기를 빌었고, 그들도 우리 조와 마찬가지로 비상 식량을 비롯한 각종 무기를 지니고 한밤을 틈타 북방 한계선을 넘어갔다.

나는 그들의 작전 수행의 전 과정을 지켜보고자 하루 종일 OP에서 지내며, 그들과 이 곳과의 교신 내용을 귀담아 들었다. 그들은 무사하게 교두보를 확보하고 정찰병을 보내어 막사 주변 환경을 상세히 정찰하고는 공격하기 좋은 시간을 체크하는 중이었다. 아마 그들도 우리 조처럼 작전 후 철수하기 좋은 새벽 세 시를 염두에 둘 것이었다. 그러나

 북파 공작원

내가 생각하기에는 그들은 우리 조보다 좀더 깊숙하게 자리
잡은 막사를 공격하므로 좀더 이른 시간이 좋을 것 같았다.

또 같은 시간에 공격하면 적의 대비가 있을지도 모른다는
불안감이 들었지만, 그쪽의 상황을 상세히 모르니 어떻게
판단 내릴 수도 없었다. 아무래도 현장의 조장이 더 많은
정보를 갖고 있으니 그의 판단력을 믿어야 했다.

조장한테서 무전이 왔다. 정찰 결과 앞문 쪽에는 동초가
한 명 있으며, 공격팀으로부터 약 30미터 거리가 있고, 은폐
물이 전혀 없는 지형이라 접근이 불가능하다는 것이다.

동초를 제거하지 못하면 막사 안으로 수류탄도 투척할 수
없다.

우리 쪽 인명 피해를 줄일 수 있으나 야간 작전이기 때문
에 내부 구조를 전혀 모르는 상태에서의 작전은 팀장의 작
전 완급에 있다. 그래서 CQB(근접 전투) 훈련을 많이 하였
던 것이다.

우리 팀을 이끌고 작전을 했을 당시, 1차 화력 집중과 2차
지원 화력의 조절을 잘못하여 철수 때 추격조의 반격으로
전멸할 수 있는 지경에 이르렀으나, 남쪽에서 처음 테러전
을 하였기 때문에 무방비 상태에서 우리 측 인명 피해는 전
무한 상태였다. 작전을 끝내고 철수 때 북방 한계선을 넘은
뒤에 그들의 지원 부대가 출동하여 무사하게 귀환한 것이
다. 제2팀의 작전 역시 야간 작전이기 때문에 사물 식별이
어렵다.

방법이라고는 동초를 소음기를 부착한 저격총으로 저격하
는 수밖에 없는 것이다. 또한 뒷문에도 보초가 서성거리는

게 보이니 마네킨이 아니라고 한다. 역시 소리없이 저격해야 된다는 결론이 나온다. 우리 팀이 습격한 후 경계가 강화되었다는 뜻이다.

무엇이든 흐름이 중요하다. 공격의 기회를 잡았으면 거침없이 밀어붙여 적들을 완전히 제압해야 한다. 주간 작전 같으면 전광 석화 같은 식으로 양쪽 문에서 돌격해야 한다. 또 어차피 적 막사 공격이라면 총싸움이므로 총싸움에 필요한 각종 탄창을 점검한 후 동초 제거와 함께 최초 공격 목표를 선정을 하고 전광 석화같이 움직여 공격 흐름을 이용해야 한다. 그러나 실내 전투를 쉽게 보고 진입하다가 실패할 수 있다. 대개 문이 ㄱ자 형식으로 되어 있다.

전방 고지는 10월 말부터 눈이 내렸으나 올해는 아직 눈이 많이 오지는 않았다(1967년 12월에서 1968년 2월까지는 40여 년 만에 제일 많은 눈이 내렸다).

겨울철 개문시 찬바람을 막을 수 있으며, 눈이 쌓일 때를 대비하여 고지 내무반은 대부분 이러한 모형의 출입구다. 혹은 다른 강화문에 의해 막힌 경우도 있다. 이런 경우를 대비하여 제2팀이 다른 문 쪽에서 진입할 수 있도록 준비해 두어야 한다. 정면 출입 실패시 곧바로 2팀이 후문으로 진입하는 것이다.

들어보니 상황이 별로 좋지 않다. 저격을 하면 총구에서 불꽃이 보인다. 야간이니 멀리서도 선명하게 보일 것이다. 앞문과 뒷문의 보초를 동시에 제거해야 된다. 동시에 유탄 발사기로 막사 안을 포격한다. 그 동안 수류탄 투척 거리만큼 전속력으로 접근하여 수류탄 공격을 하면 된다.

나의 머릿속에서 작전의 순서와 완급이 그려진다. 그러나 다시 한 번 더 신중을 기하는 것도 나쁘지 않다. 공격 개시란 급하게 시간을 다투는 것이 아니다. 오늘밤은 청명하여 달빛과 별빛이 너무 밝다는 사실도 염두에 두어야 한다.

마지막 교신은 03시 30분에 작전을 개시한다고 일방적으로 정하고 끊어졌다. 이제 남은 일은 시간이 가기를 기다리는 것이다. 과연 2조의 조장은 앞문과 뒷문의 보초를 어떤 방법을 사용하여 제거할 것인가 무척 궁금하였다.

단도를 던져서 동초를 제거하기는 어려운 것이다. 훈련 때 소양강 가에서 돼지 두 마리를 말뚝에 산 채로 묶어 두고 단도던지기를 하였을 때, 단도던지기 1인자였던 대원도 가까운 거리에서 실패하는 것을 직접 보았다. 그러므로 실제 작전에서는 실패할 가능성이 더 크다.

그때는 주간이었고, 지금은 야간이다. 자세가 중요한데 평지가 아니다. 더군다나 직접 사람한테 던지는 것이고, 처음 작전에 투입되었기 때문에, 불안한 마음으로 던지면 성공과 실패는 반반이다. 뒤에서 끌어안고 목을 따는(성대를 절단) 수밖에 없는데, 들키지 않고 어떻게 접근하느냐이다.

이럴 경우 정문과 후문에 동시 진입을 준비하여 작전을 끝내야 할 텐데 대개 사람들은 문으로 들어올 것을 예상하고 있다.

그리고 공격의 기본은 상대방이 예상하지 못한 곳에서 공격하는 것이다. 일반적으로 지붕이나 창문으로 들어온 것은 적들은 예상하지 않고 있을 것이며, 그리하여 지금 작전에 투입된 조는 정문과 후문 동초를 동시에 제거하고 전광 석화와 같은 밀어붙이기 작전이 유효한 진입 수단인데 무전 교신이 없으니 답답하다. 교신을 자주하거나 오래하면 적들의 주파수 탐색에 걸려들어 우리 측이 당할 수 있기 때문에 공격 시간이 되면 무전기는 꺼 버린다.

시간이 흘러가자 갑자기 불안감이 생기기 시작했다. 뭔가가 잘못될 것 같다는 방정맞은 생각이 떠올라 고개를 흔들었다. 포대경으로 멀리 떨어져 있는 적의 막사를 다시 관측하여 보았으나, 어둠 속에 등화 관제된 희미한 불빛이 렌즈에 쌀톨만하게 맺혔다.

03시 정각. 부대장이 OP에 들어섰다. OP 안의 병사들이 경례를 올리자 OP 안은 꽉 차서 발 디딜 틈이 없다. 서로 포대경을 보려 한다. 작전이 시작되면 파견 나온 포대 병사들은 모든 임무를 5일간 우리에게 넘긴다.

"음 수고한다. 무슨 변화가 있느냐?"

"아직 조용합니다."

"그래 반 시간 남았군. 강하사도 와 있군. 강하사는 오늘의 작전에 무슨 의견 없나?"

"없습니다만, 지난번 저희들의 작전에 피해를 보아 어떤 대비책이 있는가가 걱정됩니다."

"그렇지, 어떤 대비가 있을 거야. 조심해야 할 텐데. 강하사가 갔다면 내가 마음을 놓을 텐데 말이야."

우리는 시간이 가기를 기다리며 테러할 적의 막사를 계속 포대경으로 관찰하였다. 이윽고 3시 30분 정각, 사방은 적막하다. 우리는 호흡하기도 어려울 만큼 긴장하고 있었다. 공격 예정 시간보다 5분이 지났다. 막사의 앞문에서 섬광이

 북파 공작원

번쩍하는 게 보였다. 뒤이어 크고 작은 폭발음이 들려오고 섬광이 계속 번쩍거리다가 다시 캄캄해진다. 총류탄이거나 수류탄에 실내등이 깨어졌을 것이다.

다시 적막감이 돈다. 이윽고 총구에서 일어나는 불빛이 막사 밖이라고 생각되는 지점에서 몇 차례 보이더니 남쪽으로 이동한다. 총구에서 일어나는 불빛이 계속 남쪽으로 이동한다는 건 추적당한다는 표시다. 어디엔가 매복조가 있었던 모양이다. 조명탄이 밝게 산 아래를 비친다. 그러나 우리의 관측 장비에서는 불빛만 보이고 그들의 모습이 보이지 않는다. 그것도 잠시 둔탁한 폭음 소리와 총소리만 들리고 불빛은 관측경에서 사라졌다. 그들은 우리의 시계를 벗어난 모양이다. 부대장의 얼굴이 딱딱하게 굳어진다.

스타라이스코프로 관찰하였으니 무슨 일이 일어났는가 짐작이 가는 모습이다. 즉시 전화기를 들어 우리 대원들이 돌아오는 길목의 초소장에게 전화를 걸어 추격조를 격퇴시킬 것을 명한다. 작전 지역 내 철책선 일대가 비상이 걸린다. 시간이 멎은 것 같다.

나는 무전으로 통문 안쪽에서 잠복 근무에 들어가 있는 박하사에게 무전을 쳤다. OP에 있는 고성능 무전기에 주파수를 맞추고 대기하라. 지휘 본부가 아수라장이다. 곧바로 명령은 바뀐다.

"박하사! 지금 박쥐들이 매의 공격을 받고 있다. 멧돼지들은 이동하라! 즉시 이동하라!"

박하사는 유격조 정하사와 같이 지원 나가겠다고 하였다. 그것은 이번에 정찰을 맡은 박하사 팀이 지리를 잘 알고 있

 북파 공작원

기 때문이다. 산탄총과 기관단총을 무장하고 떠나라고 지시를 하였다. 통문 경계병들과 화기를 바꾸어 가라고 지시한 것이다. 야간 사격은 산탄총이 제격이며, 화력(장탄수가 많은) 지원이 넉넉한 기관단총을 가지고 가라는 지시를 하였다. 왜냐 하면 나이는 어리지만 군번과 하사관 학교 선배인 내가 선임이기 때문이다.

첫 작전을 성공하였기 때문에 당황하는 부대장보다 내가 작전 지시를 하는 것이 정확하다. 통문 쪽에 5분 대기조와 기동 타격대까지 출동 지시를 하고 우리는 침묵 속에 그들의 귀환 신호를 기다렸다. 작전 개시 1시간이 넘었다. 날이 새려면 아직도 시간 반은 걸릴 것이다.

남방 한계선에서 약속한 휴대용 조명탄이 공중에서 터진다. 그들은 돌아온 것이다. 각 GP에서 교란용 서치라이트를 여기저기 밝혀준다. 우리들은 OP를 떠났다. 부대 정문 앞에 가도 그들은 아직 도착하지 않았고, 대기 중인 대원들이 불안한 표정으로 서성거리고 있었다.

위병소에 들어간 부대장이 전화를 다시 철수로의 초소장에게 걸어보더니 침통한 표정으로 담배를 피워 문다. 그 담배가 다 탔을 무렵에 우리 대원이 소리쳤다.

"저기 옵니다!"

어둠 속에서 희미한 차량 불빛이 보이기 시작하더니 다섯 개의 인영만 어렴풋하다. 넷이 보이지 않는다. 우리 측에 인명 피해가 난 것이 분명하다. 가까이 온 그들 중 두 명이 부축을 받고 있었다. 조장이 부대장을 보더니,

"부대장님, 죄송합니다. 작전을 망치고 조원 네 명을 잃었

습니다.”

“어떻게 된 일인가? 적이 매복하고 있었던 거야? 그것도
몰랐어?”

“아닙니다.”

하고 조장이 고개를 흔들며 부인하였다. 부대장은 얘기가
길 것이라 생각하였는지 부상병들의 상태부터 파악하고는,
의무실에 연락을 취하라고 나에게 명령했다. 나는 위병소의
전화로 들것 두 개를 갖고 급히 오라고 연락한 후 부대장의
뒤를 따라 내무반으로 가서 작전 내용을 들었다.

조장의 얘기는 한동안 우리들을 경악시켰다. 천만 다행으
로 그 두 명은 상체에 가벼운 부상을 입고 있었다. 하체 부
상이면 그들도 자결 아니면 우리 대원의 총을 맞고 산화했
을 것이다.

작전이 시작되었을 때 조장은 두 명을 앞문과 뒷문의 보
초에게 접근시켜 대검으로 척살케 했다. 아무래도 저격보다
는 그 편이 우리에게 유리하겠다는 판단이었다. 두 대원은
각기 맡은 보초를 해치우는 데 성공을 했지만, 그들이 쓰러
지는 순간 소리나지 않도록 총을 집으려다가 오히려 대검을
떨어뜨리는 실수를 하여 버렸고, 하필이면 대검이 돌 위에
떨어져 큰 소리가 나고 말았다. 이에 놀란 대원들이 급히
철수하여 본대와 합류하였고, 조장은 대원들과 함께 막사
안의 반응을 기다린다고 약 5분간 공격을 하지 못했다.

그러나 아무런 반응이 없었다. 막사 안의 불침번도 아마
졸고 있었다고 판단한 조장은 공격을 명했고, 작전 순서대
로 총류탄으로 문을 파괴할 동안 신속히 막사 가까이 접근

하여 수류탄을 투척하였으며, 앞문으로 접근한 조장이 기관단총을 난사하였다.

그때까지는 적은 아무런 반응이 없었다. 수류탄의 파열음 때문에 적의 비명 소리도 들리지 않았고, 기관단총의 둔탁한 총성만 산야에 울려퍼졌다. 그 다음 깜깜한 막사 안으로 들어간 조장이 플래시를 켜 보고는 어리둥절해졌다.

보초를 세운 이유는 분명히 사람이 있어서 세운 것일 텐데 막사 안은 침구류가 파편에 어지러이 널려 있으나 막상 인간이 당했다는 흔적이 없다. 그럼 텅 빈 막사 안을 공격했다는 것인가? 여기저기 플래시를 비춰보다가 그는 판자로 덮인 두 개의 구멍을 발견했다. 가까이 가서 플래시로 비춰보니 끝이 보이지 않는 땅굴이 아닌가. 뒤따라 들어온 조원들이 이 광경을 보고는,

"후퇴합시다. 철수합시다."

먼저 물러나간다. 조장도 어떻게 해 볼 방법이 없다. 적이 땅굴을 통하여 피했으니 막사 안에서 머뭇거릴 이유가 없다. 철수를 서둘러야 된다. 급히 막사를 빠져나오는데, 난데없는 총소리와 함께 총알이 날아온다. 어디서 쏘는지 미처 파악도 못 하고 그 자리를 피해 도망칠 수밖에 없었다.

가까운 숲 속으로 뛰어들었을 때 적의 조명탄이 주위를 훤하게 밝혔다. 그 틈을 타서 조장이 대원들을 둘러보니 넷이 보이지 않는다. 적의 일제 사격에 막사 앞에서 희생된 것이다.

주위가 밝아졌기에 계속 도망갈 수가 없다. 그들도 부근의 지형을 이용하여 엄폐한 후 추격하는 적에게 반격했다. 그

때 조장의 눈에 적들의 행색이 이상하다는 것을 보았다. 그들의 상의는 내의차림이었다. 그들은 막사 안에서 자다가 우리의 공격을 눈치채고 오히려 공격을 유도한 후, 땅굴을 통해 도리어 우리의 배후를 찌른 것이었다. 적들은 우리 팀이 반격하자 곧 물러가 버렸다. 아마 화력의 열세 탓이었을 것이다.

적의 특수 부대가 투입되었는지는 알 수가 없었다. 우리는 적 두 명을 처치하고 4명의 동료를 희생시켰다. 우리 부대원들의 분위기는 엉망이 되고 말았다.

사단장에게 작전이 성공적이지 못함을 보고해야 되는 부대장은 그들이 막사 안에서 바깥으로 통하는 땅굴에 대해서 더 상세하게 알아 볼 필요가 있었지만, 더 깊이 파고들 수가 없었다.

그러나 또 이런 상황이 주어진다면 대처해야 될 수단을 강구해야 된다. 좋은 방법은 여러 가지일 것이지만, 금방 생각이 나지 않는 것이었다.

"강하사, 강하사는 이런 상황에 놓이게 되면 어떻게 수습하겠는가?"

"넷, 땅굴인 것은 지금 들어서 안 것이지만, 그냥 대피 장소일 경우도 생각해 봤어야 했습니다. 그러나 눈에 쉽게 뜨일 만큼 허술한 뚜껑으로 미루어보면 땅굴이리라고 쉽게 짐작되니, 땅굴로 들어가서 적의 뒤를 공격하겠습니다."

"흠, 그렇게 한다면 적이 미처 생각지 않은 점을 노리겠다는 작전이구먼, 또 다른 의견은 없나?"

밖으로 나오면 적의 총알받이가 되는 건 뻔하다. 그들은

 북파 공작원

우리를 기다리고 있을 테니까 말이다. 그렇다고 막사 안에 갇혀 있을 수도 없다. 적의 뒤를 치는 수 외에는 희생을 최소화할 작전이 없다는 결론이 났다. 그리고 또 침투할 기회가 있다면, 만약의 경우를 대비해서 조를 나누어 후방 경계를 확실하게 해야 된다는 것도 명심해야 되었다.

 이 작전의 실패로 우리의 부대는 해체의 수순을 밟게 될 것이다. 이제는 명령이라 해도 모두가 가기를 꺼리게 된 것이다. 그리고 영외에서의 행패는 더 늘었다. 희생된 4명의 동료가 자꾸만 눈에 밟히는데는 견딜 수가 없다고 그들은 하소연했다. 자그마한 전쟁이지만 후유증은 의외로 깊어지는 것이다.

 작전은 언제라도 실패할 수 있다. 백프로 성공한다면 전쟁에서 질 수 없는 것이 아닌가! 나는 우울해하는 대원들을 달래기에 힘을 쏟았다.

 단도던지기 1인자인 대원이 있었지만 반반의 성공과 실패 확률 때문에 직접 동초 성대 절단을 지시한 팀장의 불운일 수도 있고, 대원들의 불운일 수도 있다. 그러나 군사 작전은 불운으로 돌리기에는 너무나 큰 후유증이 일어나는 것이다.

 머피의 법칙은 인간들의 삶에서 가장 많이 적용되는 법칙들 중의 하나이다. 아무리 뛰어난 테러 부대 지휘자라도 머피의 장난에서 자유로울 수는 없는 것이다. 그러나 진정으로 훌륭한 특수 부대원이라면 개개인을 비롯하여 지휘자는 그런 불운과 위기마저 미리 대처할 줄 알아야 한다.

 팀장의 실수로 매듭지을 수밖에 없었다. 팀장을 비롯한 모든 대원들은 막사 투입 전술적 실패시의 대처 요령을 숙지하여 인명 피해가 안 나게 하여야 한다. 왜냐 하면 동료의 희생이 나의 불행과 연계될 수 있기 때문이다. 적과의 동침이란 말이 있다. 망망 대해서 원수끼리 배를 탔다. 노를 저어 육지에 닿으려면 혼자는 힘들다. 같이 저어야 살 수 있다. 적이지만 힘을 합하여야 한다. 전쟁시 힘을 합하여야 한다. 아군이 숫자가 많으면 이길 수 있다.

2조원의 희생은 너무 큰 것이었다. 그들은 작전 중 사망하였지만 시체마저 수습할 수 없는 땅에 있다. 결국 그들은 안전 사고로 위장하여 어디서 구한 뼛가루를 포장하여 유족에게 전해 줄 것이다. 유족은 남의 유골함을 들고 가 흐느낄 것이다. 그러한 사연을 안 대원들은 많은 눈물을 흘렸고, 가족에게 발설하지 못하여 괴로워했다.

오늘 깨미한테 고추 물렸다

모두들 긴장되어 분위기가 매우 어색하다. 텅 빈 내무반을 둘러보면 갑자기 침통해지기도 하고, 공연한 일에 짜증을 낸다. 우리들의 심리는 공황 상태에 빠지는 것 같았다. 안 된다. 이래서는 우리가 먼저 지친다. 나는 우리 조원들을 모아놓고 허심 탄회하게 얘기했다.

"우리 모두 너무 강박 관념에 휩싸여 있다. 이런 상태로 우리 부대가 또 다른 작전에 투입되면 분명 차질이 생길 것이다. 차질이 생긴다는 것은 우리가 임무에 실패를 하여 다 죽는다는 걸 의미한다. 우리들은 작전에 대해서는 그 때 생각하기로 하고, 우리의 정신 상태를 굳건히 해야 된다. 평소

 북파 공작원

와 다름없이 웃고 떠들며, 먹고 싸자. 그리고 준비는 철저히 한다. 알았나?"

"알겠당께."

제일 졸병이 전라도 사투리로 대답한다. 우리는 그 말에 큰 소리로 웃었다. 그때부터 우리는 구보를 하면서도 군가를 불렀고, 내무반에 앉아 개인 화기를 점검하면서도 온갖 얘기들을 다 끄집어내어 웃게 만들었다. 나도 곧잘 본대에 있던 최상병의 얘기를 들려주어 그들을 웃겼다.

이 곳에 차출되어 오기 전 자대에서 근무할 때 최상병은 중대 내에서 최고의 익살꾼에다 재담꾼이었다. 김상병과 앙숙이 되어 재미있는 에피소드를 만들어 소대원들을 웃게 만들었다. 김상병과는 같은 날의 군번이지만, 전출과 병원 생활로 진급이 동기생인 김상병보다 늦어 불만이다. 동기생은 진급이 되어 상병이 되었는데, 제때 진급하지 못한 최일병은 상병을 골탕 먹이는 것으로 만년 일병의 울분을 달래었다. 그들은 만나면 이 곳 최일병과 임일병 관계 같아 재미있다.

군대에서 가만히 있으면 국방부 시계는 가지 않는다. 그래서 서로들 돌아가지 않는 통박을 굴려 시간을 보내야 한다. 특히 제대 말년의 고참들일수록 졸병을 더 괴롭히는 것이다. 하루하루가 지겨워서이다. 시간을 보내는 방법 중 제일 좋은 것이 오락 시간이고, 그 다음이 내기, 또 그 다음이 그날의 주인공 만들기이다. 군대 오락이야 막걸리가 있든 없든 상관없이 '노래 일 발 장전!'과 '발사!'로 시작된다.

다음으로, 각종 내기는 상황에 따라 다르지만, 결과는 막걸리가 생긴다는 데 의미를 둔다. 이 내기 중에 분대 대항 철모 밀기가 재미있다. 선수는 분대별로 1명씩 차례로 출전하여 침상 위에 놓인 철모를 머리로 밀어내기다. 마치 소싸움하듯이 네 발로 기면서 힘을 쓰면 정수리 가죽이 벗겨질 것같이 아프다. 그러나 분대의 명예가 있고, 알토란 같은 군인 봉급이 달려 있으니, 죽을 둥 살 둥 안간힘을 쓴다. 이 놀이는 합심 단결에 좋다.

다음으로, 주인공 만들기는 주로 다른 소대원에게 가하는 린치다. 졸병을 시켜 다른 소대원을 오게 한다. 이 경우 고참의 명이라야 먹혀든다. 소대원이 오면 침상에 앉혀놓고 이것 저것 질문하는 척하다가 갑자기 뒤에서 두 사람이 달려들어 꼼짝 못하게 뒤로 눕힌다. 그리고 맞은편 침상에 걸터앉아 노닥거리던 병사가 재빨리 눕혀진 병사의 아랫도리를 반쯤 벗기면, 또 다른 사병이 준비해 두었던 주전자의 물을 한 컵 정도 거시기에 붓는 세례 의식을 갖는다. 그렇게 당하고 축축한 아랫도리 때문에 어기적저기적 걸어나가는 뒷모습을 보는 게 그 놀이의 진수다.

김신조 때문에 비상이 걸려 21거점에서 근무할 때의 이야기이다. 비상이 해제되고 소대 경계 구역 교통 순찰 점검을 마친 뒤 내무반에 들어가니, 앙숙간인지 너무 친해서 그렇게 보이는지 모르겠다만 최일병과 김상병이 또 붙었다. 무슨 편 가르기를 하는 모양인데, 김상병 쪽에는 5명이 가세했고, 나머지 소대원은 최일병 쪽이다. 전출이 잦아 진급할 기회를 놓쳐 계급은 일병이지만 군대 생활은 오히려 김상병보다 한 달 빠른 최 일병 편에 가세한 소대원들은 나중에 김상병에게 어떤 불이익을 당할지 겁이 없나보다. 불이익이란 사역 도맡는 것, 불침번 2번째 내지 말번 앞에 세우기 등등이다. 뭔 소리인지 예비역은 안다.

"어이, 최일병, 이번엔 무슨 내기냐?"

"예. 분대장님, 아 저 김상병이 머리카락 한 올로 날 묶어 끌고 다니겠다요. 지가 당겨서 지 쪽으로 가면 김상병이 이기고, 나가 꼼짝 안 해 뻗시면 막걸리 한 말에 안주까지 싸그리 김상병이 낸다 말이라요. 묶는 장소는 자기 마음이랑께 글코롬 했지라. 저 바보 쪼다 한참 덜 된 놈잉께로 쬐끔 참으면 댕께로 기다려 뿌시요이잉. 나가 우리 고향 완도에서 징한 놈인디, 분대장님, 섬놈이 징한 것 알지요이, 그렁께 김상병한테 갤차 주뿌시요."

"야, 그렇게 긴 머리카락은 어디서 구하나?"

"그래서요잉, 요걸로 하기로 했으라."

하면서 제 사타구니 쪽으로 손가락을 갖다댄다. 그러고는

"어휴, 저 병신! 그것도 내기라고 하자는 거야? 이것들 봐. 이긴 거는 따논 당상이니 자 기대하시라. 짜잔!"

주먹으로 코를 누르고 팽 하고 코를 푼 뒤 혀를 낼름 내민다. 김상병은 싱긋이 웃더니 제 몸의 거웃 한 가닥을 뽑는다. 그걸 보고 최일병 입에서 또 거친 말이 나온다.

"쩌거 봐야, 저 심도 없는 털로 날 당겨? 늙은 털로 하면 힘이 없시야. 분대장님은 총각이고 오염도 안 되고 했승께 한 그루 캐 주시시요. 이기고 나면 사방 공사해 주게."

다시 심어준단다.

"너 군대 생활 쫌 오래하더니 요렇게 됐뿌렀지?"

손가락으로 머리 위를 한 바퀴 돌리고는,

"야! 박일병 빨랑 피엑스 가야! 무조건 이겼으니 술 가져 오너라. 얼능 싸게 갔다 온이라야. 똥개 한 마리 있으면 된장 볼라갖고 한잔 쭉 하면 더 조을 거인디."

보신탕(개장국) 생각이 난 모양이다. 중대 본부에 세퍼드가 한 마리 있는데, 그 곳을 지날 때마다 최일병은 눈을 옆으로 째려보며 입맛을 다시곤 했다.

꽤나 흥미 있는 내기다. 과연 덩치가 륙색 같은 최일병이 저 가느다란 털에 신체의 어느 부분이 묶여 끌려다닐 건가?

"최 일병, 웃통 좀 홀라당 벗어주실 수 있을지 모르겠네, 막걸리가 기다리는데용."

빨리 벗어라고 아우성들이다.

"에구, 징그러워 뿌렀네. 아 고걸 못 벗겄어, 아랫도리도 홀랑 벗어 뿌러잉? 야! 전부 늙은 머이마들만 있는디 전부 벗고 했뿔자. 3분대장님은 젊은 머이마잉께로 오해허지 마시고요. 느그덜 오늘 줄 잘못 선 것 갓튼께이 지금도 안 느졌스으야, 부처님 마음으로 받아줄 꺼인께 이쪽으로 와 불러면 오그라이."

김상병 쪽 병사들에게 선처를 호소한다. 신난다. 한참 말하면 양 입가에 거품이 나온다. 호기롭게 상체를 드러내자,

"자, 잘 봐유."

익숙한 솜씨로 조그맣게 올가미를 만들어 최일병의 젖꼭지를 옭아맨 후,

"잘 묶였나 한 번만 당겨볼까? 너 이새끼, 오늘 개미한테 좆 물린 거여, 아푸다고 입도 뻥끗하지 마!"

살짝 당겨보더니 면장갑을 낀다.

"씨부렁거리지 말고 껍데기 치워, 짜샤."

"아주 잘 되야 뿌렀다. 최일병 전라도 사투리도 쫌은 재미있디야. 최일병, 우리 두 발만 걷자구. 자! 이리 올 것이요. 이랴, 쯧쯧 소몰이다."

"그래, 빨리 해라카이! 이바구하지 말고 또 이바구만 해 봐라 차뿔 끼다. 디비져 버리게."

모두 고개를 갸웃거린다. 될까? 안 될까? 면장갑 낀 손으로 털을 잡아 앞으로 당기니 최일병 얼굴이 일그러진다. 털에 묶인 젖꼭지가 떨어져 나갈 만큼 아픈 것이다. 최일병의 얼굴에 진땀이 배어난다. 얼굴은 고통을 참느라고 찡그릴 대로 찡그리지만 견디어내지 못한다. 김상병이 한 번 더 앞으로 당기는 시늉을 하자 그만 한 발짝 딸려가 버렸다.

"워메 느기미 씨불, 오늘 깨미한테 고추 물렸다."

투덜거리는 최일병. 막걸리 한 말과 젖꼭지가 떨어져 나가는 고통을 바꿀 천하 장사 없다는 걸 최일병은 미처 몰랐던 것이다. 고문도 그런 고문 없다는 최일병의 뒷소감이었다.

그 날 막걸리로 한 회식은 군대의 진한 전우애와 함께 했을 게다.

독자 여러분, 이러한 내기를 하면 100퍼센트로 털 하나 가지고도 끌어당겨 이길 수 있다. 끌어당기는 쪽이 이긴다. 지면 필자가 책임진다. 정말 흥미 있는 내기이다.

최일병과 김상병의 얘기 하나 더 하자. 최일병에게 일방적으로 당하는 게 김상병이지만, 가끔은 반격을 가하여 이기는 경우도 있다. 젖꼭지 건에서 한 방 당한 최일병이 호시탐탐 김상병 엿먹일 날을 기다리다 보니, 어렵쇼 이게 웬 떡인가? 최일병에게 상병 진급의 기회가 온 것이다.

최전방에 근무하면서 불이익을 당하는 것에 진급이 있다. 병장 TO가 중대에 몇 명이라고 내려와 있어도 찾아 먹을 병력이 없다. 못 배워서, 못 가져서 최전방까지 팔려온 신세들이라 병장 달 자격(?)이 없다. 말단 보병 중대까지 내려올 계급이 없다는 얘기다. 사단 사령부·연대 본부·대대 본부에 근무하는 병사들은 때가 되면 어김없이 진급하지만, 이들에게 차례를 빼앗긴 일빵빵 소총수들에겐 상병도 흔감하다. 그 상병 계급장을 달고 제대하는 병사들은 병장 계급장이 그림의 떡인 줄은 스스로도 잘 안다.

최일병도 그럭저럭 제대할 때가 가까운데도 일병 계급장 때문에 속이 좀은 상했을 것이다만, 워낙 사람이 낙천적이고 익살로 군대 생활을 때우니 다른 동료들이 그 속을 알 리가 없다. 그가 중대 본부에서 상병 신고식을 마치고 PX에서 구입한 계급장을 모자에 부착하고 있으니 김상병이 곁에 와서,

"그 때가 안 묻어 신참 상병표가 확 나네그려, 이봐 내꺼 좀 봐라, 얼마나 오래 달고 다녔으면 녹이 다 났겠냐, 비교가 안 되지 안 돼."

"야, 임마, 너처럼 나 많다고 마이가리는 안 달았어야. 이건 엄연히 중대장 앞에서 신고하고 다는 순수한 상병 계급장이야."

"그럴 테지, 그런다고 막 먹지는 말거라. 병아리 상병아!"

위의 말 한마디가 김상병에게는 최대의 실수다. 기회만 노

리고 있는 최상병에게 빌미를 준 것이다.

"워매, 잡것! 내가 뭐가 아쉬워 너랑 놀겄냐?"

"맞아, 이제는 저쪽 일병 이병들하고 군대놀이나 열심히 하라구, 참 그리고 말이야, 너 평생 소원인 상병 달았으니 막걸리 사야! 지금까지 진급하고 술 안 산 놈 하나도 없었어. 막걸리 사서 너 쫄병들도 좀 멕이고, 이 고참 상병한테도 한 잔 올려야지."

상의에도 계급장 붙이고 거울 앞에 서 보던 최일병, 아니 최상병은 김상병의 말은 하나도 듣지 않았는지,

"군대 더럽고 꼽다는 거 알지만, 이 좋은 인물이 이제서야 폼 나고 광 나는구먼."

이제서야 상병 계급장 단 것이 새삼 억울한 모양이다. 혼자 중얼거리다가,

"김상병 시방 뭔 말을 혔당께?"

물어본다.

"아, 그래설라머네 진급했으니까 막걸리 사야지. 쫄병들한테 최상병님 소리 들을려면은."

"막걸리? 암 사야지. 김상병 마시고 꼭지가 팽 돌아갈 만큼은 사야재. 많이 묵고 죽은 송장은 화색도 좋다는데, 공짜라면 양잿물도 먹는다는데."

건수가 없으면 만들어서라도 하루를 보내야 하는데, 진급이라는 경사에 회식을 말릴 수 없다. 막걸리 한 말이면 전 소대원이 마시기엔 모자라지 않는다. 그러나 일병이나 상병의 봉급으로 사기에는 거금이다. 그러나 최상병은 개념치 않는다.

　최상병의 고향은 전남 완도이며, 그 섬에서 몇 손가락 안에 드는 부자라 용돈을 자주 부쳐준다. 다른 소대원들도 이 최상병의 비자금 신세를 많이 진 편이다.

　진급주 때문에 회식 자리가 만들어졌다. 반합 속 뚜껑을 술잔 대용으로 몇 잔 하고 얼큰해지면서 또 두 앙숙이 맞붙었다.

　"그 진급주 맛있게 잘 마셨다마는 영 뒤가 캥기네그랴."

　"뭣담시 뭐가 캥기여?"

　"나야 상병 월급 오래 타서 억울한 거 없다만, 최상병은 몇 달 못 타먹으니 아무래도 오늘 술값 아까울 거여."

　김상병이 은근슬쩍 최상병 약을 올리지만, 그런다고 약 오를 최상병이 아니다. 찬스가 생긴 것이다. 저번에 털로 끌기에서 진 것이 생각났다.

　"그려, 너나 군대 생활 천년 만년해 뿌러. 글먼 너거 집 꿀단지 무사해 뿌릴까. 그 대개 걱정이 댕께 말일시."

　"벼 - 엉신, 왜 남의 집 꿀단지는 걱정하는겨?"

　모두가 와! 하고 웃는다. 김상병은 나이가 많다. 서른다섯에 충남 예천이 고향이고, 처자식이 있는 몸이다. 군대 은어로 여인의 그 곳을 꿀단지로 부른다.

　꿀이 몹시 귀한 시절이다. 양봉하는 아비가 시집에서 친정에 다니러왔다 갈 때에 딸 보는 앞에서 진짜 꿀 한 됫병을 따라주지만, 시집에 가서 보니 꿀이 가짜로 둔갑되었더란 얘기가 돌 만큼 귀하디귀한 꿀이다. 그래서 여인들의 그 곳을 꿀단지라 부르는가?

　수수께끼 내기를 하자. 하나, 꿀단지를 혀로 핥으면 둘 중

누가 즐거울까? 둘, 성냥개비로 귓속을 후비면 둘 중 누가 시원할까?

"어이, 상병이면 같은 상병이여? 상병에게도 호봉이 있단 말이여. 그리고 내 꿀단지는 내 꿀단지지만 넌 꿀단지는커녕 요강도 없잖야. 이제 겨우 상병 단 주제에, 에고 서러워서 어디 살것냐?"

"동기생이라고 주접을 떨지만 군대는 계급과 직책이 우선이구만유! 병신짝같이 진급도 못 하고 오늘 신고식이라, 양구읍 뚱뚱보 쌍과부 부엌바닥에 혀를 박고 자결이나 해라."

"에라이, 이 못된 김상병아, 그 맛있는 꿀 한 숟가락 퍼먹으려고 달려드는 놈이 줄을 설 텐데 보관 잘 되겠다. 야들아! 내 야그 하나 해 뿌릴 텐께 잘 듣기여잉."

김상병은 불안하다. 말로는 절대 최상병의 적수가 못 된다. 전번에 진 내기 때문에 복수 혈전이 시작되었으니 김상병은 좌불 안석이다.

이야기하면 최상병이다. 은근슬쩍 달짝지근한 전라도 사투리에, 감칠나는 남자 여자 애기가 주특기이니, 모두 한잔 마셔 게슴츠레해지던 눈이 또록또록해진다. 그 바람에 김상병은 대꾸질할 틈을 놓친다.

군대에서는 여자 애기가 나오면 늙은 병사나 젊은 놈이나 떠드는 놈은 한 놈도 없다. 심지어는 숨소리마저 들리지 않는 것 같다. 아마 최상병은 배운 거는 없어도 우리 나라 야사나 《고금소총》 정도는 뚜루루 꿰뚫었나보다. 아니면 《삼국유사》라도 읽었나?

"이건 옛날 이바구가 아니랑께. 저기 저 김상병 군대 들어

오던 때쯤 얘기이더라고. 우리 나라는 별로 안 널븐께 꼭 어데라고 짚을 건 없구. 바닷가쯤이라고 허지. 근디 예천에 바다 없으야?"

최상병은 야리끼리한 이야기를 하면 직접 본인이 보았거나 직접 한 것처럼 이야기하니 훨씬 재미가 있다.

"저 김상병처럼 마누라와 토끼 같은 아그쌔끼를 두고 남편이 입대를 했지러. 장가 일찍 가서 새색시와 밤마다 나누는 운우의 재미 땜시 군대 요리저리 피하다가 다 늙은 나이로 잡혀갔지. 아마 그 새 애는 셋이나 싸질러놓고 덜컥 군에 잡혀갔으니 홀로 된 여우 같은 마누라, 낮에는 연로하신 시부모 모시고 살림 사느라고 바삐 돌지만, 밤만 되면 님 생각이 나서 밤이면 밤마다 잠을 못 자네. 그렁께 독수 공방에 팔짝 뛰고 싶을 만큼 미칠 지경이랑께."

"아마 김상병 마누라도 요즘 그런 기분일 거여, 아마 지금쯤, 쪼깐 미치고 있을 거싱께."

"쓰벌 놈의 새끼. 우리 나라의 야담 전집을 고아서 처먹었나? 씹어서 먹었나? 저 새끼는 꼭 나를 물고 늘어져야."

듣는 김상병의 몸이 근질근질한다. 그러나 어쩌랴, 재미난 얘기 중간에 끊었다가는 그 뒤가 캥긴다. 밴댕이처럼 속이 좁다는 둥 나이값도 못 하고 한창 어린 최상병과 다툰다는 둥 그런 뒷말을 듣기 싫어 모른 척해 버린다.

"야들아, 너거 멍석 덕석 아냐?"

"내 백과 사전 동나게 생겨뿌렸네. 글코롬 갤차주도 모르냐? 어유 그것도 모른감마이. 백과 사전이 전부 찢어질 판국이다."

  김상병을 흘낏 쳐다보고 은근히 웃는 최상병의 눈길이 별
로 마음에 안 든다.

  "벼엉신 육갑하네. 지지고 볶고 너 마음대로 하냐? 멍석,
덕석 모르는 양방은 없시유. 근디 갑자기 멍석은 왜 나오
냐?"

  멍석이나 덕석은 볏짚으로 촘촘하게 짠 깔개로, 멍석은 곡
식·고추 등을 말릴 때 사용하고, 덕석은 겨울에 추울 때
소 등에도 덮어주고 많은 곡식을 말릴 때 사용한다. 농어촌
에서는 꼭 필요한 물건이라 틈만 나면 여러 개 마련하여 둘
둘 말아 마루 밑 시원한 곳에 보관한다. 멍석은 크게 짜서
말아놓으면 둘레가 전봇대보다 더 굵다.

  "긍께, 멍석은 말이시, 아 그 있지 멍석말이라고 마을에서
불효한 자, 강간 내지는 간통한 자들을 둘둘 말아서 몽둥이
타작(두들겨 패는 것)을 하여 버릇을 고칠 때, 또는 고문용으
로 쓰는 것이다. 사람 눕혀 놓고 둘둘 말아 매 타작할 때
쓰는 거 그 멍석이 이 집 마루 밑에도 있으당께, 그 날은
날이 좀 더웠던 오늘처럼 쪼까 더분 날이라 온 식구가 마루
에서 아침 식사를 허고 있으당께 마침 옆집 머슴이 와서
'영감님, 식사하십니까?' 인사를 하고는, '멍석 좀 빌려 갈랍
니다'라고 허니, '응, 마루 밑에 있으니 가져가게' 했더라 이
말씀이야. 머슴이 마루 앞으로 다가서다가 막내를 안고 밥
을 먹고 있는 이 집 메누리를 보면서 속으로 당신 남편 제
대할 때가 몇 개월 남았나 생각해 보다가 실없는 짓이라면
서 마루 밑을 기어들어갔지러. 마루 밑에는 멍석과 덕석들
이 엇갈려 있었던 거여. 아 머슴이 그 무거운 멍석을 덕석

아래서 빼낼려니 좀 힘이 들어 뿌러 휴 하고 숨을 쉬자고 고개를 드는데, 머리 위에 마루 널판의 옹이구멍이 엄지와 검지를 합하여 요로코롬헌 거이 있었어. 근디 그게서 뭣이 보였게?”

　엄지와 검지를 합하여 동그랗게 만들어 보이며, 최상병의 갑작스런 질문에 좌중에서 ‘꿀꺽꿀꺽’ 침 넘기는 소리가 여기저기서 난다. 최상병 이야기야 주제가 항상 끈적끈적한 음담 패설 아니냐, 그러니 뭣이 보였는지는 미루어 짐작하고 군침을 흘리는 것이다.

　“아! 글씨, 메누리의 거시기가 보이는 거야. 뭐 노팬티였냐구? 야가 몰라도 한참 모르네. 그땐 여자들 밑이 뻥 뚫린 고쟁이 입었지라, 그 위에 치마만 둘렀제잉, 맞지?”

　“뭐시여! 김상병 입대할 비슷한 시기에 입대했는데 그때 무슨 고쟁이냐고, 야 임마 그건 그거고 이건 이거여. 아그들이 따질 거 따제야지. 궁께 이 메누리 정지에서 가마솥밥 한다고 무지 더웠서라. 마침 앉은 곳에 옹이구멍이 있어 시원한 바람이 술술 나오잖컸냐. 너 임마 더울 때 어디가 땀 쩨일 많이 나나?”

　“사타구니제.”

　“맞아 뿌렸네.”

　“사타구니 아니여, 그래 시원하라고 요리조리 자리를 잡다 보니 니노지 구멍과 마룻바닥에 뚫린 두 구멍이 딱 맞아뿌렀네. 오매 잡것 죽여주네. 그걸 본 머슴 눈알이 팽 돌아 뿌렸어야. 그때 머슴들은 장가 한번 가는 게 소원이 아니등가. 힘은 남아돌지, 색시는 없지, 우물가 지게 지고 가다가 처녀만 보면 염치없이 뿔끈 일어서는 거시기 때문에 낭패 얼마나 볼 때냐. 아 근디 이건 하늘이 준 기회랑께. 머슴은 구멍 밑에다 내렸던 멍석을 올려서 다시 쌓고 난 뒤 잠뱅이를 벗고 비집고 들어가 누워서 퉁퉁 부은 거시기 대갈빡에다 침을 발라갖고서 냅다 위로 꽂아 뿌렀서야. 마침 입을 벌리고 밥을 입 속에 넣으려는 순간 아랫도리에 뜨거운 것이 밀고 들어오네. 워메, 엄니, 이것이 무엇이랑가. 갑자기 당한 거라 정신이 아리까리하지만 억수로 기분이 좋은 거라 일어나서 무엇인가 보려다 퍼뜩 떠오른 것이, 아차 밑에 머슴이 있었구나! 까딱 잘못했으면 들통날 뻔 한 거여. 싸게 안 일어난 것이 다행이라고 생각하며 궁둥이를 요리조리 움직인다. 밑이 근질근질하고, 워메워메 기분이 끝내주네. 자식 낳으면서 알 것 다 알고 농할 때로 농해진 몸, 여자 나이 서른 넘으면 잠자리 참맛 안다고 안 혀. 그렇게 몸 맨들어 놓고 군에 가 버린 야속한 사람 땜시 밤마다 잠을 못 이루는디, 이거 웬 떡이람. 몸을 지킬려니 이미 몸 속에 들어왔지. 소리 질렀다간 동네방네 소문나겠지, 이를 워째 이를 워째 하는 동안 몸이 점점 달아오르네. 워매 너들 지금 뭐헌다냐? 한잔 먹고 계속헐 건디 좀 기달러봐야!"

이야기를 들은 병사들은 흐리멍텅한 동태 눈깔 모습으로 입을 벌리고 최상병을 쳐다보고 있다.

반합 속뚜껑으로 식깡에 담긴 막걸리를 한 잔 가득 퍼서 쭈욱 마신다. PX에 안주라고는 비스켓하고 포도 통조림밖에 없던 시절이다. 최상병은 안주는 먹지 않고, 또 한 잔 더 마신 뒤 꺼억 트림 한 번 하고는 내무반 안을 휘 둘러본다.

제풀에 제가 흥분된 것이다.

"쯧쯧, 내 이야그가 아그들 다 잡아 뿌렀네잉. 아 고새를 못 참는당가? 어데까지 했지라? 나 많이 먹응께 건망증이 워낙 심혀서. 아, 김상병 눈길이 영 안 좋네. 김상병네 집 마루에 옹이구멍이 있나 없나 글씨 그걸 모릉께. 나가 속단하기 어렵네이."

그러자 김상병이 도끼눈을 하고 코를 씩씩 불며 최상병을 곧 잡아먹을 듯이 노려보고 있다. 김상병의 살기 띤 눈길을 의식하고,

"김상병아, 너만 마누라 자식새끼 두고 온 것 아닝께 뱁새 눈으로 째려보지 말그라."

능청스럽게 나이 많은 김상병을 여전히 갖고 논다.

"저 씨벌 놈의 새끼가 나 약 올린다. 대갈통에다 오줌을 싸 버릴 거여."

하면서 김상병은 갑자기 일어서서 손을 앞 허리춤에 넣고 성기를 꺼낸다. 모두 '와!' 하고 웃으면서 피한다. 그런데 자세히 보니 엄지손가락이다. 최일병 이야기에 몰입하고 있던 중에 갑자기 일어서서 바지를 내리지 않고 단추구멍 사이로 커다란 엄지 손가락만 내미는 것이다.

막사는 절반은 지하이며 창문도 없고 출입문은 정문 한 쪽에만 있어 막사 안은 어두워서 엄지 손가락이 진짜 성기로 보였다. 파리떼 도망가듯이 흩어졌다가 성기가 아닌 것을 알고 다시 모여든다. 최상병은 김상병을 흘겨보더니 이야기를 계속한다.

"그러니 가지가 들락날락할 만큼 커다란 구멍 있어 뿐 거

여!"

　모두 침을 꿀꺽 삼킨다.

　"워매 좋은 거! 그럼 머슴이 고생 안 해 뿌렸지. 자, 더 들더라고이잉. 이제 메누리 눈에는 아무것도 보이지 않네. 밥이 코로 들어가는지 입으로 들어가는지, 국 떴다가 고추장 찍었다가 김치 집어 국그릇에 넣고 호박잎 쌈 사서 상 위에 그냥 놓고 얼굴은 붉어지니 연신 소매로 이마며 콧등이며 땀을 훔친다 아 홍콩이 다 되어 가는디 시아버지가 '아가야, 숭늉이 다 됐냐 한 그릇 떠와라.' 했지만 시방 그 말이 귀에 들어 올 리가 없다. '아니 아가야, 내 말이 안 들리느냐?' 시아버지 목소리는 화가 나 있지만 종착역 다 되가는디, 설혹 들리더라도 안 된다. 홍콩 가고 달나라까지 가서 일박 하고 난 뒤 물 떠오겠다 이거야. 메느리 다 된 밥에 재 뿌릴 수는 없고 안고 있던 아기의 엉뎅이를 힘껏 꼬집어 버렸네. 애기 궁둥이를 꼬집으니 아프다고 울 것이 아니여? 며누리는 시아버지 눈치를 살피면서 우는 아기 달랜다고 '왜 우느냐?' 하면서 몸을 흔든다. 그러자 마루 밑에 있는 머슴은 죽을 지경이다. 며느리가 아기 달랜다고 상체를 앞뒤로 혼드니까 상상에 맡길게."

　이야기를 멈추더니 막걸리를 반합 솥뚜껑에 반쯤 떠 먹는다. 김상병을 곁눈질로 본다. 김상병이 야전 곡괭이 자루를 만지작거리고 있기 때문이다. 김상병과 멀리 떨어져 앉더니 이야기를 계속한다.

　"메누리 작전 하나 끝내주제? 군대 왔으면 분대장감이제. 김상병 너거 각시 델고 와 뿔거라. 선임하사 자리 부족한데 하사관 핵교 갈 필요 없응께.”

“이제 터놓고 찧고 까불어대니 마루가 다 들썩거려 뿌렸네. 애고 김상병 집 마루 올매나 실헐까 궁금하디야. 워매 시아버지 화가 단단히 났뿌렸네그랴. 그런데 김상병 니 입대할 때 실수한 거 아녀? 쇠통 채워놓고 와야재. 생각해 바라이 쇠통 채웠제? 채웠으면 느그 마누라는 아닝갑다.”

김상병이 야전곡괭이 자루를 들고 일어서려다 그 말을 듣고 도로 앉는다.

“입 속에 밥 가득 든 거 까먹고, ‘야’ 하고 고함을 치다가 들썩거리며 엉덩방아 찧는 메누리 때문에 마루가 흔들려서 그만 밥이 목에 걸려 화가 더 났뿌렸네. 켁켁거리며, ‘저 년이 시애비 죽일려냐? 물 안 가져오냐?’ 고함을 지르는 그 순간에 메누리도 홍콩에 도착했지러, 시아버지 고함 소리에 메누리 크라이막스의 비명 소리는 묻혀 뿌렸당께. 물 빨리 떠오지 않는다고 고함을 치자 며느리가 깜짝 놀라 엉뎅이가 마룻바닥에서 상승하다가 쿵 하고 마룻바닥을 치니 그 울림에 시아버지 목에 걸린 밥이 넘어갔지러. 볼일 끝난 메누리 황급히 일어나 부엌으로 가서 가쁜 숨 좀 돌리고 땀 좀 닦을 동안, 아 시아버지가 메누리 일어선 자리를 보니 이게 왠 낙지 대갈빡이여. 아래 머슴은 지금 진퇴양난이지라, 아 글씨 커질 때로 커진 거시기 목아지가 옹이구멍에 꽉 쫄려 빠지지를 않는 거여. 시아버지 속으로 ‘조년이 저걸 감추려고 물 떠러 안 간 거여. 쾌심하게 이제 나가 먹을 것이여’ 하며 젓가락으로 집으니 미끌거려 안 잡히는 것이여. 젓가락으로 잡으려고 하니 자꾸 미끄러져 할 수 없이 시아버지

는 젓가락으로 찔러뿐께 머슴 너무 아파 용을 썼더니 껍데
기 좀 상하고 빠진 거여. '어허 낙지머리가 마루 밑으로 빠
져 버렸네. 총각, 낙지대가리가 마루 밑으로 빠졌네. 자네가
주워서 잡수게' 눈이 나쁜 시아버지는 머슴의 거시기를 낙
지 머리통으로 볼 수밖에 없어 메누리도 살고 낙지 대그빡
도 살았지. 그 동네가 바다를 끼고 있어 낙지를 가끔 잡았
지, 낙지 못 먹어 섭섭한 사아버지 빼고는 모든 게 잘 되었
으라. 그 머슴 복받을 꺼여. 복을 아 글씨, 근데 김상병 여
태 휴가 몇 번 갔지라, 천날에서 칠십오일 쪼깐 덜 빼먼 위
매 구백삼십일이나 독수 공방한 마누라 홍콩 보냈으니 암
복받고 말고. 야그 끝!"
 최상병은 일부러 김상병의 얼굴을 쳐다보지 않고 쭈욱 한
잔 들이켜고는,
 "열불 났제? 참어라. 재미있었지? 엇다, 동기생. 한잔 하시
려나?"
 반합 속뚜껑에 술을 가득 채워 김상병에게 내민다. 그걸
받아 벌컥벌컥 마시는 김상병은 약이 단단히 올라 있는 모
양이다. 이 정도에서 회식을 끝내지 않으면 사고가 난다. 술
좌석은 섭섭하다고 생각이 들 때 그만두어야 한다. 사회에
서도 마찬가지, 조금 더 먹고 싶을 때 술좌석은 끝내야 된
다. 거기서 좀더 먹으면 사고가 나기 마련이다.
 김상병이 최상병에게 뭐라 하기 전에 이창근 하사가 눈치
빠르게 일어서서 소리쳤다.
 "회식 끝. 점호 준비 실시!"
 분대장들은 분대원들의 개개인의 신상 파악을 정확하게

알고 있다. 가정으로 말할 것 같으면 형으로서, 또는 어머니
로서 역할을 한다. 차출되기 전 자대에서 일어났던 이야기
들을 잘 활용하였다. 그래서 웃고 또 하루를 보냈다.

고참 병장과 물하사

군대라서 일어나는 사고의 유형도 갖가지이다. 전혀 예기치 않는 곳에서 일어나기 때문에 지휘관과 지휘자는 긴장을 풀 수가 없다. 매복을 하는 밤사이 내린 눈이 60여 센티미터의 적설량을 보인다. 근무를 끝내고 부대에서 아침 식사 후 내무반으로 돌아와 잠을 자겠다고 매트리스를 펴는데 비상벨이 요란스럽게 울린다. 시간은 07시 40분, 21거점에서 총성이 났으니 빨리 출동하라는 명령이다. 눈이 워낙 많이 내려 차량을 이용할 수 없다. 철책선 공사를 하면서 군용도로를 개설했지만, 눈이 많은 겨울에는 쓸모가 없는 도로이다.

긴급 동원된 헬기로 21거점에 갔다. 그 곳은 특수 부대원이 되기 이전에 내가 근무했던 곳이다. 철책선 남쪽으로 동부 전선에서 서부 전선까지 순찰로가 있다. TV에 자주 보이는 DMZ의 순찰 장면처럼 철조망의 이상 유무를 확인하기 위한 이 순찰로에, 간밤에 내렸던 눈 때문에 순찰이 불가능하다. 공병삽으로 일일이 퍼내야 되는 제설 작업이 꽤나 힘이 든다. 이 사역 때문에 분대장과 고참 병장이 다투다가 총기 사고로 이어졌던 것이 우리들을 출동하게 한 이유였다. 그 내막은 이랬다.

분대장인 김하사는 부산 남포동에서 어깨들(조직 폭력배)의 똘마니 생활을 하다가 입대하여 3군단 하사관 학교에 입교, 병장 계급장을 단 뒤 1개월간 훈련과 교육을 받고, 6개월 복무한 후에 시험을 치르고 하사 계급을 단 속칭 물하사다.

그의 분대원인 병장은 제대가 한 달가량 남은 월남 참전 병사이다. 후방 같으면 벌써 열외의 신분이 될 것이지만, 최전방에서는 그런 열외가 없다. 불침번·보초·사역 등 고참이라고 봐 주는 것이 용납되지 않는다.

여기서 두 사람이 다투는 갈등 요인이 생긴 것이다. 군대 생활 3년 복무한, 그리고 월남까지 갔다온 병장과, 계급은 하사이나 군 복무 기간이 병장보다 훨씬 못 한 하사와의 갈등은 어느 부대에나 다 있다. 특히 후방에서는 그 정도 사이이면 서로 말을 터놓는 친구 사이가 되겠지만, 분대장의 위치가 확연히 드러나는 소총 중대에서는 공과 사를 엄격히 따진다.

분대원을 데리고 제설 작업을 하는 데 고참 병장이라고 빈둥거리는 태도가 분대장의 기분을 거슬렸다. 사회에 있을 때 깡패 짓까지 했으니 성깔은 있었겠다.

"이것 봐라 박병장, 제대 말년이라서 봐 주고 싶지만, 이거 빨리 안 치우면 우리 분대 개창난데이."

"이거 원! 월남에서 비오듯 쏟아지는 총탄도 피해 간 몸인데, 군대 생활 1년 겨우 한, 기록 카드에 아직 잉크도 안 마른 하사에게 이렇게 쫑커를 당하다니 어째 좀 설네."

"뭐시라? 니 지금 뭐라고 했노? 군대는 계급이 우선이다. 이 새끼 맞아 죽고 싶나?"

장기 복무 하사들에게 제일 화가 나는 것이 밥그릇 수 따지는 병장과의 갈등이다. 월남전에서 적과 싸웠고, 제대도 얼마 남지 않은 터에 꼭 데리고 나가 사역을 시키는 물하사인 김하사를 박병장도 역시 싫어했을 것이다. 이런 노래가 있었지 않느냐.

"이등병 일등병은 건빵 도둑놈 / 상병과 병장은 담배 도둑놈 / 하사와 중사는 빳다 잘 치고 / 상사는 창고에서 물건 빼내네."

얼마나 병사들을 팼으면 도둑질보다는 빳다 잘 치는 하사일까. 박병장이 김하사의 욕설에 욱 하는 성질이 났다. 삶과 죽음이 교차되는 열사의 나라 월남전에서 전투를 하고 온 몸이다.

"그래 한번 패 보아라. 너가 하사면 하사지 주먹도 하사냐?"

반말 짓거리를 하면서 말대꾸를 한 것이다. 죽으려면 무슨 짓을 못 하겠는가! 김하사가 어깨에 메고 있던 카빈총을 풀어 개머리판으로 박병장을 때렸다. 건방진 하사 새끼, 사람 잘 친다는 노래가 있다. 부하들 앞에서 시건방을 떨며 월남

병장 티를 낸 것이다. 때리라는데 못 때리면 다른 부하들도 박병장처럼 불복종하면 김하사만 고달파진다. 소총 개머리판으로 돌려치기 하면, 아구창을 맞으면 옥수수(이빨) 공장은 결딴날 것이고, 갈비짝을 맞으면 갈비뼈는 돌 맞은 엿가락처럼 될 것이다.

설마 하던 박병장이 개머리판에 옆구리를 맞게 되자, 그대로 김하사를 태권도의 돌려차기로 뒤로 돌려차 버렸다. 박병장은 태권도 4단이나 되는 고단자였다.

뒷발길질에 뒤로 나가떨어진 김하사가 그냥 있을 리 없다. 개머리판을 마구 휘두르며 달려들다가 다시 박병장의 정권에 호되게 당하고는 쓰러져 버렸다.

김하사로서는 다른 분대원 앞에서 분대장의 체면이 말이 아니다. 맞은 것만큼 갚아준다. 박병장은 군대 형벌 중에 제일 큰 하극상을 저지른 것이다. 총살형을 자초한 것이다. 부하들이 보는 앞에서 분대장을 구타하였으니 죽음을 자초한 것이다. 또한 얼마 전에 즉결 처분권이 내려져서 그 내용을 잘 알고 있는 분대장을 구타하였으니 말이다.

"너 이 새끼, 상급자를 쳤어? 너 어디 죽어봐라."

"철커덕."

노리쇠를 밀어 카빈 탄환을 장전하고서 피투성이가 된 김하사가 카빈총을 돌려 잡고 박병장에게 겨눈다. 박병장이 순간적으로 도망가자는 생각이 들어 언덕 아래로 몸을 굴려 재설 작업이 완료된 곳의 순찰로로 도망갔다. 이를 본 김하사가,

"서라! 서지 않으면 쏜다."

고함을 질렀지만 그야말로 섰다가는 총 맞을 테니 더 빠르게 도망가는 것을 보고 더욱 화가 난 김하사는, 시멘트 콘크리트로 만든 철책선 옆의 LMG벙커의 지붕 위에 올라가 앉아 쏴 정자세로 저 멀리 도망치는 박병장 등 뒤를 겨냥하고서 정조준하여 방아쇠를 당겨 버렸다. 김하사가 들고 있는 총은 M2 카빈총이다. 방아쇠 한 번 당겨 3발의 총알이 발사되었다.

"타타다~탕!"

그러나 박병장은 그대로 달린다.

"다행히 명중되지 않았구나."

동료들이 안도의 숨을 내쉬었는데 50여 미터를 더 뛰어가던 박병장이 갑자기 털썩 눈밭에 엎어지더니 꼼짝하지 않는다. 눈에 미끄러져 넘어졌나 하였으나 앞으로 넘어져 미동이 없으니 숨을 거둔 것이라고 판단한 분대원들이 우루루 달려간다.

홧김에 총을 쏘았지만 안 맞은 게 고맙다고 여기던 김하사가 그 광경을 보더니 돌처럼 굳어 버렸다. 기대는 깨어지기 마련이다. 사랑으로 통솔하였다면 이런 비극은 없었을 텐데……. 사랑만이 인간을 살아가게 하는 원동력이기 때문이다. 서로가 잘못이다. 힘이란 이유 있게 사용되어야 한다. 박병장은 지휘자를 구타한 도덕성이 결여되었고, 김하사는 덕목을 갖추지 못한 인격체에서 잔혹성을 들어낸 것이다. 인간은 선과 악의 양면성을 갖고 태어난다. 머릿속에 내제된 선과 악을 얼마나 잘 통제하느냐에 따라 선한 사람과 악한 사람으로 분류된다. 이른 아침 휴전선 순찰로에서 총소리에 놀란 소대장이 뛰어나와 보니 분대원들이 얼이 빠져 우두커니 서 있고, 벙커 위의 분대장은 여전히 앉아 쏴 자세를 허물지 않고 굳어 있다. 소대장의 시선이 분대장이 겨누고 있는 총구를 따라보니 분대원 한 명이 쓰러져 있다. 김하사의 손에 들린 총부터 압수한 후 쓰러진 병사에게 가보니 이미 숨이 끊어진 상태다. 현장 보존을 명하고 지휘 계통에 따라 전화 보고를 하였다.

그 직후에 우리가 도착한 것이다. 쓰러진 박병장의 시신을 보니 피투성이가 되어야 할 솜옷이 깨끗했다. 눈 위에도 피가 흘러내리지 않았다. 이상하다, 기절했나? 싶어 솜옷을 벗겨보니 안쪽으로 피가 흥건했다. 두터운 솜에 피가 배여 밖으로 흐르지 않은 것이었다. 세 발 중 한 발이 등에서부터 심장을 관통한 것이 사인이었다.

군대는 죽는 놈만 섧다. 억울하게 죽으니 더 섧다. 그러나 박병장의 죽음이 전해진 집에서 연락받고 온 그의 형은 육군 소위였었다. 그는 사실을 확인하고는 동생의 잘못을 인정하고 시신을 따라갔다. 박병장의 시신은 사단 의무 중대로 옮겨갔다.

헌병대가 와서 김하사를 압송해 간 얼마 후 김하사는 박병장이 하극상을 저지른 사실이 입증되었으나, 분대장으로서의 명예가 실추된 탓으로 불명예 제대인 이등병으로 강등되어 전역되었다(사고를 쳐서 제대하거나 병원에 입원하여 불치병으로 제대를 하면 이등병으로 제대된다).

이 사건 때문에 군단장과 사단장까지 왔다. 결론은 군에서 제일 무서운 하극상으로 처리되었다. 분명 하극상이다. 부하가 상관을 구타하였으니 시범적으로 하극상으로 김하사를 관대하게 처리한 것이었다.

이는 군기 확립 차원이다. 군은 군기가 확립되지 않으면 그건 오합지졸이다. 더군다나 최전방 DMZ 지역에서는 하극상은 절대로 용납될 수 없는 것이다. 그렇게 죽으면 개죽음이다. 박병장 가족도 항의할 수 없는 것이다.

적과 철책선 하나를 사이에 두고 대치하는 최전방에서 일어난 이 사건은 군기가 느슨한 탓이라고 본 군 당국의 판단으로 이후 군기가 완전히 확립되는 계기가 되었다.

이제 아무리 물하사라도 병들은 상급자 대우를 더 철저히 하게 되었다. 군기 없는 군대는 있으나 마나이다. 지휘자 필요 없고 상관이 제자리를 찾지 못하면 힘 센 놈이 대장 되나? 이 문제가 만약에 전시였다면 김하사는 아무런 처벌을 받지 않는 즉결 처분권을 행사한 것이 될 터였다.

지휘자나 지휘관의 권리는 하급자들이 절대 넘보면 아니 된다는 사실을 군에 입대하는 사람들은 반드시 숙지해야 되며, 결코 잊어서는 안 된다.

휴가 나와서 친구들한테 자기는 편히 잘 있으며, 보직도 억수로 좋고, 상급자도 때려보고 하극상이라는 하사 중사도 얼차려시켰다고 자랑하는 병사들이 있는데, 입대할 신세대들은 절대로 그 말을 믿지 말라. 군에서는 절대로 하극상이 용납되지 않으며, 죄목도 가장 큰 죄목이다. 하극상은 그 당사자를 현장에서 사살해 버려도 처벌되지 않는다. 부모들이 항의를 할 수도 없는 것이다. 필자가 전북 익산에 있는 육군 하사관 학교에 1개월에 한 번씩 사회 저명 인사를 초대

 북파 공작원

하여 '교육하는 명사의 초대' 시간에 2시간 강의한 적이 있다.

모 신문사 사장이 이 시간에 초대되어 자기들이 군대 생활을 할 때 하사관들이 병에게 얻어맞았다는 강연을 하다가 강의가 중단되고 사과를 하였다고 한다. 하사관은 가정으로 말하자면 어머니이고 형이다. 그런데 어머니를 때리고 형을 때린 격이다. 우리 사회에서 그런 패륜아가 한두 명이 있다. 정신 이상자다. 군은 특수 집단이다. 상급 지휘자를 구타하거나, 명령 불복자는 제일 큰 죄다. 그렇지 않으면 군은 오합지졸이고 개판이 된다.

목이 뜯겨 죽은 병사

우리 사회에서 일어나는 사건은 직접 연루된 당사자들과 그 가족 등과 관계 기관이 영향을 받지만, 군대는 다르다. 사병 하나가 사고를 쳐도 사고 내용에 따라 지휘 계통에 따라 지휘관들이 문책을 받아야 된다. 안전 사고·총기 사고·군기 위반 등등 속출하는 사고에 지휘관들의 위치가 위협받는다. 따라서 잠시도 마음놓을 수 없는 것이 지휘관들이다.

그 어려운 교육을 받고 임관된 장교들이다. 혈기 왕성한 부하들을 다루는 상관들에게는 사병 하나가 사고를 쳐도 문책의 책임을 물어 진급에 영향을 미친다. 이는 한 뱃속에서 나온 형제들도 가지각색인데, 수백 수천의 젊은이들을 다루는 지휘관에게 너무 가혹한 벌이라고 생각한다. 정훈 시간에 그 많은 소양 교육을 하더라도 엉뚱하게 사고를 치는 병사가 있기 마련이다.

아무리 조심시키고 교육시키고 주의를 주어도 엉뚱한 이유로 일어나는 사건 또한 비일비재하다. 적으로부터의 공격에 신경 써야 되지, 안으로부터 각종 사고를 예방해야된다고 우리는 항상 긴장 속에서 생활한다. 그래서 무전기는 항시 열려 있다. 낮에는 분대장이 관리하면 되고, 밤이면 불침번이 관리한다.

새벽녘에 무전기에서 긴급 출동 명령이 하달되었다. 펀치볼 지역에 사고 발생했으니 그 지역 경계 근무를 해야 된단다. 사고 규모가 크면 5분 대기조나 기동대가 출동하는데, 우리 대원들을 부르는 것을 보면 중대한 사건일 것이다.

헬기로 현장으로 이동하여 보니 민가에서 우리 측 병사가 죽어 이불에 덮여 있었다. 방바닥에는 흥건하게 피가 흘려 있었고, 얼마나 반항을 심하게 했는지 벽에도 피가 튀어 차마 눈으로 볼 수가 없었다. 벌써 헌병들과 방첩대 요원이 출동하여 현장 조사와 사고 경위를 수사 중이었다.

병사는 목이 뜯겨 죽었다고 한다. 방구석에는 아이 둘이 겁에 질려 와들와들 떨고 있었고, 아이들의 어머니인 듯한 여인이 고개를 푹 숙이고 물어도 대답 한마디하지 않은 채 쪼그려 앉아 있었다. 무장 공비가 출현했다면 대검을 사용하여 단번에 베어 버렸겠지만, 그렇게 야만적인 방법으로 죽이는 것이 이해가 되지 않는다. 도대체 무슨 흉기를 사용하여 그렇게 살점을 뜯었을까? 여인은 아무리 캐물어도 대답이 없고, 아이들은 아직 어려 상황 설명이 안 되는 모양

 북파 공작원

이다.

　상황을 봐서는 우리 대원들이 할 일이 없었다. 동네 사람들이 가득 모여 수군거리고 있는 마당에서 우리도 서성거리고 있을 수밖에 없었다. 동네 사람들은 새벽잠이 덜 깨어 영문 모르는 얼굴도 있고, 누구는 몹시 못마땅한 얼굴로 옆 사람과 귓속말을 하고 있었다. 우리 대원들이 마당을 이리저리 돌다가 한 대원이 무언가를 발견한 모양이다. 옆에 있는 헌병을 끌고 가서 마루 앞의 섬돌을 지적한다. 거기에는 피가 두어 방울 떨어져 있었다. 헌병이 마루 밑을 들여다보자, 으르릉, 개가 위협 소리를 낸다. 깜짝 놀란 헌병이 선임하사를 불렀다.

　"선임하사님, 아무래도 이 개가 수상합니다."

　선임하사와 방첩 대원들이 그 헌병의 말에 고개를 갸웃하는데,

　"맞아, 새벽에 저 개가 짖고 으르렁거렸어, 저 개는 원래 저 방 안에서 식구들하고 같이 자던 개야, 개가 송아지만하다. 암 크구 말구, 그리고 그 군인은 아마 새벽 2시경에 왔을 거야. 그때도 저 개가 마구 짖었으니까."

　옆집에 산다는 할머니가 말해 주었다.

　중사가 플래시 불빛으로 개를 관찰해 보니 개의 입 주위에 선혈이 벌겋다. 개의 짓이 분명했다. 그렇다면 개하고 군인이 싸웠다는 얘기이다. 군인이 그 여자를 강간하려다가 개에게 물린 것일까?

　나중에 여인은 그 군인이 자기를 강간하려 했다고 주장했지만, 그렇지 않았다. 그 군인은 그 여자 집에 자주 들락거

린 것을 동네 사람들이 알고 있었다.

펀치볼 지역에 과부와 불구자가 많다는 얘기는 앞에서도 했지만, 이 집도 남편이 고철 주우러 다니다가 지뢰에 희생당하고, 어린 자식 둘과 어렵게 생계를 유지하고 있었다. 산중의 다른 집보다 20여 미터 먼 곳에 살다보니 겁이 나서 잡종 셰퍼드 수컷 새끼를 길렀다.

겨울에 너무 추워서 개를 방 안에서 기르다 보니 다 커서도 밖에 내보내지 않을 만큼 정이 들어 이제는 한 식구처럼 지내게 되었다. 이 여인은 생계가 어려웠고, 또 남자도 그리워 근처 부대의 군인들과 어울렸다. 여인으로서는 살아가야 될 돈이며 곡식이 필요했고, 군인들은 여자가 그리웠다. 부대의 물품을 갖고 나와 여인에게 건네주고 그 대가로 잠자리 한 번 갖는 것은 전방의 부대에서는 흔한 경우였다.

이번에 희생된 군인도 그와 같은 케이스로 이 여인에게 놀러온 것인데, 거시기 능력이 좋았는지 둘이 관계를 가졌을 때 절정에 이른 여인이 너무 큰 소리를 내어 버린 것이 화근이었다. 주인이 비명을 질러대니 개가 주인이 위험하다고 판단한 모양이었다. 그의 목을 덥석 물고 흔들어 버렸다.

졸지에 개의 공격을 받은 군인이 사력을 다 하여 개를 물리치려 하니, 개도 자신을 방어하기 위해 더 힘껏 목을 깨물어 버린 것이 절명에 이르른 것이다.

결론은 그렇게 내렸다. 동네 사람들은 이 여인이 개하고도 그 짓을 하였다고 수군거렸다. 이런 류의 얘기는 어디에나 있는 모양이다. 과연 여자와 수캐는 관계를 가질 수 있을까?

나의 대답은 '아니다'이다. 수캐는 사람에게는 나지 않는 냄새를 풍기는 발정 난 암놈에게서만 종족 보존의 본능을 행한다. 그리고 이 본능에 인간이 빠질 수 없다. 군부대 근처에 사는 과부와 병사들과의 관계는 오히려 필연적이다. 그들 나름대로 질서를 가지고 연애를 하며, 때가 되어 전역하면 후임자를 골라주었다. 이 성문화는 미군들이 남겨둔 것이다. 이 이야기는 그 곳에 전설로 남아 있을 것이다.

포커스레티나 작전과 정찰기 격추 사전

북한의 김일성은 특수 부대를 대량으로 남파시켜 끝이 없는 도발 행위를 해 왔다. 그것도 미군을 상대하여 감행한 것이다. 휴전선 철조망 작업은 거의 완공 단계에 이르렀기 때문에, 미국의 자존심을 건드려서 북침을 유도시키기 위한 전략이었다. 한미 방위 조약 후 실시되는 한미 합동 훈련인 포커스레티나 훈련은 1969년 3월 16일에 처음으로 실시되었다. 미 본토의 미군이 공수되어 우리 국군과 함께 작전을 수행하는 이 훈련은 계속되는 북괴의 도발에 대비한 것이었다. 철책선으로 육로 침투가 어려워진 그들은 푸에플로호 납치 이후 우리의 경계 태세를 점검해 보겠다는 것인지 해안으로 자주 침투를 기도해 왔다.

이에 우리와 미군이 그들을 경고하고, 우리의 결단력을 보여주기 위해 이 작전을 펼치는 첫날에 북괴는 무장 공비 7명을 침투시켰다. 꽃샘 추위가 한참이던 3월 16일 01시경, 주문진에 나타난 이들은 경찰 1명을 살해하고 해상으로 도주했다. 군경과 예비군이 합세하여 이들을 추적, 이틀 뒤인 18일에 이들을 소탕했다.

아마 북괴는 한미 합동으로 우리 나라에서 처음 실시하는 포커스레티나 작전을 조롱하려 했을 것이다. 그들이 우리의 민가를 습격하거나 만행을 저지르고 북으로 돌아갔다면, 한미 양군은 국제적 망신거리가 되었을지 모른다. 다행히 처음 희생당한 경찰관의 검문으로 초기의 적의 침투 사실이 알려져 또 다른 희생이 없었던 것이다.

포커스레티나 작전의 대항군으로 우리 부대가 나섰다. 양구 일원을 습격하다가 국군에게 사로잡힌다는 시나리오였다.

국군의 날 한강 백사장 위를 공군 전투기가 기총 소사하여 명중이 안 될 때를 대비하여 백사장에 묻어둔 폭약을 공병들이 터뜨리는, 소위 세인의 눈을 속이는 시나리오처럼 우리는 적군의 복장을 하고 작전에 참가하는 것이다.

CH465 시나이트 헬기가 미군 부대에서 날아와 우리를 태우고 양구초등학교 교정에 내려준다는 것이, 지역 사정을 모르는 미군 흑인 조종사와 한국군의 통역 장교와의 의사 소통이 잘못된 탓으로, 양구의 어느 논바닥에 우리를 레펠링시켰다. 이놈의 영어가 객지에 나와서 고생한 것이다.

특수 훈련을 받을 때에 미군 부대에서 지원을 나온 미군 조종사와 언어 소통이 잘 안 되어 우리 병사들이 많은 애로

 북파 공작원

를 겪었다. 모두 로프를 이용한 점프 레펠로 착지하였는데, 마지막으로 내린 병사의 대검집 고리에 로프가 걸렸다. 이 것을 풀려고 시도하는 동안 아래의 사정을 모르는 조종사가 헬기를 출발시켜 30여 미터를 끌려가는 사고가 생겼다.

다행히 대검으로 로프를 짤라 큰 화를 면했으나, 해동이라 하지만 아직 논바닥에 줄지어 겨우내 얼어 있던 벼의 밑잔 둥이 억세다. 그것들에 스치어 약간의 상처는 생겼으나 큰 부상은 입지 않았다.

우리는 양구 지리에 밝아서 신속히 이동하여 양구초등학 교 교정으로 들어갔다. 그 동안 트럭이 양구 일원을 돌면서 연막탄을 터뜨려 한 치 앞도 보이지 않았다. 그 와중에 우 리의 침투를 알게 된 국군이 우리를 체포하기 위해 투입되 었다. 그들은 1군 하사관 학교 출신들의 중사로 구성된 선 배들이었다.

그들은 우리를 체포하여 본대로 돌아가면서 대화를 나누 었다. 그 선배들은 우리가 특수 임무를 지니고 험한 훈련을 받은 특수 부대인 줄 알고 있었다. 특수 부대라고 포커스레 티나 작전에 투입되었다가 돌아온 우리는 다시금 매복 근무 와 짬짬히 훈련을 하며 지냈다.

한 달가량 별 사고 없이 지내던 어느 날, 갑작스럽게 우리 의 머리 위로 마하의 속도로 굉음을 내며 펜텀 편대가 지나 갔다. 이 편대들은 10분 간격으로 서부 전선에서 동부 전선 으로 비행하면서 북방 한계선도 아랑곳하지 않음이 OP에서 관측되었다. 우리 쪽에서 비행 중 북방 한계선을 넘으면 우 리 측과 북한 측이 동시에 방공포가 불을 뿜는다.

우리 쪽은 월북이라 판단하여 미리 격추시키려는 것이고, 북한측은 공격 행위로 간주하여 방공포를 쏜다. 비행 중 아차 하는 순간 북방 한계선을 넘다가 적의 공격에 격추되는 것을 예방하기 위하여 지상에 표시를 해둔 시설물이 티탑이다.

남방 한계선 부근에 영어 알파벳 T자를 글의 획 폭을 1미터 너비로 돌탑을 쌓았고, 노란 페인트칠을 하여 상공에서 내려다보면 눈에 잘 띄게 만들어, 조종사들이 이 표지를 보고 비행 금지 구역임을 확인하게 만들어 둔 것이다.

이 펜텀기들은 이 티탑의 존재를 무시하고 북방 한계선을 저공 비행하며 넘어가기도 했지만, 이상하게 북한의 대공포는 잠잠했다. 또 이상한 것은 하루 종일 왱왱거리던 대남 방송도 침묵하고 있었다. 휴전선 일대는 팬텀기의 공기를 가르는 비행 소리에 속이 메슥거렸고, 귀청이 떨어져나갈 것 같았다. 다들 무슨 일인지 알 수가 없어 여기저기 전화를 해 보았더니 북괴가 또 사고를 쳤단다.

4월 15일 14시경 청진 앞바다 95마일 공해상에서 미해군 정찰기 EC121(워닝 스타)기가 북괴의 공격을 받고 격추되었다. 승무원 31명이 탑승한 이 비행기는 비무장이었는데, 그들의 도발 행위로 희생된 사건이었다. 다시 세계의 이목은 미국이 어떻게 대응하는가에 쏠렸다.

당장에 미군은 엔터프라이저호 등 4척의 항공 모함과 23척의 구축함·순양함 등의 군함으로 71기동 함대를 편성하여 동해상에 집결시켰고, 일본에 기지를 둔 3개의 팬텀 편대를 우리 나라에 증파했다. 전쟁 1보 직전의 상황이 전개

 북파 공작원

되는가 했으나, 미국은 또다시 무력 시위로 북한을 접주려고 했다. 프에플로호 때와 마찬가지로 선제 공격하겠다고 큰소리치다가 꼬리를 내린 것처럼 공갈만 치는 것이었다. 다시 이런 사건이 재발하면 단호히 응징하겠다던 닉슨 대통령은 이 사건을 응징하지 못하는 우유부단한 대통령의 모습만 국민들에게 보인 채, 워터게이트 사건으로 대통령직에서 물러나는 초라한 신세가 되어 버렸다.

만약 미국의 대통령이 박력이 있었다면 우리 나라는 또다시 전쟁으로 잿더미가 되었을지도 모르고, 어쩌면 북진 통일이 되었을 수도 있었을 것이다. 소련과 중국이 또 어떻게 나왔을지 예측할 수 없는 전쟁일 수도 있었겠다.

미군이 무력 시위할 동안 잠잠하던 대남 방송이 팬텀기가 철수하자마자 다시 떠들어댄다. 그들의 상투적인 거짓으로 이번 정찰기 격추를 정당한 것으로 우긴다.

그렇게 미군은 실없이 함대를 움직인다고 유류만 왕창 소비하고 물러갔지만, 우리 육본과 1군 사령부에서는 다시 우리들에게 임무를 내릴 준비를 하고 있었다.

그러는 동안 주문진 공비 침투 사건으로 공비 7명이 몰살당했음에도 불구하고 6월 8일 01시 30분경 삼척군 북평읍 천곡리 앞 해상에 무장 공비 3명이 침투했다. 해안을 경비 중이던 육군 ○○사단 오선교 상병 등은 고무 보트로 접근해 오는 그들을 발견하고 즉각 총격을 가해 1명을 사살하나, 2명은 상륙에 성공하여 잠적했다.

총격전이 벌어지고 있을 때 해안에서 800여 미터 떨어진 곳에서 대기 중이던 적의 쾌속 함정에서 박격포 1발을 해안으로 쏘았다. 이 포탄은 엉뚱하게 삼척산업 사택에 날아가 깊이 잠든 일가족을 참혹하게 희생시켰다. 이대운 씨와 아내 박동춘 씨 사이에 난 3남 종길, 4남 종복, 그리고 태어난 지 3개월에 돌도 되지 않은 막내딸이 비명에 갔다. 민가에까지 포격하는 저놈의 나라는 도대체 어떻게 된 나라인가. 인민들을 위해 통일하자며 인민들을 무참히 살해하는 저들이 과연 우리의 단일 민족인가. 내 동포, 내 혈육인가, 분노하는 시민들의 염원은 어서 빨리 통일되어 더 이상 피를 흘리지 말자는 것이다.

상륙한 2명의 공비를 잡기 위해 역전의 용사인 예비군과 군경으로 편성된 합동 수색대는 그들이 북평읍 초록봉에 은신하고 있음을 탐지하고 소탕에 나섰다.

10일 상오 9시경 삼척 경찰서 북평 지서의 이종민 순경이 지휘하던 10명의 추적조가 초록봉에서 퇴로를 차단당한 공비 1명을 발견했다. 그는 우리 군의 추적에 너무 지쳐 바위에 기대어 쉬고 있다가 격투 끝에 생포되었다.

집중 호우 속의 작전

특수 공작원은 모두가 완벽하지 않으면 전부가 아니다. 이제는 망설일 것도 없다고 판단한 모양이다. 우리에게 다시 적의 부대를 습격하라는 명령이 떨어졌다. 북괴의 만행에 치를 떨던 우리들은 너도나도 지원하였지만, 전 대원을 1군 하사관 학교 출신들로만 편성하였다. 아무래도 경험 많은 하사 출신이 일반병들보다 작전하기가 유리할 것이었다.

전부 단독 작전을 펼 수 있는 능력을 1군 하사관 학교에서 철두철미하게 받았고, 이 곳에 와서도 전투 능력이 몇 배나 더 향상되어 있어 충분히 승산이 있었다. 돌도 채 되지 않았는데 죽어간 애기의 복수도 해야 한다. 그래서 평범한 적의 막사보다 필수 요원이 많은 중대 본부 내무반을 타킷으로 선정하였다. 중대 본부는 그 중대의 중추이다. 중추를 무너뜨리면 중대 전체가 마비된다. 또 전투 소대보다는 행정을 보는 병력들이니, 우리 측의 피해를 줄일 수 있어 더 유리하다.

각 조가 다시 작전에 임할 준비를 하였고, 기본 체력 훈련에 들어갔다. 훈련에 임하는 대원들의 눈에는 핏발이 선다. 처음에 우리 팀은 9명으로 편성하였으나, 4명을 더 추가해 달라는 요청이 받아들여졌다. 여러 명이 지원하였지만 1차 침투 때 동행한 최병장과 임병장이 지원하였고, 월남전에 참전한 경험이 있는 상병 2명을 합류시켰다. 일차 작전에 성공한 경험을 가진 나를 팀장으로 임명했다. 나는 단독 작전 임무를 부여받은 것이다.

다시 작전을 준비하다 보니 첫 작전에서 받았던 양심의 죄책감이 사라졌다. 한때는 죄책감에 억눌려 담배도 피워보았고, 독한 위스키도 마셔보았다. 내 몸이 망가져도 좋다고 몸을 마구 굴렸다. 잠을 자면 악몽이 나를 괴롭혔고, 술이 깨면 내 손에 죽은 자들의 원혼을 두려워했다.

그러나 이제는 복수의 화신이 될 수 있었다. 우리는 한 달 동안 구보와 체력 단련, 사격 연습을 하며 몸을 만들어 나갔다. 그 한 달 동안 피폐했던 마음도 평정을 얻었고, 망가졌던 몸도 되살아났다.

우리가 다시 적을 응징하겠다고 훈련에 들어가자마자 북괴의 침투 사건이 〈전우 신문〉에 보도되었다. 6월 13일, 전남 흑산도 근해에서 북괴의 대형 무장 간첩선 1척이 발견되어 치열한 교전 끝에 나포하였다. 선내에는 공비의 시신 7구가 있었고, 다른 공비들은 달아난 침투 사건이 발생했다.

○○○전투경찰대 제1소대장 이윤권 경위가 지휘하는 특공대가 달아난 공비들을 추적하여 6월 16일 오전 11시 10분경 흑산도 해안 자연 동굴 안에 숨은 적들과 4시간 동안의 격전을 벌여 6명 모두를 사살했다는 기사 내용을 보면서, 우리도 빨리 작전하자는 의견이 나왔지만 조급히 서둘 문제가 아니었다.

이제 우리도 훈련을 끝내었다. 이제는 면밀한 작전 계획을 짜야 된다. 우리가 공격할 적의 막사는 영구 건물이 아닌 목조 건물로, 경사도가 비교적 완만한 산등선에 위치하고 있었다.

작전 1주일 전부터 우리가 침투해야 할 지역에 관해 정밀 점검에 들어갔다. 철책선의 유일한 출입문인 통문을 통과한 후 정찰 요원과 수색견을 동원하여 적의 매복조가 있는가를 재삼 재사 확인하고, 그 곳의 지형지물에 대해서도 상세히 파악하여 우리에게 브리핑해 주도록 요청했다. 무전기의 주파수도 변경하였지만, 작전 당일에만 사용하기로 해 적의 감청 길을 아예 봉쇄해 버렸다.

D - 1, 집결지에 모인 우리들에게 최후의 보급품이 지급되었다. 작전에 필요한 총기류도 모두 지급받았고, 잡히면 스

스로 자결하라고 손바닥보다 작은 데린저 권총도 지급받았
다[독약 앰플도 받았다. 독약 앰플은 청산가리(일명 사이나 가루)
를 양초 캡슐 속에 채운 것이다. 그 당시 산짐승을 잡을 때 사용
하는 약이다. 양초(파라핀 왁스)를 그릇에 녹여 꼬질대를 녹은 양
초에 10초 정도 담갔다가 들어내어 찬물에 담근 다음 빼어내면
양초 캡슐이 된다. 그 안에 청산가리를 넣어 양초로 밀봉하면 지
금의 캡슐 약처럼 된다. 그것을 먹으면 몇 초 안에 절명할 수 있
다].

청산가리는 극약 중의 극약이다. 모두 이것을 만들어 지녔
다. 얼마나 빨리 죽는가를 실험하여 보기로 했다. 늙어 곧
죽게 될 군견에게 실험하기 위하여 소양강 가로 갔다. 개를
큰 나무에다가 묶었다. 그것은 약을 먹고 못 견디어 사람을
물 수가 있기 때문이다. 우리는 언짢은 기분이었지만 이윽
고 지니고 있던 캡슐 한 개를 소고기 속에다 넣어 개에게
주었다. 이것을 먹고 난 개는 토하기 시작하였다. 조금 후,
눈알이 빨간색으로 변하고, 입에서 노란색 거품이 나왔다.
그리고 발톱으로 피가 나오도록 땅을 팠다. 마침내 꺼져가
는 비명을 지르더니 이내 조용해지고, 앞발 밑 겨드랑이 쪽
에서 경련이 두서너 번 일어나더니 절명했다. 우리도 적지
에서 실패하여 부상당하거나 사로잡히면 저렇게 죽을 것이
다. 약 20초가 걸렸다. 너무나 잔인한 짓을 하였던 셈이다.
우리는 개를 양지바른 쪽에 묻어 주었다.

어느 특수 목적 병사이든 이것을 지니고 있을 것이다.

함께 침투할 하사들과 함께 5000분의 1 군 작전용 지도를
펴놓고 한 시간가량 도상 검토를 해 보았다. 침투와 철수에

대해서 애로 사항은 없었다. 이제 우리가 직접 작전에 들어가면서 정찰을 통해 미흡한 부분을 보완하면 될 것이다.

자, 이제 침투다. 원래 한 번 침투한 대원들은 다음 작전에서는 열외가 되기로 했던 방침이 흐지부지된 것은 우리가 자발적으로 지원했기 때문이었고, 상부에서도 그 문제를 따질 입장이 아니었는지 모른다. 아무래도 경험 있는 자가 작전을 성공시킬 확률이 높으므로, 굳이 새로운 병사를 보내는 모험을 피하고 싶어서 군사령부에서 명령을 내린 것일 게다.

6명씩 2개조로 나누어 시간차를 두고 철책선을 넘었다. 7월의 강원도 날씨는 숨이 턱턱 막힐 만큼 무덥다. 여름밤의 숲에는 이름 모를 벌레들이 울어댄다.

우리의 인기척에 잠자던 새가 놀라 날아간다. 주위는 칠흑같이 어둡다. 야간 투시경을 이용하여 수색대와 정찰대가 미리 표시해 둔 식별표를 따라 쉽게 침투할 수 있어서 시간을 많이 덕보았다.

모든 대원들은 어떠한 실수도 하지 않고 묵묵히 전진한다. 그들의 머릿속에는 어떤 생각들이 오고갈까? 이번 작전이 끝나면 우리 부대는 완전히 해체된다는 그 말을 믿고 있을까? 이번 작전을 마지막으로 목숨을 건 작전에는 다시는 투입되지 않을 것이라고 장담할 수 있을까? 그러나 군인은 목숨을 나라에 바친 신분이다. 명령을 거역할 수 없는 신분이니 명령에 죽고 산다.

휴대하고 가는 무기의 무게가 무겁게 느껴진다. 저격용 총 대신 근접전에 효력이 있는 엽총과 유탄 발사기를 각 2정추가하였고, 크레모아 지뢰도 휴대하였다. 적이 우리를 추적할 때 효과적으로 처치하기 위해서이다.

야간 산악 작전도 아군 지역에서야 긴장감 없이 할 수 있지만, 지금은 적지다. 모든 소리나는 것을 잘 단속해야 한다. 처음 침투할 때는 방탄 조끼를 귀찮다는 이유로 입지 않고 작전을 하였다. 최대한 무게를 줄이고 민첩한 활동을 위해서였다. 방탄 조끼 구형은 철판 조각이 갑옷처럼 된 것인데, 겉은 천으로 감싼 것이다. 월남전 때 신형 방탄 조끼가 개발되어 보급되었는데, 유리 섬유가 들어간 것이어서 무게가 가벼웠지만, 빳빳하여 입고 장비를 갖추면 감각이 둔하였다. 마치 누비솜옷 같았다. 전방 장교들에게 보급되었지만 병들에게는 보급이 안 되었다.

두 번째의 침투 실패했을 때 4명의 희생이 있었기 때문에, 방탄 조끼를 입는 대신 불필요한 장비를 줄였고, 조용한 밤에 장비들이 부딪치는 소리를 방지하기 위하여 테이프를 붙여 소음을 줄였다. 야간 이동시 조그만 소리가 얼마나 큰지 일차 침투 때 들어보았기 때문에 알고 대비를 한 것이다. 안전 사고도 유의해야 한다.

특히 실탄을 장전한 총을 휴대하고 잡목이 우거진 지역을 통과할 때 조심해야 된다. 잡목들의 가지는 가늘고 개수가 많다. 이 가지에 잠가둔 안전 클립이 잘 풀린다. 이때 공교롭게도 방아쇠가 이런 가지에 걸려 격발되는 수가 있다.

훈련 중에 그런 사고가 났었는데, 실제 작전 중이라고 예외가 있을 수 없다. 그렇게 되면 결과는 엉망이 된다. 작전의 실패는 물론이고, 우리들의 목숨도 보장하기 힘들다. 또 앞서 가던 동료가 희생될 수 있다.

공격 개시 지점의 중간쯤에서 뒤따라오는 조와 합류했다. 두 개 팀으로 나누어서 무거운 P10 무전기와 P6 소형 무전기를 휴대하였다. P10 무전기는 OP와 연결용이고, P6 무전기는 팀간외 소통용이다. 무전기 두 대를 사용함은 이번 작전이 두 개의 막사를 공격하기 때문이다. 관측 때 큰 건물과 작은 건물 두 동이 관측되었기 때문에 동시 작전을 하게 된 것이다.

총괄 작전은 내 명령을 따르게 되었다. P10 무전기는 장거리 송수신이 가능하기 때문에 내 곁에서 산탄총 사수가 등에 지고 행동을 같이하였다. 정찰조가 침투로를 계곡과 능선 두 길로 설정해 주었기 때문에, 침투로와 철수로를 우리가 직접 정찰하여 하여 최종적 결론을 내려야 했다. 물론 그들을 의심해서가 아니다. 상황이 시시각각 변할 수 있다는 것을 염두에 두어야 그때마다 대응이 쉽다. 우리는 눈앞에 어렴풋이 보이는 산능선을 쳐다보며 의논을 했다.

철수로를 선택할 때 유하사가 의견을 내었다. 원래의 계획에는 철수로를 계곡 쪽으로 정하였지만, 적의 추격과 동시에 퇴로를 차단당하면 우리는 철수할 기회를 잃게 된다.

이때 계곡의 양쪽 능선에서 적이 아래로 향하여 우리를 공격하면 우리는 전멸하게 된다는 것이 유하사의 판단이었다. 통상 주간 작전이면 계곡이 우선이지만, 부득이 능선을 선택할 경우에는 8부 능선을 타고 철수한다. 야간 작전에는 계곡이 유리하다. 계곡 안은 몸을 숨길 바위들이 많아 은폐와 엄폐가 용이하다. 다만 유하사의 의견처럼 적에게 포위

되었을 경우, 독 안의 쥐 신세가 된다. 그 점에 유의하여 차라리 역으로 치고 나가는 것이 어떻겠느냐는 유하사의 제안이다. 적들도 우리가 계곡으로 철수하는 것이 당연하다고 봐야 된다.

공격 목표물 500~600미터 지점까지 접근한 계곡까지 갔다. 올려다보면 적의 막사가 보이는 지점이다. 그 곳에 능선 쪽에서 계곡 방향으로 크레모어를 설치하기로 했다. 막사가 있는 곳에서부터 우리가 철수하게 될 능선의 양쪽으로 계곡의 곡이 시작된다.

그 두 개의 계곡에다가 부비트랩으로 크레모어를 6개씩 20미터 간격으로 설치하였다. 크레모어는 전기 쇼트로 폭파하지만, 수류탄 지연관을 이용한 인계선으로도 가능하다.

북의 특수 부대의 이동 속도를 감안하여 인계 철선은 수류탄과 크레모어 폭발 장치를 연결한 지점을 매설한 지점에서부터 위쪽 10미터 지점에 설치하였다. 크레모어가 전기 충격 폭파가 아닌 수류탄의 지연관을 사용하였기 때문에 5초 폭파를 계산하여 매설한 것이다. 인계 철선을 건드린 후 5초 사이에 적은 20미터 정도 이동할 것을 계산하고 폭발 지점의 20미터 앞쪽에 폭발 장치 인계 철선을 가설한 것이다.

지연관은 둘 다 공통이지만, 전기로 순간 작동되는 크레모어 지연관과 공이가 뇌관을 때리는 수류탄 지연관의 작동 방식의 차이뿐이다.

부비츄랩의 설치가 끝난 후 작전에 바로 들어가기에는 시간이 너무 늦었다. 곧 날이 새는 것에 대비해야 되었다. 우리는 중간 지점으로 철수하여 다시 밤이 오기를 기다렸다. 우리가 대기하는 숲은 밀림처럼 숲이 우거져서 은신하기가 좋았다.

날이 밝아도 적은 근처에 얼씬도 하지 않는다. 그래도 나무 덤불 속에 숨어서 바깥을 경계하고 있는데, 갑자기 주위가 어둑해진다. 그렇찮아도 햇빛이 들지 않는 곳이 어두워지니, 마치 날이 저문 것 같다. 바람이 숲 속으로 한바탕 몰려오는데 후두둑! 떨어지는 굵은 빗방울. 일기 변화가 심한 강원도의 북쪽 산골에 여름 소나기가 쏟아지는 것이다.

군인이 싫어하는 것 중에 비가 있다는 사실을 이제야 애기하는 것은, 그전에야 비가 오더라도 일과가 끝날 때는 내무반이라는 피난처가 있고, 작전 훈련 중에는 텐트라도 칠 수 있다.

그러나 이렇게 적지에서 비를 만나면 고스란히 맞을 수밖에 별 도리가 없다. 산간 지대에 구름이 쉬이 넘지 못하여 한 지역만 퍼붓는 집중 호우가 있다. 우리가 그때 맞았던 그 비는 집중 호우에다가 그칠 줄을 몰랐다. 나무가 우거졌다고 해도 빗물을 막아주지는 못한다. 오히려 잎을 따라 쭈르륵! 쏟기도 한다. 온몸이 젖어 피부가 스멀스멀 가렵다. 군화 속으로 빗물이 들어가 발이 탱탱 붓는다.

판초 우의를 준비하지 못한 점에 대해서 생각을 좀 했다. 우리가 휴대한 물품의 양을 볼 때는 판초 우의도 거추장스럽다. 그러나 이렇게 퍼부어대는 비를 감안했다면 필수품이다. 더구나 밤에 야외에서 잠을 잘 경우도 고려해야 되었다. 다음 작전이 있다면 갈등을 일으킬 소지가 많다. 밤새도록 쏟아지는 비에 묻어둔 크레모어가 걱정이 된다. 당장 작전에 들어가면 되겠지만 젖은 땅에 발자국을 남겨 우리의 이동로가 탄로라도 나면 군사정전위원 회의장이 시끄러울 것이다.

그러나 지금까지의 경우를 따져보면 없던 일이 될 수도 있다. 북측의 만행이 있을 때마다 우리 측이 증거 자료를 제시하며 따지고 경고하고 재발 방지를 요구했지만, 우리가 침투하여 피해를 주어도 무슨 이유인지 몰라도 일체 따지지 않았다. 기습당했다는 말도 아니한단다.

부대에서 무전이 왔다. 비가 내일까지 내리니 철수하라고 한다. 안 될 말이다. 여기까지 와서 되돌아가는 것보다는 하루를 더 기다려보자. 그렇게 주장하여 허락을 받았다.

비상 식량으로 허기를 때우며 비가 그치길 기다려도 비는 그칠 기미가 없다. 꼬박 하루 낮과 밤을 비에 젖어 지냈다. 워카 속의 발도 갑갑하고, 젖은 옷도 홀딱 벗어 버리고 싶어 미치겠다.

이럴 때를 대비하기 위하여 오작교(징검다리) 교육을 똥물 속에서 1주일 동안 하였던 것이다. 똥물을 먹고 토하고 씻어도 씻어도 인분 냄새가 나서 밥을 못 먹었을 뿐만 아니라, 채독이 올라 고생하였던 전무후무한 변소통 안의 잠수훈련에 비하면 견딜 만하였다. 그러나 하늘에선 우리들의 고통을 아는지 모르는지 지겹도록 비는 내리고, 시간은 짜증스럽게 가지 않는다. 올려다보면 하늘은 보이지 않았고, 나뭇잎을 두드리는 빗소리는 한결같았다. 서로들 얼굴을 대면하지도 못하겠다. 괜히 심술이라도 부리는 날이면 모든 것이 수포로 돌아간다.

"워머! 느거미 떡을 할, 몸땡이가 건지러워 미치고 환장하고 폴짝 뛰뿔 꺼구만."

"시끄럽다! 일마야! 나도 깔닥수 직전이다."

하사관들로만 작전에 투입하기로 하였는데, 최병장과 임병장이 끝까지 참여하겠다고 하여 월남전에서 공을 세운 사병 두 명을 참여시켜 4명의 대원들 중 1차 작전에 참가했던 말썽꾸러기 대원들이다.

"비 때문에 아그들 정찰도 못할 것이고 비소리 때문에 이야기해도 안 들리기 때문에 소리 질러도 된다."

비가 오고 천둥 번개가 치니 적지이지만 떠들어도 괜찮다는 식으로 두 사람의 말씨름이 시작되었다. 두 병사는 같이 있으면 티격태격하지만 잠잘 때면 꼭 붙어 잤다. 이번 작전이 마지막이어서 선발 요원이 아닌데도 나 때문에 자원한 것이었다.

내가 자기들의 몇 번째 아래 동생뻘 정도가 되지만, 어린 몸으로 입대하여 병참 부대 중대 본부 2, 4종계와 교환대를 거쳐 악발이 양성소 하사관 학교를 졸업하여 지옥 훈련인 특수 부대 교육을 끝내고 테러 부대의 첫 임무를 성공시킨 A팀장이어서 자기 동생을 소개시켜 준다고도 하였다.

나는 그들이 나 때문에 이번 작전에 지원한 것이 고맙고, 한편으로는 부담을 주었다. 상상도 하기 싫은 훈련을 견디어 내고 상관들과 약속한 한 번 침투로 임무를 끝내고 편히 군생활을 할 수 있는 특권을 주겠다고 함에도 불구하고 2차 작전에 실패하여 북측도 대비를 하고 있을 텐데, 이번 작전이 만약 실패하였을 경우, 그들은 나 때문에 귀한 목숨을 잃어버릴 수도 있다.

"워머 참말로 대그빡에 김이 많이 나서 뚜껑이 열려불라 그네! 최병장, 니는 찐딕이도 아니고 사사건건 나한테 시비를 걸고 달라드냐? 이번 작전 끝내고 째지자, 같이 붙어 있승께 도저히 열불난다."

"글마 자석, 뿔뚝 성깔에다 삐꿈제이가? 얼라같이 토라지기는. 갈라지게는 뭘라고 갈라지냐. 우리가 밤송이가, 갈라지게. 성이는 글캐도 니가 좋은 기라. 너도 성이 같으나?"

"여자도 아니꼬 남자끼리 똥구멍(항문 섹스) 맞줄 꺼이냐? 물귀신도 아니고 끝까지 따라 댕길라그냐? 완마, 저 아그는 며칠 먼저 태어났다고 형님이라고 한단 말이여? 아그야, 스님 말처럼 저승까지 따라갈란다."

"성이는 동생 니가 좋아도 상내낼 일 없다. 우리가 개가? 상내를 내게. 그쟈!"

"니가 따라오면 닮아빼뿐 거인디그냐?"

"니는 뜀박질할 때 꼬바리 특허낸 놈이 무시게 소리고."

"나가 천당 가면 어쩔 거이냐?"

"우리는 사람을 죽인 기라. 천당은 아무나 가나?"

"너는 천당 가고 나는 지옥 가도 따라올래?"

"그래도 내는 니가 좋아 따라갈 끼다."

"팀장님, 우리 셋은 한 몸인기라요! 임병장 절마는 넘새스럽게 붙어다닌다 캐도 우리 제대하면 같이 모였삽시데이."

줄기차게 내리는 비 때문에 심란해하는 나에게 말을 걸어온다.

"같이 살고 죽고는 작전이 끝나바야 한다. 죽지 않고 같이 살면 얼마나 좋겠느냐."(지난해 KBS TV '신고합니다' 프로에 출연하려고 당시 대원을 찾았는데, 한 사람밖에 찾지 못했다. 그 사람이 바로 최병장이다. 불구의 몸이 되어 있어 휠체어 아니면 움직이기 어렵다고 하였으며, 또 그런 몸으로 출연하기 싫다고 하였다.)

같이 붙어서 살지 않으면 죽어서 임병장 안방 천장에 붙어서 밤일하는 것 방해하겠다는 말에 임병장은 재수때가리 없는 소리라고 방방 뛰었다. 두 사람은 가라앉은 분위기를 살리려고 계속 말을 시켰지만, 당장에 작전에 임하고 싶은 심정이라 신중해야 한다.

줄기차게 내리는 비는 판단력을 흐리게 했다. 온몸이 근질거려 신경이 자꾸 날카로워졌다. 나도 이러한데 대원들 모두가 그렇다면 큰일이다. 감정을 조절해야 한다.

감정 조절을 못 하면 자칫 작전시 영웅심이 앞선다. 이는 작전 실패의 원인이 될 수도 있다. 지금 당장 분위기를 쇄신시켜야 하지만, 그럴 만큼의 여유도 없다. 작전 회의를 가져야겠다고 생각은 해 보나, 아직도 날이 저물려면 몇 시간이 더 흘러야 한다. 함부로 돌아다니지 못하니 시간을 보내는 유일한 방법은 비상 식량이나 먹어주는 것이다.

비는 계속 내린다. 주위가 어두워지기 시작하니 오히려 마음이 가라앉는다.

"팀장님, 우리 오늘밤에 쳐들어갑시다."

대원 중에서 누군가가 한 마디를 했다. 그러자 다들 작전하자고 보챘다. 그들 모두 미치기 직전이다. 기다리느니 단

 북파 공작원

숨에 달려가 적을 박살내야만 숨이라도 좀 쉴 것 같다고 빗속에 갇힌 답답함을 토로한다. 월남전에 갔다온 상병이 내게 건의했다.

"팀장님, 월남에서도 우기일 때 베트공들이 잘 숨어들어 우리가 좀 당했습니다. 비가 이렇게 세차게 내려 시계가 아주 불량하니 우리가 침투하기가 더 좋습니다. 또 빗소리 때문에 우리가 접근하는 데도 소리에 큰 신경을 쓸 것 없습니다. 그러니 오히려 오늘 밤에 감행하시지요?"

또 다른 월남전 참전했던 대원이,

"비가 이 정도로 내리면 우리의 발자국도 빗물에 다 씻겨버릴 겁니다."

라며 실행하잔다. 듣고 보니 그 말이 일리가 있었다. 그냥 철수하기보다는 작전을 하여 우리의 복수전을 보여주어야 한다. 본부와 교신을 하여 오늘 밤 작전을 하겠다고 보고하니, 알았다면서 지원군을 보내어 뒤를 맡아주겠다고 한다.

5분 대기조 1개 분대와 연대 수색 중대 도보 정찰조와 우리 조원들로 구성된 유격조와 정찰조를 매복시켜 추격해 올 북괴군을 차단하겠다고 알려준다.

정찰기 피격 후 미군의 무력 시위에 혼이 난 그들이 어떤 대응책을 마련해 두었는지 알 수 없다. 이제 우리가 가보면 알 것이다. 적 CP에서 100미터가량 떨어진 지점에 도착한 시간이 22시 30분, 그때부터 약 20분간 관측을 해 본 결과 별 다른 낌새가 없다. 23시에서 5분을 남겨두고 2개조로 편성한 뒤 기관단총 1정과 M16 돌격용을 든 2명의 소총수를 20미터 후미에서 본대를 경계하며 이동하다가, 작전 개시되면 합류하되 탄약을 반 정도 남겨라 하고는 조심스럽게 접근하기 시작했다. 적의 막사는 대·소 두 개였다.

유하사가 엽총으로 무장한 대원을 인솔하여 작은 막사를 책임지고, 나는 큰 막사를 노렸다. 그 막사는 경비병들의 내무반인 것 같았다. 등화 관제를 하지 않아 막사 밖에까지 불빛이 비친다. 세차게 쏟아지는 빗방울이 그 불빛에 사선을 긋는 게 보였다.

유하사와의 습격 시각을 23시 4분으로 정했다. 우리는 가능한 거리까지 접근하여 시각이 되자 신호를 보냈다. 나는 최병장과 임병장을 유하사와 같이 작전에 합류하라 하였다. 그들은 나를 따르겠다 하였지만, '이것은 명령이다'라는 말에 임병장 말처럼 째졌다.

"와따, 분대장님은 멀라고 울들하고 자꾸 째질라 그요?"

그들은 '나 때문에 자원하였는데 그럴 수 있느냐?' 하는 뜻이다.

"군인은 누구 개인을 위한 것이 아니고 국민을 위하여 있는 군대다. 또한 너희들 둘은 유하사와 같이 훈련도 끝냈고, 1차 작전도 유하사와 같이했다. 이번에는 유하사 쪽 화력이 약하니 너희 둘이 지원하여라."
라는 명령을 하였더니 그들도 섭섭한 감정을 풀었다. 아직 작전을 하지 않았기 때문에 어느 쪽 화력이 열세인지 모르나, 다만 나의 판단으로 최병장과 임병장이 나를 신경쓰다 간 작전을 실패할 수 있다는 염려 때문이었다.

그 두 사람이 나를 생각해 주는 것은 눈물이 날 정도로 고마웠다. 친구 따라서 강남 간다는 말이 있듯이 두 병사는 사지(死地)까지 동행한 것이다. 이런 것이 전우애인 것이다.

습격 시간을 23시 4분으로 정했다. 우리는 가능한 거리까지 접근하여 시각이 되자 신호를 보냈다.

장대 같은 비가 계속 쏟아져서 막사 밖은 동초가 없었다. 처음 작전보다 쉽게 끝날 수 있겠다는 생각이 들었다.

"막사 정문을 돌파하라!"

정문과 후문에서 돌진하면 우리 팀에게 총알을 안겨 줄 수도 있다. 산탄총 사수만 후문에 배치시켰다. 남겨둔 크레모어 지뢰 한 개를 후문에 설치하고, 나오는 적을 제압하도록 지시했다. 그것은 정문 돌파시 후문으로 도망치는 적을 크레모어 지뢰로 1차 제압하고 나서 나머지는 산탄총이면 제압할 수 있기 때문이다.

야간에는 산탄총이 최고다. 각자 위치를 정한 후 공격 개시 신호탄을 M79 유탄 발사기 사격으로 하였기 때문에, 유탄 발사기가 일제히 불을 뿜는다. 수류탄이 창으로 날려들고, 시계 불량용 AN‑M8CH 연막탄이 투척된다. 천지를 뒤흔드는 폭음 소리가 연속된다. 막사 안의 전구가 박살났는지 순간적으로 어두워지면서 수류탄 등의 섬광이 어둠을 붉게 물들인다. 마치 사이키 음향처럼 폭음이 귀를 때리고, 현란한 조명이 광란하는 나이트클럽의 내부를 보는 것 같다. 번뜩이는 수류탄의 섬광에 비치는 빗물 젖은 우리들의 얼굴은 아마 야차처럼 살기가 넘치고 있었을 것이다. 너희도 당해 보아라. 너흰 죄없는 어린아이들의 목숨까지 빼앗아갔다. 그러나 우리는 너희들 군인들을 작살내는 것이다.

양심의 가책을 받을 여유도 없다. 실제로 적이 보이지 않는다. 설령 죽어가는 적을 보았다 해도 일말의 가책을 느끼지 않을 것이다. 막사 밖으로 뛰쳐나오는 적을 향하여 엽총이 불을 뿜는다. 연속 장전식 5발들이 자동식처럼 사격수의 손놀림에 따라 수없이 많은 철환을 뿜어낸다. 이 살육전은 5분간 격렬하게 계속되었다.

적지에서의 5분간의 섬멸 시간은 우리에게 철수의 어려움을 가져다 줄 가능성이 높다. 왜냐 하면 적의 비상 대기조와 조우할 시간을 몇 분 더 늘려주는 셈이기 때문이다. 통상 적진에서의 작전은 2~3분 만에 끝내고 서둘러 철수하는 것이 가장 안전하다.

적의 특수 부대는 우리 측보다 화력도 막강하고 병력수도 많다. 만약 그들과 마주치면, 철수하는 우리에게는 보유하고 있는 탄환이 얼마 없다. 최소한의 탄약만 남기고 모두 적의 막사에 쏟아부었으니까 약세를 인정해야 된다.

그러나 이번만은 예외이다. 장대같이 쏟아지는 비가 그들의 발목을 잡을 것이라는 예상 아래 펼치는 작전이기 때문이다. 적의 크고 작은 막사를 작살내고 철수하기 시작했다. 철수 신호로 조명탄을 쏘아 올린다. 유하사 쪽에서 먼저 조명탄을 쏘아 올렸다. 나 역시 휴대용 조명탄을 꺼내어 총개머리판에 내리쳤다. 이제 저 조명탄은 60초가량만 우리를 비춰 줄 것이다. 그 동안 적이 나타나면 우리가 불리해진다. 그러나 적진에서는 우리가 우리 스스로의 종적을 알리려 조명탄을 쏘아 올렸다고 생각하지 않을 것이다. 그들은 자기 편에서 우리를 추적하기 위해 조명탄을 사용했으리라 믿을 것이다.

우리는 사전에 약속한 대로 능선으로 집결하여 재빨리 인원 파악을 끝내고 철수를 시작했다. 조명탄의 연소가 끝나고 주위는 다시 어둠에 잠겼다. 비는 여전히 쏴! 쏴! 소리를 내며 우리들을 때렸다.

빗소리를 뚫고 둔탁한 폭음이 몇 차례 울린다. 공중으로 치솟는 적의 조명탄이 슝슝 소리를 낸다. 적이 반응을 보여 온 것은 생각보다 늦다. 공중에는 조명탄이 무수히 떠서 비무장 지대 일원을 대낮같이 밝혀준다. 본대와 교신을 했다.

"여기는 들쥐, 본대 나오라 오버."

"본대다. 어떤 상황인가? 오버."

"작전은 성공이다. 우리가 철수하는 지역으로 지원을 바란다. 약속했던 지점으로 지원을 바란다. 오버"

교신은 그렇게 했지만 사실은 크레모어 묻어둔 곳으로 서치라이트를 밝혀 적을 유인하라는 내용이다.

우리는 빠르게 남으로 이동하였다. 비에 젖은 산세가 무척 미끄러웠다. 비에 축 늘어진 풀에 미끄러지고, 보이지 않는 돌무더기에 걸려 엎어지면서 남으로 내달렸다. 우리 쪽 OP에서 서치라이트가 어둠 속을 헤치며 여기저기를 더듬는 게 보인다. 마치 촉수가 긴 동물 여러 마리가 더듬이로 먹이를 노리는 것 같다. 불빛에 빗줄기가 하얗게 쏟아진다.

서치라이트는 우리 쪽으로는 비추지 말라는 우리의 교신대로 적을 유인할 곳만 집중적으로 비추고 있다. 우리들이 매설해 놓은 부비츄랩 매설한 지역으로 적을 유인하기 위하여 조명을 집중적으로 비춰주고 있는 것이다.

군사 분계선에 도착했다. 이제부터는 안심해도 좋을 지역이다. 우리의 등 뒤 먼 곳에서 수차례의 폭발 소리가 들려온다. 우리가 설치해 둔 크레모어가 추격조를 강타하는 소리일 것이다. 우리의 유인책이 정확히 맞아떨어진 것이다.

철책선이 가까워지자 5분 대기조에게 교신을 시도했다.

"여기는 들쥐, 여기는 들쥐, 박쥐 나오라. 오버."

"여기는 박쥐다. 들쥐 현 위치는 어디인가? 오버."

"지금 삼칠 지역을 통과 중이다. 1분 후에 우리가 나타날 것이다."

교신을 끝내고 우리는 경보로 이동하여 새 울음소리 휘파람으로 우리가 도착한 것을 알렸다. 곧 전방에서 약한 플래시 불빛이 우리를 안내했다. 5분 대기조가 매복한 곳을 지나면서 우리는 비로소 안도의 큰 숨을 내쉬었다. 이제는 적의 추격조를 겁내지 않아도 된다. 만약 그들이 나타나더라도 5분 대기조와 우리 부대의 다른 조원들이 처리해 줄 테니까 말이다.

철책선에 도착했다. 부대의 작전 참모들이 대기하고 있다가 우리를 맞아준다. 간단하게 신고를 끝내고 차량으로 내무반까지 이동하였다.

아, 드디어 마른 옷들을 갈아입게 되었다. 우리의 바람은 젖은 몸을 말리는 것이다. 그 다음이 휴식일 것이다. 이틀 동안 아예 물 속에서 지내다시피 했으니 비가 지긋지긋하다. 작전이 성공했다는 희열보다는 비에서의 해방이 더 기다려지는 것이 전 대원들의 똑같은 심정이었다. 아마 극기 훈련 등으로 심신을 단련시키지 않았더라면 우리는 아마 탈진했을지도 몰랐다.

위장간첩 이수근의 정체

　부대에 도착하자 특수 장비들을 반납하고, 다른 조원들에게 총기 수입을 부탁한 후 우리는 비에 젖은 것들을 벗었다. 내가 왼발의 군화를 벗으려니 발에 꼭 끼여 잘 벗겨지지 않는다. 게다가 갑작스럽게 통증이 온다. 군화를 벗는 고통에 눈물이 찔끔 난다. 겨우 벗었더니 내 발이 피투성이였다. 살펴보니 복숭아뼈 밑에 선혈이 흥건하다. 이게 뭐야? 놀라 군화를 들어보니 너덜너덜 볼품 사납게 구멍이 뚫려 있다. 수류탄 파편이 군화의 가죽을 뚫고 살에 박혀 있었던 것이다. 급히 의무병을 깨워 응급 치료를 받고 곪지 않게 항생제도 먹었다.

　지금은 쉬는 것이 우선이었다. 옷을 벗어 내무반 구석에 아무렇게 모아두고 발가벗은 채 바깥에 나가서 쏟아지는 빗줄기 아래에서 샤워를 했다. 비누로 머리도 감고 온몸을 대충 씻은 뒤 잠자리에 누우니, 세상에 이렇게도 편한 자리가 있나 싶을 정도로 분위기가 쾌적했다.

　그러나 잠은 오지 않는다. 2박 3일간의 긴장이 풀렸는데도 잠이 쉽게 오지 않는다. '이럴 때는 가볍게 한잔하고 자면 좋을 텐데, PX에 가서 문을 한번 두드려봐?' 옆자리를 보니 모두들 벌써 코를 골며 달게 잔다. 그래 억지로 자자. 눈을 감았다. 지붕을 두드리는 단조로운 빗소리가 자장가처럼 들렸으면 좋겠다고 생각해 본다.

　'숫자를 세면 잠이 잘 온다고 했지.'

　어둠 속에서 눈을 감고 속으로 수를 헤아리는데 갑자기 꽈르릉! 내무반으로 수류탄이 날아와서 폭발한다. 위험하다!

 북파 공작원

적이다. 소리를 질렀지만 입이 열리지 않는다. 깜짝 놀라 일어나니 꿈이다. 내무반 가까운 곳에서 천둥 소리가 울린다. 근처 어딘가에 벼락이 떨어졌나보다.

다시 잠이 들었는데, 우리가 계곡을 따라 철수를 하고 있다. 물이 급격히 불은 계곡은 급류가 되어 우리가 떠내려가게 할 정도로 콸콸 흘러내린다. 이러다가는 다 죽겠다. 빨리 비탈로 올라가자고 고함을 질러본다. 어디선가 따르륵! 따발총 소리와 함께 내 발목이 화끈하게 뜨거워진다. 당했구나, 물 속으로 곤두박질치다가, 아니 이건 꿈이야, 눈을 떠보니 바깥 배수로에 물 흐르는 소리가 요란하다.

잠만 들면 작전에서 실패하는 악몽 때문에 동이 틀 때까지 가위에 시달려야만 했다. 내무반이 희미하게 밝아온다. 나는 다시 잠에 빠져든다. 이번에는 꿈을 꾸지 않았나 보다.

주위가 소란스럽다는 기분이 들어 눈을 번쩍 떠보니 바깥은 햇살이 눈부시다. 밤새 내리던 그 징그럽던 비가 그친 것이다. 시계를 보니 오후 2시, 꽤 오래 잤구나. 기지개를 켜면서 일어나니 다른 대원들이 인사를 한다.

"팀장님, 잠 한번 신나게 자더군요."

"아냐, 못 잤어, 잠만 들면 적이 내 목을 따는 꿈만 꾸다가 아침이 되어서야 겨우 푹 잘 수 있었네."

"강하사도 그런 꿈꾸나?"

동료 하사가 의외라는 듯 나를 쳐다본다.

"아니, 나는 인간이 아니란 말이야? 어제 작전에서 겁 안 낸 대원 있었으면 나와봐."

다만 다른 대원들의 사기를 생각해서 밖으로 표현을 하지 않았을 뿐 겁이야 다들 났을 게다. 모두 고개를 끄덕인다.

"팀장님, 우린 목욕을 하고 왔는데 다녀오시지요."

유하사의 손에 세면 도구가 들려 있는 걸 보니 영외 목욕탕에 갔다 온 모양이다.

"난 안 돼, 발목 치료를 받아야 돼, 파편 제거를 못 했어, 어제는."

의무대에 가서 파편을 제거하고 꼼꼼하게 치료를 받을 동안 아파서 눈물을 흘릴 뻔했다. 그런데도 상처를 입을 당시에 전혀 몰랐다는 것은 이틀 동안 젖은 군화 속의 발이 퉁퉁 부어 감각을 잃은 탓이었을 것이다. 만약 그때 알았더라면 철수에 큰 지장을 주었을 것이다.

상처는 크지 않아 보행에도 큰 지장이 없었다. 모든 작전은 유하사와 나의 공로가 아니라 A, B, C, D 각 팀원들은 단결된 군사 작전 덕이었다.

작전 수행 후 5일째, 특별 휴가가 나왔다. 이번에도 나는 휴가를 가지 않고 영내에서 편히 쉬었다. 나중에 제대하면서 본 나의 기록 카드에는 휴가 기록이 단 한 번 있었다. 그 외에도 주특기는 여전히 병참이었고, 특수 부대 근무 기록도 없었다. 우리들의 활동은 기록에 전혀 남아 있지 않은 모양이다. 다행이라고 생각했다.

내가 휴가를 가지 않으니까 부대에서는 갈 곳 없는 고아로 여기기도 했다. 다들 휴가 챙기려고 눈에 불을 켜는 마당에, 정기 휴가도 반납했고 특별 휴가도 마다하니 그런 생각이 드는 게 당연하다.

며칠간 읽어볼 수 없었던 〈전우 신문〉을 챙겨보았다. 위장 간첩 이수근의 사형 집행 기사가 크게 보도되어 있었다. 이수근, 하면 어처구니없어 하는 우리 국민들이 많다. 그가 '67년 3월 22일 판문점 공동 경비 구역에서 제지하는 북측 경비병을 뿌리치고 우리 측 경계 구역으로 월남하는 영화 같은 장면에 전 언론이 경쟁적으로 과장하여 발표했다.

그가 우리 측으로 넘어오는 순간에 북측 경비병들이 권총과 AK 기관단총을 발사했으나, 그 가까운 거리에서도 단 한 발도 맞지 않는 것이 불가사의한 일임에도, 너무나 극적이라면서 우리 체제를 동경하여 넘어온 용감한 북측 사람이라고 영웅시하는 바람에 그의 귀순 동기조차 제대로 파악하지 못했다. 우리 측 경비병들이나 저쪽 경비병들은 모두 정예 요원들이다. 도보로 뛰는 자를 명중은커녕 옷자락도 못 건드렸다는 것을 간과한 것이 결과적으로 바보 등신이 된 셈이었다.

유엔 사령부에서 조사를 해 귀순이라고 단정을 지었으니 그 골통 조사관 때문에 한 여인의 인생이 무너졌고, 그를 환영하여 국민들에게서 성금을 거두어 주기도 했으니, 온 국민이 우롱당했다.

이후 이수근은 반공 강연을 자주 다녔다. 우리 나라에서는 적이 귀순하거나 생포되면 우선적으로 반공 강연을 강요했다. 경찰서 대공과에서 그의 강연 일정을 기안하여 일정 지역을 순회하게 하여 대국민 반공 교육의 일환으로 만들었다.

이수근은 강연 중 은근히 북한 체제의 우월성을 내비치기도 하고, 6·25북침설도 흘렸다. 우리의 사회 제도를 비판하기도 하여 국민의 항의가 빗발치면 무의식 중에 튀어나온 말이라고 얼버무리기 일쑤였다. 또한 전국을 순회하며 60여 차례 강연을 하며, " ……해서는 안 돼요" 등의 설득조 말투에다가 거드름을 피우며 강연하여, 시민들로 하여금 분노와 빈축을 샀다.

정부로부터 받은 정착 지원금 2백만 원과 강연 때마다 국민들에게서 선물이 답지했고, 국민 성금으로 8백40만 원에 코로나 승용차를 받는 등 아주 호사스럽게 살았다. 그때 쌀 한 가마 값이 7천 원 안팎임을 감안해 보면 짐작할 수 있을 것이다.

이수근은 장기적으로 국내에서 활동하기 위하여 우석대학교의 교수 이강원 씨와 결혼을 하여 신분적 안정을 꾀한다. 목적을 위해서라면 수단과 방법을 가리지 않는 그들의 악랄함과 잔인함, 치밀한 수법으로 한 여인의 가슴에 씻을 수 없는 상처를 남기는 것은 그들에게는 대수롭지 않은 일이다.

아이러니하게도 이수근의 정체는 그가 이용했던 부인에게 어떤 낌새를 주었다. 이에 살을 맞대고 살던 부인이 정보 당국에 그가 수상하다고 보고하므로 당국의 주시를 받게 되었다. 이를 눈치챈 이수근이 홍콩을 통해 탈출하려다가 거기까지 미행한 우리 요원에게 격투 끝에 체포당했다.

그는 밤이면 부인 몰래 북측과 교신했고, 이를 눈치챈 부인이 설마 같이 사는 자기 남편의 수상쩍은 행동을 밀고하겠느냐? 여인으로서의, 교수라는 사회적 지위까지 포기하며 수사 당국에 보고하겠느냐는 이수근의 안이한 행동이 끝을 보게 된 것이다.

 북파 공작원

준엄한 대한민국의 법의 심판에 의해 1969년 7월 3일 염라대왕 앞으로 '택배'되었다. 형장의 이슬로 사라진 이수근에 대해 언론은 또 처음부터 수상한 기미가 있었다고, 자기들의 과장된 기사와는 모순된 기사로써 해명(?)했다.

OHC 부대의 해산

국방부 시계는 거꾸로 매달아 놓아도 간다는 말이 실감난다. 논산에서 춘천을 거쳐 최전방을 이리 돌고 저리 돌다가, 다시 원주의 하사관 학교에서 뺑뺑이는 또 얼마나 돌았으며, 무릎 까고 팔꿈치 까고 밤송이를 얼마나 까고 또 깠는가. 중동부 전선으로 다시 돌아와 유격 훈련은 저리가라는 인간 극기의 한계를 몇 개나 넘었고 철책선을 몇 번 넘어보았던가, 또한 대암산 1,304미터 정상을 열 번도 더 오르락거렸다. 그 지역에 근무한 병사들이라면 꼭 한 번 이상 오르는 산이지만 말이다.

그랬더니 8월이 왔다. 중동부 전선의 산악 지대에 폭염이 이글거려도 나는 그 8월이 좋다. 드디어 나도 신화라는 제대하는 날짜를 카운트 다운할 때를 맞은 것이다.

그리고 우리의 OHC 특수 부대도 해체되었다. 부대 인사 계가 기록 카드까지 들고 와서 나를 장기 복무시키려고 꼬시던 때가 이때였다. 지금도 오랑우탕처럼 생긴 인사계의 얼굴이 생각난다.

시멘트 콘크리트에 쇠말뚝을 왜 박아? 3년이나 호되게 부려먹은 것도 모자라 장기 복무하라고? 그래서 또 철책선 너머로 가서 적의 막사를 박살내라고? 어림없다. 난생 처음 찾아온 제대 카운트 다운의 기회를 날리는 우를 범하지는 않는다. 아무리 나를 단련시키고 작전시키고 키워준 돈이 아깝다고 해도, 또 군대가 양성한 아까운 인재 하나 없어진다 해도 눈도 하나 깜빡 않겠다.

항간에 들리는 말에 의하면 우리한테 쏟아부은 교육비며 생명 수당 및 특식비를 합치면 장교 몇 명 양성시키는 것과 비슷하였단다. 그래도 3년을 의무 복무했고, 그에 상응하는 활동도 해 주었다. 비록 4명이 적의 총에 희생되었지만 말이다. 또 우리의 손에서도 많은 인명이 죽어갔다. 평생을 따라다닐 그 죄책감을 어떻게 소멸시킬 수 있느냐 말이다. 또 우리 대원 중에 정신 이상자가 나오면 누가 치료해 주고 보듬어 줄 것인가?

장기 복무하며 특수 훈련 교관으로 후배들을 양성시키는 일도 보람이 있을 것이다. 그러나 그게 꼭 나여야 한다는 당위성은 없다. 인사계를 깨끗이 단념시키는 말은 단 한마디, "나는 공부를 계속하여야 된다"였다.

OHC 부대가 해체되면서 우리들은 뿔뿔이 흩어졌다. 일부는 기동 타격대 또는 수색 중대로 복귀했고, 어떤 이는 교

 북파 공작원

육 부대에 특별 차출되어 교관으로도 갔다. 장기 복무 하사
들은 모두 1계급 특진을 했으며, 병들도 1계급 특진의 기분
좋은 행운을 누렸다. 각종 학교로 가서 교육 수료 후에 장
교가 된 대원도 있었다.

나는 특유의 고집을 부려 원대 복귀를 했다. 고집보다는
제대가 가까운 것이 원대 복귀의 가장 큰 이유였다.

"참말로 인자 찢어진마이. 최병장 니하고 깨진당께 시원
섭섭하다."

"절마 말하는 꼬라지 하고는, 시원하면 시원하고 섭섭하면
섭섭한 거지 시원 섭섭이 머꼬?"

"궁께 이 늙은 형님 말씀은 시원하다가도 어찌꼬롬 생각
하면 서운하다는 이 말씀이다."

1개월 앞에 태어났는데, 임병장은 형이라고 우겼다.

형은 형이다. 그럴려면 최병장은 객지 벗 10년 나이 차이
가 나도 맞먹는다고 하였다. 나 역시 이들과 헤어져야만 했
다. 임병장은,

"강하사님! 말뚝(장기 복무) 박아부시요. 글면 우리들하고
같이 근무할 수 있을 꺼인디."

하면서 놀려대면 최병장은 임병장더러,

"너나 말뚝 박고 세멘트 콘크리트 밀봉시켜 영원히 빠지
지 않게 하고 군복무하거라."

라는 악담을 하였다.

그들도 일병에서 상병이 되었는데, 특수 훈련 끝나자 병장
으로 특진되었다. 1년 반 정도 근무하면 그 두 병사들도 만
기 제대할 것이다.

반찬에 깨소금처럼 두 사람은 내무반 분위기를 살리는 역할을 하였는데, 이제 각자 더블백을 짊어지고 헤어져야만 했다.

우리가 머물렀던 자리는 흔적 없이 사라진 것이다. 그 동안 정들었던 취사반장·PX장·교육계·사병들에게 고마웠다. 인사도 나누었고, 관련 장교들과 우리들은 질펀한 회식을 하고 대간첩 작전 표창장과 몸에 자해 흔적을 한 뒤 그저 보통 군인처럼 객지 나갔다 집에 들어온 사람처럼 부대로 돌아가야 했다.

헤어지면서 찡한 눈물도 실컷 흘려 보았다. 자주 연락하자면서 말이다. 제대 후 같이 쫙 한잔하자면서 그렇게 헤어졌다.

1년을 특수 부대원으로 보내고 다시 돌아온 부대. 보이는 모든 것이 반갑다. 고향을 떠나 객지로 돌다 돌아온 기분이었지만 정 들었던, 내가 사랑했던 많은 병사들이 떠나고 없었다. 최상병도 김상병도 떠났다.

이등병 계급장에 패잔병처럼 보충대를 떠돌다 전입해 왔던 녀석들이 그 사이에 어엿한 중고참이 되어 나를 기억해준다. 동료 하사 한 명이 남아 나를 반겨준다. 고참 이하사는 월남에서 돌아올 때가 되었을 것이고, 말썽쟁이 김하사는 타부대로 전출을 갔단다.

남아 있던 이창근 하사를 비롯해 중대의 하사들은 모두 나의 후임들이다. 최중사가 떠난 후에 그 빈자리도 채워지지 않았다. 소대장도 사단 교육계로 가고, 후임은 갑종학교 출신이었다. 갑종학교 출신 소위들은 군생활을 하다가 진로를 바꾸었기 때문에 갓 임관된 학군단 출신이나 육사 출신보다 오히려 통솔 능력이 높다.

나로서는 그 점이 마음에 들었다. 신뿔난 소위 계급 달고 거들먹거리는 장교보다야 훨씬 인간적인 것이 그들의 강점이었다.

이하사에게 나의 특수 부대 행적을 소대원들에게 알리지 말라고 부탁해 두었다.

그 엄청스럽게 일감이 많았던 철조망 작업도 모두 끝났다. 이제는 전방 부대 본연의 임무로 돌아가 야간 경계 근무를 철저히 했다. 낮에는 정신 교육, 철책선 순찰하기, 동절기를 대비한 난로용 화목(火木) 확보하기 등 일상이 반복되는 일과였다.

그래도 계절은 또 바뀐다. 휴전선 일대는 벌써 단풍이 들었나 싶었는데, 낙엽이 되어 휘날린다. 아침저녁으로 날씨가 쌀쌀해지더니, 흐린 날에는 희끗희끗 눈발이 날린다.

제대를 앞두고 다시 내가 작전으로 앗은 생명들 때문에 괴로워졌다. 어둠 속에서 그것도 막사 안의 적들을 밖에서 공격했으니, 그들의 얼굴도 보지 못했다는 게 그나마 위안이 되었다.

만약에 얼굴을 보았다면 틀림없이 꿈에 나올 것이다. 그리고 군의 작전이고 명령에 따랐을 뿐이라고 핑계를 대보았지만, 내 속에서 받아들여지지를 않는다. 몸은 특수 부대원이지만 마음은 양심을 가진 인간이다. 나의 이 죄책감을 어떻게 해소할 수 있을까?

제대 5일 전, 술과 과자를 PX에서 샀다. 소대원들이 모두 사역을 나간 틈을 타서 인근의 인적이 드문 곳으로 가서 평평한 돌을 골라 술과 과자를 펼쳤다. 그리고 북녘을 향하여 제를 지낸 다음 술 한 병을 모두 뿌렸다. 그들 역시 인간이다. 통수권자가 시키니 군인의 신분으로서 임무를 다 한 것뿐이었다. 그래, 단지 군인이기 때문이다. 그래서 군인을 사람이라고 부르지 않는다.

그들은 적이었지만 다 같은 단군의 자손이다. 그들 나름대로 죽음은 억울했을 것이다. 억울하게 죽은 영혼들은 저승을 못 가고 구천을 떠돌아다녀야 한다고 했다. 그들을 인도하여 저승으로 보내는 것이 죽은 그들에게 좋고, 나에게도 자그마한 속죄의 한 방법이었다.

고향 앞으로 밥그릇 카운트 다운이 한 자리수로 내려갔다. 국방부 시계는 고장 없이 잘 간 것이었다. 제대 특명 애기가 나오면 입에 거품을 물며 즐거워하는 말년 병장, 그리고 잉크가 마르지 않은 신병들의 시무룩한 분위기가 내무반을 이상한 분위기로 몰고 간다. 눈엣가시 같은 고참이 제대하면 왕고참되는, 이른바 이인자의 기쁨이 있고, 걸핏하면 내무반을 공포 분위기로 내몰던 고참이 제대하는 날 졸병 만세 소리가 소리없이 우렁차다.

중대로 제대 특명이 떨어지는 날은 중대 사병계 책상 위의 전화가 진종일 시끄럽게 울린다. 대상 장병들이 자기의 출발 날짜를 알아보는 것도 있지만, 어느 줄에서 잘랐느냐는 제대 대상 폭이 궁금해서이다.

즉, 군대 생활을 1주일 더 하느냐 안 하느냐가 한 커트라인에 턱을 거는 군번들이다. 입대일에서 하루 차이로 커트

 북파공작원

라인이 걸리면 다음 달 특명 일 순위이지만, 군대 생활은 1주일 더 한다는 손해 계산서이다.

나의 전역 예정일은 1969년 10월 16일이다. 이 날에 전역명을 받은 독자들께서는 무슨 일이 일어났는지를 알 것이다. 다들 군생활 3년이 얼마나 지겹냐는 것을 갖가지로 표현한다. 누구는 지옥 같았던 3년을, 누구는 감옥 같았던 3년을, 또 누구는 딴 나라에서의 3년을 얘기한다.

그리고 공통된 것이 그 3년이 무지무지 길다는 거다. 고참의 횡포로 겨울밤 동초를 꼽빼기 서 본 졸병 시절의 그 길고 긴 시간에 미치고 환장할 것 같았던 그 울분의 시간을 포함해서 말이다. 차라리 밤새워 매복하는 것이 아침이 오면 근무가 끝난다는 확실한 믿음이라 더 맘 편하다. 졸병 때 제일 마음 조이는 게 보초, 오더에 자기 다음에 펑크 잘 내는 고참이 있느냐 없느냐이다. 그 기분을 모르면서 군대 생활한 사람들은 좀은 편하게 군대를 마쳤으리라 단정한다. 하여튼 군대는 언제까지나 기다림의 연속이 아니었던가!

나의 3년은 변화에 변신의 연속이라, 참으로 빠르게 갔다. 느리다고 느낀 것은 하사관 학교 입교 전까지의 졸병 시절뿐이었다. 그것도 이제 와서는 길었다는 감이 들지 않는 것은, 원래 인간은 간사하기 때문이 아닐까?

내가 고향에 가면 나의 동기 친구들이 입대를 하게 된다. 그걸 보면 난 3년을 벌고 들어가는 셈이다.

드디어 그 날이 내일이면 끝난다. 사단 보충대에서 마지막으로 먹을 밥그릇 수 두 개. 오늘 저녁과 내일 아침만 먹으면 전역 신고를 하고, 빵빠라~ 팡파레 울리며 떠나간다.

점심을 먹고 보충대에 빈둥거리고 있는데, 전역 대상자들
은 모이란다. 하사 몇 명과 병장 수십 명이 모여들었다. 일
주일 간의 전역자 수가 보충대를 메우고도 남는다.

"여러분들, 출발이 연기되었습니다."

뭐야? 강평원의 팔자에 똥물이 튀겼나? 군에 일찍 들어와
고된 훈련과 특수 임무로 3년 세월을 고스란히 보냈다. 그
런데 또 제대 특명까지 연장되어 6·25동란 후 일반병으로
제일 많은 군생활을 하고, 그것도 모자라 연장되어 투표하
고 나가란다. 원참, 재수 옴 붙었나, 보충대에서 3일간 더
있다가 제대하란다.

갑자기 뒤통수가 띵하니 당겨온다. 편두통도 없는 내가 말
이다. 제대 말년이면 떨어지는 낙엽도 피해 간다는데, 이번
에는 또 무슨 일이냐?

"말해 봐, 무슨 큰일이 났는데?"

"투표하고 떠나라는 상부의 명령입니다."

"아니, 우린 부재자 투표에 해당되지 않잖아."

"아닙니다. 도착해 있습니다."

논산 군번 11678685. 전후 군번 동기생들이 이 책을 읽는
다면 거짓말이 아님을 보증할 것이다. 전부 찬성표를 찍고
제대하라고 제대 특명 연장 사건을 말이다.

뭐 이런 개 같은 일이 있냐! 3선 개헌 국민 투표일은
1969년 10월 17일, 나의 전역 예정일 하루 뒤이다. 그때 나
는 민간인의 신분이다. 그런데 왜 제대를 늦추어가면서 투
표해야 하나?

대한민국 선거관리위원들은 유권 해석을 받아두었느냐?

 북파 공작원

이 빌어먹을 또 3이란 숫자다.

우리는 군에 있었기 때문에 몰랐지만 '69년 9월 14일에 일어난 3선 개헌 파동으로 사회에서는 난리 비슷한 시국 경색이었다. 박정희 대통령이 두 번의 임기를 끝내면 물러나야 하는데, 헌법을 뜯어 고쳐서라도 대통령을 한 번 더 하고, 나아가 영구 집권 하겠다고 고집을 부린 것이다. 집권당인 공화당 내에서도 반대의 목소리가 높았고, 야당인 신민당의 반대는 뻔한 것이었다.

반대하는 공화당 의원들을 중앙정보부 요원들이 공갈·협박·회유를 하여, 반대의 선봉장이었던 김종필 총리가 찬성으로 돌아서 버렸다. 반대하던 당시 신민당 원내총무이던 김영삼 전 대통령이 중앙정보부에 의해 초산 테러를 당하는 등 정치판은 혼란의 연속이었다.

공화당은 신민당을 피해 9월 14일 새벽에 공화당 의원 전원과 정보부의 회유에 변절한 무소속 의원들만 참석하여 국회 제3별관(또 3이다)에서 날치기로 법안을 통과시켰던 것이다. 그야말로 대통령 3선 금지 조항의 벽을 의사봉 망치로 탕!탕!탕!(워메 여기 또 3이네) 우리의 사오정처럼 여덟! 아홉! 열! 꽝! 하고 폭파시킨 것이다. 하긴 지금도 국회의원들을 보면 일본 스모 선수에게 배웠는지, 흉내만 내는 것인지 모를 배치기가 만연하고 있지만 말이다.

'중단 없는 전진'을 국민에게 요구하던 박통이 자신의 집권을 중단시키지 않으려는 데 구호가 딱 맞아떨어진 것을 보면 세상사의 뒷일은 아무도 모른다. 정치인들은 자기가 벌여놓은 일들을 임기 안에 꼭하겠다고 공약하고, 임기가 끝날 때면 아직 하던 일을 덜하였으니 마무리하기 위하여 한 번 더 하겠다고 법을 고치고 한다.

만약 임기 중 사망하면 국민은 저승에 가서 염라대왕한테 부탁하여 데려와야 할 것이 아닌가. 벌여놓은 일들을 끝내 달라고! 정치인들 입은 더러운 똥통보다 못 하다. 상대방더러 철새 정치인이라고 비난하던 자가 선거가 끝나면 당을 옮기어 철새 정치인이 되어 있다. 이 나라 정치는 자기가 아니면 할 사람이 없다는 것이다.

그때 참석했던 122명의 의원들은 박준규 국회의장과 106명의 공화당 의원과 11인의 정우회 의원, 그리고 김용태 등 4명의 무소속 의원이 포함된다

한편, 개헌안 표결에 참가하지 않은 49명 가운데, 유진오 총재 외 44명의 신민당 의원과 정영환 의원 예춘호·김달수·양순직 등 공화당에서 제명된 의원들이었다.

가관인 것은 말이 새벽이지 0시 27분에 국회 본회의를 재개하여 6분 만에 투표 용지 '可否'란의 '可'자 밑에 자기 이름으로 기표케 한 것이다. 이와 같은 기명 투표는 이탈표 방지와 다음 날의 협박용이었다. 너 반대 아니면 기권했지?

중앙정보부의 김형욱이 누구인가? 물론 3선 개헌 국민 투표 결과 후 토사구팽(兎死狗烹) 신세가 되고 말았지만 말이다.

그런 이유로 우리는 보충대에서 군대 생활 이틀을 더 해야 했다. 군대에서의 부재자 투표는 60만 대군의 찬성이었다. 부대장이 보는 앞에서 기표하는데, 꼼짝마라!이다. 이때 대기한 병력의 숫자는 얼마일까, 통계를 못 보니 알 수 없

 북파 공작원

다. 아마 내 앞의 전역자들도 대기했을 것이다.

국민 투표는 67.5퍼센트의 찬성으로 박정희 대통령에게 영욕의 길을 열어주었다. 10월 18일, 제대하는 뒷맛이 영 안 좋다. 찬성하지 않으면 전역시키지 않는다고 싱글싱글 웃으며 찬성을 강요하던 보충대 상사의 능글능글한 얼굴이 영 밥맛이다. 그런 식으로 60만이 찬성하면 반대표는 120만이 줄어든다.

지금의 김대중 대통령이 71년도의 대통령 선거에서 석패하고 투옥 등 고난의 길을 가기 시작한 것도 군대의 부재자 투표 때문이라는 설이 결코 근거 없는 것이 아니다. 아마 그때에도 전역 장병을 붙들어두고 투표시켰을 것이다.

춘천역에는 전역 군인들로 발디딜 틈이 없다. 역무원이 춘천역 생기고 제일 많이 제대한다고 어리둥절 영문을 몰라했다. 군대에서도 미안했는지 3등 군용 객석이 아닌 2등칸 객석에 우리를 태워준다. 춘천역이 그 정도면 용산역은 군 창설 이후 최대로 붐빌 것이다. 그러면 어떠냐. 어쨌든 우리는 고향으로 향하는 남행 열차에 몸을 실은 터였다. 난 군인에서 민간인으로 다시 태어났다.

3자와의 약속

상기 기록들은 군 시절의 군인의 신분으로서 충실히 임무를 완수한 것이다. 국가와 국민이 부여한 임무를 나는 무사히 임무를 수행하였을 뿐이다. 나야 3선 개헌으로 인해 사흘 동안 발목을 잡혔지만, 10년 후 박정희 대통령에게 돌이

킬 수 없는 운명의 날이 왔다. 은퇴하여 평범한 노인으로 기억되기를 바랐던 박정희 대통령의 소박한 꿈은 권력의 마력에 희생된 셈인가?

3선에도 3자가 있네. 역시 나와 3자는 악연이다. 조계사도 3선 때문에 스님들이 데모를 했는데, 거기도 3자와 악연이 있는 모양이다.

하느님, 나를 용서하소서. 또한 부처님, 이 불쌍한 중생에게 자비를 베푸소서.

하사관은 가정에서의 어머니 역할이다

1999년 10월 7일. 오랜만에 88고속도로를 신나게 달렸다. 승용차 속도계의 바늘은 145킬로미터를 오르내린다. 죽으러 가는 길이 아니라면 이렇게 과속을 할 수 있겠는가. 다 이유가 있다.

나는 전북 익산시 여산면에 있는 육군 하사관 학교로 가는 중이다. 원주에 있었던 1군 하사관 학교가 전북 익산으로 옮겨간 지는 오래 되었다지만, 나에게는 초행길이다. 내가 그 곳을 방문하는 것은 학교의 교육생들 교육 프로그램 중에 '명사와의 만남'이라는 프로그램이 한 달에 한 번 있는데, 거기에 초청 강사로 뽑힌 것이다.

육군 하사관 학교장 송열재 교장 선생님(육군 준장)의 초청을 2주 전에 받아 지금 가는 길인데, 초행길이라 그만 길을 잘못 들었고, 이를 만회하기 위해 과속을 하였는데, 아뿔싸! 교통 경관에게 걸리고 말았다. 차창으로 빤히 올려보는 나

에게,

"사장님, 오지게 바쁜 모양입니다. 속도 위반을 하셨으니 면허증 제시바랍니다."

내가 여차저차 사정 이야기를 하였으나, 어떤 이유에서든지 일반 차량 과속은 봐줄 수 없다는 것이다. 대통령도 안 된단다. '안 되긴 뭐가 안 돼' 속으로 중얼거리다가 이러다가 또 늦겠다 싶어 사정을 했다.

"하사관 학교 강의가 15 : 00시인데 지금 시간은 12 : 00시다. 빨리 도착하여 강의 준비도 해야 하기 때문에 마음이 조급해서 과속을 하였다."
라고 하니 비로소 용서해 준다.

단속 경관에게 대단히 고맙다고 인사하면서 하사관 학교에 강의하러 가는 명사(名士)쯤 되면 경관도 봐주는가? 좀 미안스럽기도 했다.

그렇게 서두른 탓에 일찍 도착하여 송열재 교장 선생님께 인사드린 후 강의 시간을 알아보니, 1시간 강의로 알고 갔는데 2시간이나 되는 긴 시간이었고, 하사관 후보생 대상의 강의인 줄 알았는데 내 나이 또래 상사님들의 속성 교육반(교육 후 준위·원사 승진 과정)으로 인원이 300명 정도이다. 거기다가 우리 아들뻘되는 연령의 하사관 후보생 400여 명을 더 해 약 800명을 대강당에 모아놓고 강의를 하란다. 약간 긴장될 수밖에 없다.

나의 하사관 학교 시절은 1군 소속만 모여 교육을 받았는데, 현재의 이 곳은 종합 학교로 승격되어 곧 여군 하사관도 이 곳에서 교육을 받을 것이라고 한다. 학교 규모가 어마어마하고, 시설 또한 교육받기에 적합하여 과연 세계에서 제일 가는 분대장 양성소답다.

교장 선생님은 지금 급변하는 사회 환경 때문에 군에서 뒤쳐지는 느낌을 갖는 우리 하사관님들에게 긍지를 가지고 군생활을 할 수 있도록 조언을 해달라고 주문하였다.

교장선생님이 원하는 바와 내가 생각했던 강의 내용이 달라 당황하였다. 또 그 동안 KBS '아침 마당'이라는 프로에 36분, 교통 방송과 KBS FM 라디오에서 생방송을 해 보았고, MBC에서 녹화방송도 해보았지만, 50대 하사관과 곧 하사가 될 후보생을 상대로 한 자리에서 강의한다는 게 부담이 되었다.

학교측에서는 처음으로 방송국의 취재를 허락하였으나, 마산 MBC측이 갑자기 취재를 취소하는 바람에 녹화를 못 하게 되었다. 기무사에서도 허락을 받게 해 주겠다고 전발 장교한테 전화까지 하며 애써 주었는데 펑크가 난 것이다. 학교측에서도 좋은 강의를 하여 녹화 테이프를 만들어 우리 하사관들이 긍지를 가지고 군생활을 할 수 있게끔 새로운 교육생들이 올 때마다 테이프를 보게 하려고 했는데, 방송국의 안일한 태도 때문에 일을 그르치고 말았다. 녹화를 못 하겠다고 일찍 말하였으면 KBS쪽에서 왔을 텐데 구성 작가의 잘못이다.

궁여지책으로 학교측이 비디오로 녹화하여 훗날 보내왔는데, 음향과 조명이 엉망이었다. 어찌 첨단 장비를 가진 방송사를 따라가겠냐만은 아무래도 수준 미달이다.

다음은 그 날 내가 한 강의의 요지이다.

하사관은 가정으로 말하면 어머니다. 그러니 한 가정의 중심이라고 할 수 있다. 어느 가정이든지 대부분의 아버지는 밖으로 돌고, 안에서 자식을 키우고 살림을 하는 것은 어머니다. 아무리 똑똑하고 재산이 많고 지위가 높은 아버지라 하더라도 실제로 집안을 똑바로 이끌고 가는 것은 어머니다.

아버지가 없는 집안의 자식은 그런대로 잘 성장할 수가 있지만, 어머니가 안 계신 집안의 아이들을 보면 거의 엉망진창으로 성장하는 게 다반사다. 그래서 집안에는 어머니가 있어야 하고, 그 어머니들은 훌륭해야 한다.

군에는 장교도 있고 장기 복무자도 있으나, RTOC라는 학사 장교가 많은 편이다. 그들은 몇 년 복무하고 나면 예편해 버린다. 그러나 우리 하사관은 몇 십 년간 군생활을 한다.

군대의 병과별 노하우에서도 최고라 할 수 있다. 어머니 같고 누나 같으며, 할머니 같기도 하고 친구 같은 그런 냄새를 풍기는 사람이 바로 선임하사, 인사계들이다.

내가 근무할 때는 인사계와 선임하사 역할뿐인데, 지금은 부소대장·소대장 직책도 맡을 수 있다고 한다. 정말 잘 한 것이라는 생각이 든다. 우리 속담에 콩 볶는 데는 며느리보다 시어머니가 낫다고 하였다. 아무래도 결혼한 지 얼마 되지 않는 며느리보다 콩을 더 볶아 보았기 때문이다.

하사관은 국가 공무원이지만, 국토 방위를 맡고 있는 군의 특수성으로 인해 많은 제약을 받는다. 지금은 많이 좋아졌다고는 하나 그래도 군은 군이다. 사람이 아닌 군인이다. 그리고 군도 사회의 일원이기에 사회 생활에 따르는 제약이 있기 마련이다.

이제 한 곳에서 뿌리 박고 걱정 없이 살 수 있도록 하사관에 대한 대우 문제나 처우 개선에 각별히 신경을 써야 할 것이다. 잦은 전출을 자제하고 하사관의 위상도 높여 주어야 할 것이다.

후배들이여! 그대들은 세계에서 제일 가는 분대장임을 명심하고 긍지와 보람으로 살아라.

육군 제1하사관 학교 45기 강평원.

나는 강의를 끝내고 돌아오는 길에 그 당시 인사계의 꼬임에 빠져 장기 복무를 하였다면, 지금의 집이며 부동산이나 고급 승용차, 자식들의 교육비, 삶의 여가를 누릴 수 있는 나만의 시간 등을 아마 가질 수 없었으리라.

내가 누릴 수 있는 것과 뒤에 남기고 온 우리 하사관님들의 처지를 비교해 보면 단순히 경제 발전으로 삶의 질을 높일 수 있는 것이 아니라, 지금 이 시간도 우리 나라가 있기까지 우리 군이 국토를 잘 지켰기 때문에 우리가 편한 생활을 할 수 있다고 생각한다.

강의를 끝내고 강의료를 안 받으려고 했지만, 꼭 처리해야 한다고 하여 받아왔다. 너무나 미안한 것은 나인데, 전발 장교님은 적어서 미안하다고 몇 번인가 말하는 것이다. 교장 선생님으로부터 만년필을 선물로 받고 머그잔 두 개와 수건까지 받아왔다. 방송국의 출연료보다 많은 돈을 주면서도

멀리 김해서 여기까지 왔는데 기름값까지 걱정하는 주임원
사의 말이 지금도 귓전에 맴돈다.

제대 후 처음으로 한 군부대 초청 강의, 그것도 출신 학교
후배들에게 서툰 강의였지만, 내 인생에 가장 값진 시간이
었다, 그 어떤 무엇보다도.

비무장 지대의 고엽제

이 글은 내가 《월간 중앙》 2000년 1월호에 실린 내용으로
기자와의 인터뷰한 기사에서 발췌한 것이다. 최근 미국 정
부가 오랫동안 비밀 자료로 보관해 오던 한 군사 문서를 공
개한 직후이다. 거기에는 한국의 비무장 지대에서도 고엽제
(Defoliant)를 사용했다는 내용이 들어 있었다.

그런 사실이 우리 언론을 통해 사회적으로 커다란 이슈가
되자, 강평원 씨는 비로소 자신이 고엽제와 관련해 대단히
중요한 '증언자'임을 깨달았다. 이윽고 지난 '99년 11월 강평
원씨는 〈중앙일보〉를 통해, "내가 바로 고엽제 살포 작업을
지휘한 장본인"이라는 증언을 내놓았다. 기자는 강씨와 약
속한 12월 3일 그가 살고 있는 경남 김해시로 내려갔다.

고엽제를 직접 손에 들고 뿌려댔던 사실에 앞서 강씨는,
"어떻게 해서 그 당시 우리 비무장 지대에 고엽제가 등장하
게 되었는지 전체적인 상황을 이해해야 된다"면서 그 배경
부터 들려주기 시작했다.

'60년대 중반부터 '70년대 초반 남북한 관계에서 두드러진 특징은 북한의 대남 도발이 전례없이 극심했다는 점이다. 울진·삼척 공비 침투, 1·21사태, 푸에블로호 납치사건 등 일반에 잘 알려진 북한의 도발을 비롯해 수많은 사건들이 이 기간 중에 일어났다.

왜 이 시기에 북한의 도발의 집중했을까. 제대한 이후에도 군과 국방 문제에 줄곧 관심을 가져왔다는 강씨의 분석과 견해를 들어보자.

"북한이 남한을 자꾸 꼬드긴 겁니다. 크게는 북침, 작게는 남한의 국지적인 선제 공격이라도 이끌어내려고 유도했던 거죠. 계속 찔러 '이래도 안 덤빌래?' 하고 약을 올려 쳐올라오기를 기대했을 겁니다."

'64년 7월부터 '73년 3월까지 8년 8개월 동안 우리 나라는 월남에 한국군을 파병하였다. 전투 부대와 비전투 부대, 그리고 지원 부대를 포함해 연인원 31만여 명에 달하는 대규모 파병이었다. 그것은 곧 국내 전투 병력의 축소와 전력의 공백으로 이어졌다.

반면 북한은 '53년 7월의 휴전 이후 줄곧 군비 증강에 힘을 써 남한에 비해 상대적으로 월등한 우위의 전력을 보유한 상태였다. 이에 따라 북한이 그 시기를 적화 통일의 호기로 판단했다는 것이다.

그런데 왜 먼저 쳐내려오지 않고 남한에서 먼저 공격하도록 유도했던 것일까.

"국제 사회에 내세울 명분이 필요했을 겁니다, 6·25때 북한이 남침했다가 국제 사회의 비난을 받았고, 그것이 곧 미군과 유엔군의 참전으로 이어졌습니다. 다 이긴 게임에서 결정적인 패인이었던 거죠. 그래서 남한이 먼저 공격할 경우 그 같은 바깥의 지원이 없을 것이고, 얼마든지 이길 수 있다고 보았습니다. 그래서 남한에 대해 연쇄 도발을 했던 겁니다. (~중략~)"

봄이 되고 대학가의 새 학기가 시작되면서 후방은 집회와 시위로 혼란스러워졌다. 안 그래도 일찍부터 월남 파병 반대다, 한일 굴욕 외교 반대다 해서 정부를 비난하는 시위가 이어지던 터에, 1·21사태는 더더욱 정부를 곤경으로 몰아넣었다. '서울 한복판에 무장 병력이 넘어 올 수 있다는 게 말이 되느냐?', '군은 도대체 뭘 한 거냐?', '군은 군으로 돌아가라'는 분위기가 확산되면서 정부와 군을 성토하는 집회와 시위가 계속되었다.

이렇게 되자 청와대에서 긴급히 대책을 마련했다는 것이었다. 육로를 통한 북한의 무력 도발을 막기 위해 휴전선 전체에 철조망을 설치하기로 한 것이다. 얼핏 상상해도 보통 작업이 아니다. 155마일 전역에 땅을 파서 3미터 높이의 Y자형 쇠기둥을 일정한 간격으로 박고 그 사이를 전부 가시 철망으로 메워 나가는 작업이다. 전방의 전 부대가 동시에 동원된 역사(役事)였다. 그리하여 정부의 예상과 기대처럼 이 철조망이 설치된 이후 육상을 통한 침투는 없었다.

공사 시한도 '금년 말까지'로 팍 못박아 지시가 내려 온 상태였다. 이윽고 4월 중순부터 철조망 공사가 시작됐다.

강씨가 속한 부대 역시 소대별 역할 분담을 한 뒤 공사를 시작했다. 제1소대는 시멘트와 모래를 운반해 쇠기둥을 고정시키는 콘크리트 작업 담당, 제2소대는 철조망 운반 및 설치, 제3소대는 벌목 작업, 제4소대는 철조망 쇠기둥 운반 및 설치로 역할이 나뉘었다.

험악한 산악 지대여서 차가 다닐 길이 있을 리 없었다. 또 새로이 길을 낼 장비에 지원도 바랄 수 없던 시절이었고, 위에서 몰아치는 통에 길을 내고 자시고 할 시간 여유도 없었다.

100퍼센트 등짐 공사였다. 둘둘 감아 놓은 철조망 뭉치와 쇠기둥, 땅을 파기 위한 삽과 곡괭이, 쇠기둥을 고정시키기 위한 시멘트와 모래, 나무와 잡초를 제거하기 위한 톱과 정글도 등 필요한 자재와 도구를 전부 산 아래에서 분배받아 그것을 병사들이 이고 지고 산 위로 날라야 했다.

3소대가 맡은 벌목 작업은 철책으로부터 500미터 전방까지 거리 내에 있는 풀과 나무 등 시야 장애물을 모두 제거하는 일이었다. 야간 경계 근무를 하기 위해서는 시야를 가리는 장애물이 없어야 했다. 전방 50미터까지를 뻥 트인 공간으로 만들어 놓고 사람이든 짐승이든 얼쩡거리면 즉각 발견할 수 있도록, 이른바 사막화 작업이었다.

4월, 5월까지는 그런 대로 무리없이 작업이 진행되었다. 그러나 6월 들어서면서 예상하지 못한 문제가 생기기 시작했다. 풀을 뽑고 나무를 밑둥치까지 타 잘라내도 이튿날이면 언제 그랬느냐 싶게 새 풀과 새 줄기가 쑥 머리를 내밀고, 이내 수일 만에 쑥쑥 자라 오르는 것이었다.

사람들의 발길을 타지 않은 비옥한 땅이어서 나무와 풀은

 북파 공작원

손쉽게 금방금방 자라났다. 소대원들의 손바닥은 연일 계속된 톱질과 칼질로 곰 발바닥처럼 못이 박히고, 망가져 갔다. 그런데도 나무와 풀은 베어도 베어도 한이 없었다. 악전 고투하던 차에 6월 초 중대 본부로부터 연락이 왔다.

"나무와 풀을 죽이는 미제 약이 왔으니 본부에 와서 배급 받아 가라."

라는 것이었다. 마침 다른 분대장이 철책 안쪽에 들어가 한창 벌목 작업을 지휘하고 있어서 내무반 당번이던 강하사가 연락을 받았다. 그는 부하 3명을 데리고 산 아래쪽 중대 본부로 갔다.

중대 본부 앞마당에 미군 소형 트럭이 한 대 서 있었고, 짐칸에는 드럼통이 하나 실려 있었다. 그 옆에는 거구의 흑인 병사가 떡 버티고 서 있었다. 계급이 뭔지 알 수도 없었다. 껌을 쩍쩍 씹으며 그는 우리 측 사병들에게 드럼통을 들어내라고 했다. 강씨와 함께 갔던 3명의 부하 사병들이 차에 올라가 드럼통을 옮기려 했으나 여간 무거운 게 아니었다. 흑인 병사가 "게라웃(Get out)" 하더니 자기가 어깨로 그것을 밀어댔고 드럼통은 차 밖으로 쿵 떨어졌다.

그러고는 중대 서기병으로부터 인수증으로 보이는 문서에 서명을 받더니 횅하니 왔던 길로 차를 되짚어 가 버렸다. 드럼통 옆에 노란색 글씨로 영문이 씌어 있었지만 도무지 뭐라고 씌었는지 알아 먹을 사람이 없었다. 대대 화학 장교도 같이 오지 않았고 통역도 오지 않았다. 흑인 병사 혼자 짐꾼처럼 덜렁 왔다가 가 버린 터였다.

그게 고엽제라는 이름의 맹독성 제초제였다는 사실을 강

씨는 나중에 제대하고도 한참 후에야 알았다. 그때 드럼통 속에 들어 있는 액체에 대한 정보는 오직 중대 서기병의 간단한 설명뿐이었다.

"이게 풀 죽이는 약인데, 그냥 쓰면 안 되고 반드시 등유나 경유에 섞어 써야 합니다. 비율은 6 대 4 정도로 기름을 더 많이 넣고 녹여 쓰면 됩니다. 다른 소대에도 갔으니 우리 소대 방어 구역에만 골고루 갖다 뿌리면 됩니다."

농약을 뿌릴 때, 등에 지고 사용하는 분무기도 같이 왔다. 흔히 기름을 덜 때 쓰는 다리 두 개에 머리 하나 달린 깔때기 펌프도 있었다. 깔때기 펌프로 약을 다른 용기에 덜어 기름을 섞고, 그것을 분무기에 넣어 뿌리도록 돼 있었다.

강하사 일행은 일단 그것을 운반하기 좋게 '스페어 깡(캔)'에 옮겨 담았다. 스페어 깡이란 흔히 지프차 뒤에 매달려 있는 예비로 달고 다니는 여벌 기름통의 속칭이다. 깔때기 펌프를 드럼통에 집어넣어 풀 죽이는 약을 덜어 보려 했지만, 작동이 잘 되지 않았다.

병사들은 짜증난다는 듯,

"어느 세월에 그거 해, 까짓것 들이붓자."

라고 했다. 한 병사가 철모를 벗었다. 다른 병사들이 드럼통을 기울여 땅바닥에 놓인 철모에 약을 덜어 다시 스페어 캉에 옮겨 담는 작업을 반복했다.

그렇게 해서 풀 죽이는 약은 각 소대로 옮겨졌다. 약이 반입되자 가장 크게 기뻐하며 반긴 것은 고참병들이었다. 고참이든 졸병이든 간에 다들 연일 계속되는 벌목 노가다에 파김치가 돼 있는 상황이었다. 당장 손이 문제였다. 온통 물집이 잡히고 부르트고 하여 상처투성이었다.

하루 이틀도 아니고 몇 달 동안 톱질에 도끼질에 칼질을 반복했으니 무리도 아니었다. 거기에 비하면 분무질(분무기로 약 뿌리기)은 거의 힘들지 않는 '양반'이었다. 톱질과 칼질은 곧 쫄다구들의 전담이 됐고, 고참부터 이른바 '선착순'으로 분무질을 차지했다.

약이 공급된 이튿날부터 약 뿌리기 작업이 시작됐다. 섞어 쓴 기름은 주로 등유였다. 최전방에다가 고지대였기 때문에 전기는 구경도 못 할 때였다. 겨울이면 나무 땔감으로 내무반에 난로를 때고 밤에는 호롱불을 켜야 했다.

땔감에 빨리 불이 붙게 하려면 등유를 부어야 했고, 호롱불을 켜는 데도 등유가 필요했다. 그래서 등유는 진작부터 부대마다 공급되고 있었다.

비율은 4 대 6으로 해서 섞어 쓰라고 했지만, 그걸 누가 어떻게 잴 것인가. 그저 적당히 눈어림으로 맞추어 기름에 약을 들이붓고는 막대기로 휘휘 저어 분무기에 담았다. 그것을 풀이 난 곳이나 나무등걸과 땅 속 뿌리에 대고 분무를 하면 정말 기가 막히게 약발이 먹혔다.

약이 뿌려진 풀잎이나 나뭇잎은 순식간에 아주 진한 녹색, 또는 시커먼 녹색이 된다. 그렇게 이틀이 지나면 이번에는 온통 새빨간색으로 변한다. 그러고는 그대로 말라죽는 것이다.

색깔의 변화뿐 아니라 말라죽는 모습도 일반적인 식물의 고사와는 사뭇 달랐다.

일반적으로 식물이 말라죽을 때는 잎사귀가 똘똘 말려 그

야말로 말라비틀어져 죽게 마련인데, 이 약을 뿌리면 그렇
게 감기거나 비틀어지지 않고 본래 모습 그대로 말라죽는
것이었다. 더더욱 신기하게도 그렇게 약이 뿌려진 곳에서는
다시는 어떤 싹도 돋아나지 않고 흙만 푸석푸석 남는다는
사실이었다. 죽지 않을 것처럼 단단히 박혀 있는 나무등걸
이나, 힘겹게 제거해야 했던 땅 속의 나무뿌리들도 벌겋게
말라죽었다. 그만큼 독성이 강하다는 의미일 것이다.
　나무뿌리가 깊게 뻗어나간 곳은 4 대 6 비율의 약으로는
안 될 성싶어 원액을 그대로 갖다 뿌리기도 했다. 시간이
갈수록 분무기가 제대로 작동되지도 않았다. 고지대여서 공
기의 압력이 평지와 달랐고, 또 오랫동안 기름에 절다 보니
제대로 약이 뿜어지지 않았다.
　그래서 병사들은 철모를 애용했다. 약을 철모에 담아 들고
구정물 버리듯 획획 내뿌려 버리는 것이다. 강씨는,
　"돌이켜 생각하면 끔찍한 일이었지만, 그때는 그게 무슨
해독이 있으리라고는 전혀 생각해 보지 않았다."
라고 한다. 마스크와 장갑이라도 했으면 나았겠지만 당시로
서는 상상할 수 없던 호사스런 일이었다.
　병사들은 여름과 초가을까지 런닝셔츠 바람에 전투모만
쓰고 작업하는 게 보통이었다. 일을 마치고 저녁에 모였을
때 보면 약이 닿은 피부 부위가 화상을 입은 것처럼 벌겋게
부어올라 있었다. 아프거나 따갑지는 않고, "가려워 미치겠
다"고들 아우성이었다. 서로 돌아앉아 벅벅 등을 긁어주기
일쑤였다. 강씨는 그래도 병사들이 약 뿌리는 일을 좋아했
다고 말한다.

 북파 공작원

"물론 그것도 나중에 알게 된 것이지만, 고엽제 증상이 몸에 닿거나 흡입하고 나서 아무리 빨라도 5~6년은 지나야 나타나잖아요. 그러니까 그때야 '약이 좀 독하네'라고만 생각하고 그냥 넘어갔죠. 제대하고 나서 설마 무슨 병이 생겨도 그게 군대 시절 약 뿌린 것 때문인 줄도 몰랐을 테고, 좀 가렵더라도 며칠 지나면 또 괜찮아지니까 별일 없다고 생각했어요. 어쨌든 내무반 생활이나 훈련받는 것보다 밖에 소풍하듯 나가 사역하는 게 병사들은 좋았으니 너도나도 싱글벙글 열심히 일했죠."

매일 땀 흘려가며 작업하고 약을 묻혀 돌아왔더라도 그때그때 목욕하고 깨끗이 털어냈으면 좋았겠지만, 그것 또한 여의치 않았다. 무엇보다도 고지대라 물이 없었다. 먹는 물조차도 스페어 깡으로 아래서 계속 운반해 와야 하던 판에 몸 씻을 물이 충분할 리 없었다.

게다가 하루 종일 작업에 지친 병사들은 씻는 것도 귀찮아하게 마련이었다. 돌아와 점호를 하는 둥 마는 둥하고는 까무라쳐 잠들거나 야간 경계 근무에 곧바로 투입되기 일쑤였다. 강씨는 특히 그 약이 그렇게 위험한 것인데도 아무런 주의 표시도 표기되지 않았고, 주의 사항도 전달되지 않았다고 분개한다.

"그때 '먹물'든 사람들이 전방에 올 리 있습니까, 좀 배웠다 싶으면 다들 이래저래 군대 빠지구, 설령 입대한다고 해도 비교적 위험이 적은 후방에서 펜대나 굴리려고 했지, 그러다 보니 영어를 아는 건 고사하고, 그 근처라도 간 사람이 전방에는 씨가 마른 거예요. 그런 사정을 생각해서 그

 북파 공작원

약을 담은 드럼통에다 '해골(위험물 표시)'이나 빨간 엑스표라도 그려놨으면 뭔지는 몰라도 겁은 냈을 거 아뇨. 농약도 제대로 안 나오던 시절이고, 우리 촌사람 출신 병사들이야 독약이라면 그저 꿩 잡는 '사이나' 아니면 한약방 비상 정도밖에 몰랐잖아요. 좌우지간 그 약이 제초제인지, 독약인지 조금이라도 알았으면 조심했을 텐데 알 수가 없었으나 그게 문제였던 거죠."

'사막화 작업'은 휴전선 철책 설치 작업과 함께 '68년 말까지 계속됐다. '69년 초까지도 작업을 한 소대가 있었다고 강씨는 기억한다.

'약'은 떨어질 때쯤이면 계속 미군 병사가 드럼통에 담긴 고엽제를 싣고 와서 떨어뜨리고 가는 방식으로 공급됐다. 철책 설치 작업의 역사가 끝나가던 '69년 초 '사막화 작업'은 거의 마무리됐다.

철책 전방 50미터까지는 풀 한 포기 남지 않게 됐다. 정말 사막처럼 변한 그 공간에는 다시 흰 시멘트 가루가 덧뿌려졌다. 야간 경계 근무 때 시야 확보 효과를 더욱 높이기 위한 것이었다.

요행히 강씨는 분대장이었던 덕분에 작업 지시를 주로 했고, 직접 약 뿌리는 일을 별로 하지 않은 까닭에 고엽제에 접촉하거나 흡입했을 가능성은 그만큼 낮았다.

제대 후 30년이 지난 지금까지 아무런 병적 증세가 나타나지 않았다는 점도 강씨에게는 안심이다. 특히 그는 오랫동안 방위 산업체에 근무했고, 또 지금은 직접 방위 산업체를 운영 중이다.

이런 이유에다 자신이 고엽제와 접촉했었다는 사실을 드러내기를 원치 않아 그 동안 강씨는 고엽제 문제에 대해 적극적으로 나서지 않았다. 그러나 요즘 그는 고엽제 문제에 적극 매달리기 시작했다.

"한국 내에서의 고엽제 살포 문제가 부각되면서 나 자신이 경험한 역사적 사실이 무의미하게 파묻혀서는 안 되겠다고 생각했습니다. 더욱이 과거 한 솥밥을 먹으면서 나를 따라주던 부하 사병들이 지금 어디에서 어떤 고통을 당하고 있을지 모른다는 생각으로 더 이상 침묵하고 있을 수 없었습니다."

한국에서 고엽제가 살포됐다는 사실은 상징적이고 실질적인 양 측면에서 대단히 중요한 의미를 갖는다.

첫째, 휴전선 고엽제를 쓰지 않았다는 미군사 당국의 윤리성에 손상을 가하는 상징적인 의미, 동시에 미국 정부가 월남전뿐만 아니라 휴전선에 고엽제 후유증 환자들에 대해서도 피해 보상을 해야 한다는 새로운 의미를 갖는다.

둘째, 한국 정부 역시 그 동안 월남전 참전자로만 제한해오던 피해 보상의 범위를 새로이 규정해야 한다.

지난 '98년 개정된 '고엽제 후유증 환자' 지원 등에 관한 법률에 따르면 현재 고엽제 피해 신청 대상은 다음과 같은 세 가지 경우로 한정된다.

▶ 병역법 또는 군 인사법에 의한 군인으로서 현역 복무 중 월남전에 참전하고 전역한 군인.

▶ 군무원 인사법에 의한 군무원으로서 직무 수행 중 월남전에 참전하고 퇴직한 군무원.

 북파 공작원

▶ 정부의 승인을 얻어 전투 또는 군의 작전에 종군한
  기자

등이다.

군인이나 군무원의 경우 반드시 월남전 참전이 자격 요건
으로 돼 있는 것이다. 그러나 한국 휴전선에서도 고엽제가
사용됐다면 이 같은 규정은 그 피해 보상 범위를 다시 규정
해야 한다.

강씨의 증언은 우리 국내에서 고엽제가 왜, 그리고 어떻게
쓰였는가를 생생하게 보여주고 있다. '고엽제인 줄도 모르고
즐겁게 일했다'는 그들이 과연 누구인지조차 아직 파악되지
않은 상태이다. 강씨의 증언에 대해 이제 미국 정부와 한국
정부가 어떤 답변이나 의견을 내놓을 차례인 것 같다.

세계 제1의 분대장 양성 교육 과정을 상세히 기록한 글이
다. 이 학교는 해병대 하사관이나 공군도 의탁 교육을 시키
는 곳이며, 현재는 전북 익산에 육군 하사관 학교로 명칭이
바뀌었으며, 필자가 명사의 초대석에 초청되어 2시간 동안
800여 명이 운집한 대강당에서 강의하였다. 지금은 여군 하
사관도 통합되어 교육 중이다.

이 곳 양성 학교보다 힘든 훈련 교육이 대테러 부대이다.
독자들이 읽으면 비교가 되는 것이다. 국군 창설 이래 일반
하사로 제일 어린 나이에 입교, 제대한 신화를 갖고 있는
필자가 156센티미터 키에 55킬로그램의 왜소한 체격으로 군
단 하사관 학교에서 교육받는 과정이 상세하게 기록되었다.

하사관 학교로 차출되다

나는 논산 28연대 신병 교육대에서 교육을 끝내고, 춘천 103보충대를 거쳐, 21사단 66연대 1대대 2중대 본부 대우산 OP(포대 관측소) 중대 본부 교환대에서 근무하고 있었다. 그런데 휴가를 앞두고, 월남전에서 최말단 지휘자의 많은 희생으로 결원이 생긴 분대장 양성소 원주 1군 하사관 학교에 그만 차출되었다.

그 무렵 나는 홀로 계신 어머님이 보고 싶었고, 3사단 18연대에서 근무하다 간첩과 교전 중 오른손에 따발총 6발을 맞고 광주 77병원에 입원하고 계신 형도 보고 싶었으며, 어린 동생들도 보고 싶었다. 그러나 군은 선택된 직업이기 때문에 어쩔 수 없이 더블백을 메고 사단을 거쳐 A급 피복 장비를 지급받아 원주를 향해 진중 버스를 탔다.

　대한민국은 사계절이 뚜렷한 나라이다. 봄에는 꽃이 피고, 여름에는 녹음이 짙고, 가을은 서늘하며 겨울은 추운 사계절이지만, 중부 지방의 사계는 유난히 구분된다.

　겨울은 추운 정도가 아니다. 6·25전쟁 때 미군이 제일 고생한 것은 이 북부 지방의 눈 내린 겨울 날씨였다. 그 겨울 날씨와 또 다른 여름 날씨는 한반도의 특성상 고온다습하여 한여름 더위는 가만히 서 있어도 숨이 턱턱 막힌다. 그리고 그 더위는 겹겹이 산들로 둘러싸인 비포장 국도에 바람 한 점 없을 정도로 맹위를 떨쳤다.

　바람이란 기온의 변화에 따라 일어나는 대기의 흐름이 아니더냐, 그러나 첩첩산중을 넘어올 바람은 없다. 동해 쪽으로 아득히 높은 태백산맥이 바람을 가로막고 있으니 산간 오지는 텁텁한 지열로 온몸을 태운다. 나무들도 더위에 지쳐 축 늘어져 있는 게 강원도의 여름이다.

　나는 대우산(해발 1,175m) OP의 정든 교환대를 떠나 중대와 대대, 연대와 사단에 들러 피복 일체를 지급받았다. 모든 것이 A급인 데다가, 그 당시로서는 최고로 쳐주던 신형 군화도 제 발에 맞는 사이즈로 지급되었다. 일반병들에게는 지급하지 않았던 베이지색 여름 정복인 카키복과 겨울 외출용 정복인 사지 군복(민간에서 가장 인기 있었던 순모로 된 섬유로, 염색하여 다림질하면 멋진 신사복 바지가 되었음. 또한 보온이 잘 되어 그때는 최고의 옷이었다. 돈 있는 사람은 영국제 카멜인가 하는 복지로 옷을 맞춰 입었다)까지 지급받았다.

　원주로 향하는 비포장 산길은 바람 한 점 없이 우리를 괴롭혔다. 더구나 울퉁불퉁한 산길에다가 운전병의 운전 솜씨가 서투른 탓인지, 급 커브에서 클러치를 밟는 요령 등이 아예 우리를 골탕먹이는 듯했다. 그 덕에 우리는 좌로 쏠리고, 우로 몰리고, 앞으로 꼬꾸라지고, 뒤로 넘어지는 온갖 몸부림에다가, 더위로 인해 녹초가 되어 버렸다. 더욱이 나는 차멀미에 시달렸다.

강원도의 절반을 종단하는 그 시간이 얼마나 지났는지 그냥 가물가물하다. 대우산과 대암산을 거쳐 양구군 방산면의 사단 본부로 들렀다가, 31번 국도를 몇 시간 달렸고, 다시 평창에서 지방도로 내려갔다가, 원주시 판부면 제1 하사관학교 2대대 연병장에 도착하였으니 시간을 헤아릴 여유도 없었다.

비포장도로만 달렸으므로 온통 먼지투성이에 멀미로 토해내기도 했으니, 우리들의 행색은 패잔병은 '저리 가라'이다.

그렇게 트럭에 실려오는 내내 단 하나 위안을 삼은 게 있다면 빨리 불합격 판정을 받아 원대 복귀한 후 신나는 휴가를 가는 것이었다.

"너는 틀림없이 불합격될 게다."

라는 다른 고참의 말도 든든했다.

'휴가받아 집에 가면 동생들과 누나들을 모두 볼 텐데. 아! 어머니는 얼마나 늙으셨을까?'

편지 연락은 몇 번 있어 서로의 사정은 잘 알고 있었지만, 그래도 얼굴 한 번 마주보고, 손 한 번 잡아본다는 게 그렇게 좋을 수 있겠는가? 오직 그 '불합격'과 '원대 복귀', '정기 휴가' 세 단어만 생각하며 그 험한 길을 참아온 것 아닌가, 비록 멀미로 고생은 했지만 말이다.

　　잠깐의 휴식과 식사가 있은 후 우리는 곧바로 집합하여 신체 검사와 소양 시험을 치렀다. 우리 사단에서는 40여 명이 차출되어 왔는데, 15명을 합격시켜야 된단다. 인솔 장교인 사단 교육계의 중위는 공수 부대 출신이었는데,

　　"너희들 중 15명은 반드시 합격하여야 한다. 만약 숫자가 모자라면 본관은 물론, 불합격한 제군들 모두에게 문책이 따를 것이다. 물론 그 문책이란 단체 기합이다. 그러니 불합격되려고 요령 부리지 마라. 알겠나?"

　　"옛, 알았습니다."

　　대답은 했지만 불합격되어 기합을 받고 나면, 또 차출된 몇 명이 있어서 그 다음이 어떻게 될는지는 짐작이 갔다.

　　"그리고 너희들 명심해 둘 것이 있다. 물론 각 예하 부대에서 자원한 놈도 있겠지만, 강제로 차출된 놈도 있을 것이다. 특히 강제로 차출된 놈들, 절대로 강제로 차출되었다고 말하지 마라. 만약 입만 열었다 하면 그놈은 죽었다고 복창하라. 알겠나?"

　　인솔 장교는 미리 정신 교육을 시켰다.

　　신체 검사 결과 갑종 합격을 받았다. 소양 시험 중 필기는 간단한 영어 시험과 한자 시험이었고, 구두 시험으로 〈조선일보〉를 읽게 했다. 그 무렵 신문의 정치면과 사설은 한자가 한글보다도 더 많이 사용되어 어지간한 한문 실력 없이는 읽을 수 없는 신문이었다.

　　당시의 〈조선일보〉는 지식인의 대변지라고 자부하고 있었다. 지금도 기사에 한자를 가장 많이 사용하는 〈조선일보〉가 1군 하사관 학교 입학 시험 소양 과목 마지막 판정용으

로 채택되었다.

〈조선일보〉의 사설을 읽고 그 내용을 이해할 수준이면 고등학교 정규 과정을 우수한 성적으로 수료한 학력으로 인정받을 만큼 그때의 신문 사설은 난해하였다.

몇 년 전부터 고등학교 논술 과목으로 신문의 사설들을 매일 옮겨 적어 오라고 했다. 신문 사설을 이용한 시험은 하사관 학교가 효시였다.

나는 소양 시험 등 모든 시험을 순조롭게 끝냈다. 마지막으로 판정관 앞에 서자, 그 판정관 뒤에 우리의 인솔 장교가 인상을 험악하게 구기고 서서 심적 압박감을 더 해 주고 있었다.

"나이가 너무 어리군. 너 전방에 가서 나이 많은 부하를 통솔할 수 있겠나?"

판정관은 나를 합격시키기에는 너무나 걱정인 모양이다. 우리의 인솔 장교는 좀 초조한 표정이 된다. 아마 합격자 수가 적은 모양이다.

"네, 할 수 있습니다."

큰 소리로 대답했다.

"보자, 키가 1미터 58센티미터에, 몸무게는 56킬로그램이라, 이 체구로 감히 하사관이 되려고 했어? 너, 강제 차출당했지?"

속이 뜨끔해진다. 인솔 장교의 인상은 나를 향해 더 험악해지고 있다. 원래 15명의 합격자를 내지 못한 사단은 3일 내에 다시 병력을 데려와야 했다. 다시 그 험한 멀고도 먼 강원도 두메산골의 국도와 지방도를 이리 돌고 저리 도는 먼 여로가 왕복 몇 번이나 될는지…….

만약 내가 불합격이면 내 동료와 나는 언젠가 또 이 곳에 끌려(?)올 것이고, 내가 합격되면 내 동료들은 일단은 마음 편하게 돌아갈 것이다. 아니 돌아가는 길부터 고생바가지 안 쓴다고 장담은 못 하리라. O, X의 갈림길에 망설임이 따른다. 그리고 휴가증, 그리운 어머니와 내 형제들…….

마음이 약해서인가, 나는 내 동료들과 인솔 장교를 위하여 인솔 장교의 말을 따르기로 했다. 이 곳은 한때는 야전 병원이었으나 병원이 철수한 후 하사관 학교 분교가 된 곳으로, 분대장이 모자라 일선 최전방 부대에 보낼 하사관을 양성하는 곳에 나는 남겨졌다.

악발이 양성소

일반 사병 양성보다 비용이 4배나 더 든다는 장기 복무 하사관 양성 학교인 이 곳에는 그때는 단기 하사관을 더 많이 배출했다. 그것은 그만큼 월남전에서 분대장들이 많이 희생되었기 때문이다.

월남전에서는 소대나 중대 단위보다 분대 단위 순찰이 많았고, 그럴 때마다 적의 저격수는 분대의 지휘자인 분대장을 저격 타깃으로 삼았다. 그래야만 분대 작전에 혼란이 올 것이고, 전투 결과도 그들에게 유리하게 전개될 것 아닌가.

장기 하사와 단기 하사·일반 하사는 처음에는 구분하기 쉽게 명찰 색깔과 군번이 달랐다.

이등병으로 시작하여 진급 월수가 찰 때마다 진급하게 되

면 제대하기 6개월 전쯤에 하사까지 진급을 한다. 이 하사들을 일반 하사라고 부른다. 단기 하사는 일반 사병과 같은 개월수를 복무하면 제대한다.

일반 하사는 병장 이하 사병과 같이 흰색 명찰에 입대시의 군번을 사용했고, 장·단기 하사는 검정색 명찰을 부착하여 한눈에 알아보게 된 것은 좋았는데, 사병들이 일반 하사의 말은 잘 듣지만, 단기 하사의 군번을 자기 군번과 대조하여 비슷하거나 자기보다 아래일 경우 말을 듣지 않는 일이 많았다. 그래서 외관상의 차이를 없애기 위해 단기 하사도 하사관 군번을 부여하고 말았다.

나는 졸지에 11678685에서 80074223으로 군번이 바뀌고, 인생 유전이라더니 병과도 병참에서 통신으로, 다시 일빵빵 보병으로 바뀌었다. 군대 생활 참 골고루고 가지가지였다.

이제 하사관 학교에 입학했으니까 훈련 중 다치거나 자격 미달(신총검술·독도법·태권도 초단·특등 사수)로 합격하지 못하면 유급 내지 퇴소 조치되기 전에는 세계에서 제일 가는, 그리고 아마 제일 작은 분대장이 되는 것이다.

충성·용기·정직·책임이라는 네 가지 큰 덕목의 교훈 아래에서 악발이 양성소인 하사관 학교 본교는 원주 시내에 자리한 1군 사령부 앞에 있다. 그리고 우리가 자리잡은 분교를 포함하여 중대는 각 병과별로 편제되어 있었다. 즉, 기갑은 1중대에, 포병은 2중대에서. 또 위탁 교육생도로 해병대도 우리와 같은 내무반에 1명 내지 2~3 명씩 소속되어 교육을 받았다.

나는 하사관 45기생으로 9중대인 화랑 중대와 10중대인 맹호 중대 중 9중대에 3구대 80번 후보생이 되었다. 하사관 후보 생활 중에는 훈련병 모두가 병장 계급 대우여서 월급도 병장 월급을 받는단다. 병장 월급이라고 해 봤자 천 원 미만이지만, 그래도 일등병 때보다는 빵을 몇 개나 더 먹을 수 있지 않겠는가.

하사관 교육은 입교식을 갖기 위한 입교식 예행 연습으로 시작되었다. 새로 지급된 고급 하얀 면장갑과 신형 군화를 반짝반짝 윤이 나게 닦아 신고 예행 연습을 가졌다. 군사령관이 참석할 예정이라 엄격하게 다루었는데, 몇 번의 예행 연습은 잘 견디었으나, 막상 입교식은 너무나 힘들었다.

사령관이 참석하면 차렷 자세에서 1시간 동안 움직이면 안 된단다. 7월의 땡볕에 철모가 달아오른다. 물론 속의 화이바가 단열재이니 더울 리는 없지만, 땅에서 올라오는 열기가 온몸을 휘감아 턱으로, 귀밑으로, 짧게 깎은 목덜미를 통해 화이바 속으로 몰려드는 것 같다. 등이 땀에 흥건히 젖는다.

하얀 면장갑 속의 손마디에도 땀이 고인다. 게다가 주먹을 쥔 차렷 자세여서 약간만 움직여도 하얀색이 높은 사열대에서는 더욱 잘 보일 게 아니냐.

등에서 흐른 땀이 등뼈를 따라 가랑이 사이로 흐르는 모양이다. 허벅지 안쪽이 가렵다. 가렵다고 느끼자 말자 코 밑에 송글송글, 눈가에 송글송글 맺힌 땀이 피부를 가렵게 한다. 눈알이 횡횡 돌 정도이나 이를 악물고 견디는데, 어디선가 철버덕 철모 구르는 소리가 난다. 그러나 볼 수는 없다, 눈알도 못 굴리니까.

누군가가 더위에 지쳐 쓰러진 것일 게다. 그러나 입교식이 끝날 때까지 아무도 움직이지 않고 차렷 자세, 부동 자세를 유지했다.

입교식은 그때뿐이었지만, 그 뒤부터 한 달에 한 번, 선배 기수 졸업식 때마다 우리는 본교의 연병장에서 이 절차를 거치며 환송식을 해 주어야 했다.

우리의 입교식에는 사령관이 참석하지 않았으나, 하사관들의 졸업식에는 1군 사령관이 꼭꼭 참석하였다. 그 무렵 1군 사령관은 별이 세 개인 중장 서종철 씨였다. 그러니 환송식도 힘들기는 마찬가지였다.

다행히 한 학생만 쓰러졌을 뿐, 입교식은 무사히 끝나고, 우리들은 다시 피교육생, 훈련병 아닌 후보생 생활이 시작되었다. 머리는 빡빡머리로 막 깎은 민머리가 되어 훈련병 생활로 되돌아간 셈이 되었고, 내무반 생활은 견디기가 훨씬 어려워졌다.

관물 정돈은 훈련소나 기간병 시절은 '저리 가라'이다. 남들은 군생활 중 전과자가 아니면 한 번만 머리를 빡빡 미는데, 나는 두 번이나 밀었다. 여러 가지 지급품 중에서도 한여름철에 웬 솜옷이 지급되어 사람을, 아니 후보생을 괴롭히지 않나.

원래 관물 정돈은 부대마다 전통이 있어 관물에 옷을 접어놓을 때 앞으로 드러나는, 그러니까 관물대 정면으로 봐서 그 옷이 두께 2~4센티미터의 일정 크기로 모든 옷들이 접어져서 놓여야 한다. 런닝셔츠 같은 경우에는 종이를 접어 만든 깎대기로 높이를 맞추고, 동내의 바지나 상의도 그렇게 맞추는데, 이 솜옷의 두께가 5센티미터 이상이다. 아무리 손으로 눌리고 발로 눌러도 줄어들지 않는 게 솜의 부피 아니냐.

결국에는 이빨로 자근자근 숨을 죽여서 접힌 부분의 헝겊 부분만 요령껏 각을 지우는데, 이걸 죽어도 못 하는 후보들이 꽤 많다. 그것도 손재주인가 모르겠지만, 기가 차게 빠르게, 그리고 반듯하게 만드는 후보생도 있어 서로 도와 공생 공사한다.

하사관 학교 생활은 절도가 최우선이다. 관물 정돈에 온갖 정성을 다 들이듯이, 보행에서부터 식사까지 모든 것이 절도가 있어야 한다며, 특히 식사 때의 절도는 몸에 배이지 않는 것까지 요구하므로 상당한 인내를 각오해야 한다.

한때 항간에 나돌던 얘기들 중에 육사 등 사관 학교의 식사는 뭐든지 90° 각도로 움직인다고 했는데, 하사관 학교도 예외가 아니었다.

먼저 식탁에 앉을 때 가슴이 식탁 가장자리에 닿도록 바짝 붙어 앉아야 된다. 밥이나 부식을 그릇에서 입으로 옮기는 과정도 철저하게 직각을 유지하는 절도를 요구한다. 즉, 밥을 숟가락에 담아 수직 상승시키되, 입 높이까지이며, 입 높이에서 상승을 멈춘 후 수평으로 입으로 가져온다. 이 경우 수직 상승에서 일단 멈춤의 위치가 잘못되면, 밥이 코나 턱에 닿게 되어 고개를 쳐들거나 숙여야 된다.

식사 중에는 곁눈질도 못하며, 전방으로 시선을 두고 밥과 국을 떠먹으니 숟가락질이 서툴러 국 쏟고 뭐 데이는 일이, 학교 생활 초반에 종종 일어난다. 지금도 욕이 나온다.

"조교 새끼, 귀 한 번 더럽게 밝네."

거기다가 한술 더 보태어 논산훈련소에서는 조교의 기분에 따라 '식사 끝'이었는데, 여기는 아예 식사 시간은 2분뿐이다. 주어진 2분 안에서 직각으로 숟가락을 놀려야 하고, 시선을 옆으로 돌리지도 못하니 온몸이 경직되어 빨리 먹을 수가 없다.

정확히 2분이 되면 식사 끝이다. 한술이라도 더 먹으려면 입창을 각오해야 한다. 배고프다고 속으로 징징거리는 게 훨씬 행복한 것이니, 온갖 미련을 다 버리고 식탁에서 떨어져야 된다. 그렇게 사흘만 보내면 1분 안에 식사를 끝낼 수 있다.

인간의 능력의 한계는 어디까지이며, 숙달의 깊이는 어디까지인가는 환경이 좌우하는 것이다. 직각 식사에 보행도 직각이다.

'점과 점의 최단거리는 직선이다.'
라고 기하학에서 쉽게 설명해 두었는데, 하사관 학교에서는 그게 통하지 않는다. A점과 B점이 학교 건물의 모양에 따라 최단거리가 아닐 수도 있다는 말이다.

가령 연병장에서 내무반으로 들어간다고 하자. 내가 서 있는 위치에서 내무반까지의 직선은 건물에서 보면 직각을 형성하지 않는 위치다. 즉, 문까지는 3시 내지 9시 방향이라면 12시 방향으로 걸어가서 직각으로 꺾어서 문 안으로 들어간다. 빼딱한 건 용납되지 않는다. 쉽게 표현해서 눈에 보이지 않는 차선을 따라 좌회전과 우회전을 해야 된다.

또 다른 고역이 있다. 군대는 절제와 절도와 정렬이라는 규칙성을 무지무지 요구한다. 뭣이든지 어느 기준에 맞추어 크면 자르고, 작으면 늘리는 무지막지한 것을 주문하는 데다. 그게 잠을 잘 때도 요구되는데, 어렵게 말하든 쉽게 말하든 간에 표현은 단 한 가지, 몸부림치며 자지 말 것. 다시 말하면 침상 끝에 머리 정수리가 일치해야 되며, 몸은 반듯이 천정을 보고 눕는다. 두 팔은 깍지 끼워 가슴에 얹고, 발은 쭉 뻗어 발가락 10개가 가지런해야 한다. 양무릎이 붙지 못하며, 요대로 꼭 조여서라도 틈이 없어야 된다. 차렷 자세에서 가랑이가 엉거주춤 벌어진 후보생은 필히 그렇게 하여 교정한다. 한마디로 표현하면 물리 치료를 하는 식으로 자세를 교정한다고 보면 된다.

그렇게 해서 잠을 자야 하지만, 고된 훈련을 받은 몸들인데 그게 쉽냐? 온몸이 욱신거릴 때는 엎드려 누워도 보고, 새우처럼 웅크리며 자기도 하는데, 그러나 그런 잠자는 자세는 절대 용납되지 않는다.

불침번이 하는 일 중에서 중요한 일 하나가 취침 단속이다. 취침시 주번 사관이 순찰을 돌며 내무반에 들어섰을 때, 양쪽 침상에 각 18명, 불침번 자리가 비니까 17명과 18명이 한눈에 이마가 일렬이고 코가 일렬이냐, 입이 일렬로 정렬되어 있느냐가 보여야 된다. 한 개의 코라도 너무 밑으로 내려갔다고 판단되면 바로 기상과 비상이 발해진다.

그러니 불침번은 총의 개머리판을 침상 끝에 대고 밀며 다니다가 머리가 너무 닿으면 밀어 넣고, 닿지 않으면 끌어 올려 한 녀석이라도 일직선을 깨뜨리지 못하게 하고, 몸부림치는 놈은 우악스레 완력으로 멈추게 하고, 자세가 비뚤

 북파 공작원

면 교정해 줘야 한다.

주어진 환경이 이러하니 잠자는 것도 고역이다. 잠들었다 하면 밀고, 당기고, 팔을 잡아 옮기니 깜짝깜짝 놀라 깰 수밖에 없다. 깰 때마다 신경질이 난다. 신경질이 나다 못 해 오기가 생기고 악이 생긴다. 그렇다고 성질을 낼 수도 없다. 학교는 그걸 요구하고 있는 것이다.

악으로 똘똘 뭉쳐진 군인, 그리고 인내심이나 참을성을 길러주어야만 학과 훈련을 마칠 수 있다는 계산에서이다.

해병대에서 '예'라는 말이 없다. '악'뿐인 걸 알고 계신가? 여기서도 악발이가 되어야만 그 힘든 교육을 낙오자 없이 끝낼 수 있고, 그렇게 끝내야만 세계 제일의 분대장이 태어나는 것이다.

그렇다지만 논산 훈련소에서 어영부영 대오 뒤꽁무니만 따라다니며, 대충대충 열외가 되면서 쉬엄쉬엄 받던 훈련도 참 힘들었는데, 보다 정도가 더 어렵고 힘든 훈련을 견디어내서 과연 졸업할 수 있을까? 걱정이 태산이다.

대문호 빅토르 위고는 모든 날의 문제는 죽음이라 했는데, 나에게 있어서 오늘의 문제는 투쟁이요, 내일의 문제는 승리요, 모든 날의 문제는 졸업이다.

내무반장들은 월남전 참전 후 귀국한 선배 하사들이어서 자기네들이 경험한 전쟁에 관한 이야기를 많이 해 주었으며, 자기네들도 이 곳 하사관 학교 출신이라 전쟁 경험을 교육에 접목시켜 상세하게 가르쳐 주었다.

특히 분대장이 되어 수행해야 될 분대 전투와 개인 화기들의 특성, 공용 화기 다루는 법을 적의 화기와 비교한 교육은 머리에 저절로 들어왔다. 또 침투 훈련과 저격에 대한 교육은 자대 근무 중 긴요하게 이용할 수 있어 엄청난 보탬이 되었음은 물론이다.

하사관 학교의 하루 일과는 항시 바쁘게 돌아간다. 이동시 행군이란 거의 없다. 교문만 나서면 학과장까지 무조건 구보다.

배우는 과목 중 태권도와 신형 총검술 —— 구형 총검술은 왜소한 동양인의 체형에 맞지 않아 새로 개발한 총검술 —— 만 교내 연병장일 뿐 나머지는 모두 멀리 떨어진 야외 교육장이니, 일과 시간에 맞추려면 무조건 구보뿐이다.

그렇게 뛰어만 다니니 배는 날마다 끼니와 끼니 사이도 없이 고프다. PX가 있으면 뭘 하나. 입교 후 3개월 동안은 출입 금지이니 자대에서 동료들이 거두어준 송별금을 전혀 쓸 수가 없다. 〈행군의 아침〉 군가를 부를 때만 말 그대로 행군이지, 날마다 뛰고 또 뛰는 구보다.

설상가상이라고 1개월 동안은 그 지긋지긋한 솜옷을 입고 교육을 받아야 했다. 엄동 설한에 입어도 땀이 날 만큼 두툼한 솜옷을 한여름에 의무적으로 입어야 된다. 더운 계절에 전투할 때를 대비해서이다.

그야말로 악발이 만들기와 인내심 고양에 온갖 방법이 다 동원된다. 요즘 TV에서 해병대의 극기 훈련이나 공수 부대의 고된 훈련 등을 소개하는 걸 보면 이해되겠지만, 1군 하사관 학교의 교육 훈련은 그것보다 더 힘들다.

해병대의 극기 훈련은 며칠 동안 잠을 안 자는 게 제일 큰 고역이 아닌가? 공수 부대의 훈련도 하사관 학교에서 기본 훈련 후 공수 훈련에 들어간다. 확인해 보면 알 수 있을 것이다. 그들도 하사관 학교에서의 훈련이 훨씬 더 고되었다고 말할 것이다. 단기간의 극기 훈련은 새발에 피고 모기 발에 워카다.

훈련소에서 퇴소식을 마치고 자대에 가서 받는 훈련이 쉽다는 것을 군복무를 해 본 사람이라면 알 수 있을 것이다. 해병대나 공수 부대가 받는 유격 훈련을 방송에서 보니 그 규모가 마치 유치원 같다.

원주의 섬강에 있는 1군 유격장은 규모면에서 엄청나다. 전국에서 최고로 험하기로 악명 높다. 경찰 특수 부대와 영관급 장교들의 위탁 교육도 이 곳에서 맡는다.

하사관 학교의 4개월 훈련은 단기 훈련이므로 집중력을 굉장히 높여야 하니 다른 것을 생각한다는 정신 없는 짓은 아예 단념해야 된다.

분대장이 뭐길래 극기 훈련·특수 훈련에 각종 공용 화기를 다루기에 숙달되어야 하는가. 하지만 이 시대의 전쟁을 보라. 월남전은 헬기가 온통 날아다니는 전쟁으로 보이지만, 천만에 말이다. 헬기는 군사 이동용이었을 뿐이지, 실제의 전쟁은 보병전이었다. 적진을 탈취하고 확보하는 것도 전투기나 미사일·함포·전차포대들의 무시무시한 화력이 아니라, 걸어다니는 보병이다. 그들만이 승리의 깃발을 꽂는다.

이 병력을 지휘 통솔과 단독 작전을 수행할 수 있는 직책이 소총 소대 분대장, 바로 하사인 것이다. 또한 각개의 전투를 수행하는 군인이고, 8명의 부하를 통솔하여 작전을 이끌어 전투에 승리하는 직책이니, 이러한 극기 훈련과 특수 훈련을 견디어내야만 분대장의 임무를 수행할 수 있지 않겠는가.

보병으로 근무하지 않은 예비역들은 하사나 분대장을 우습게 본다. 그냥 분대의 장 정도로 생각하지만, 그들은 모른다. 8명의 생명을 책임져야 하는 막중한 임무를 지닌 자리이다. 똑똑하지 못한 분대장을 전투에 내보내어 봐라. 그들 분대원의 생명은 불을 보듯 뻔하지 않겠는가.

이 글을 읽는 여러분께서 왜 우리가 그렇게 혹독한 교육을 받아야 하는지 이해하실 게다. 솜옷을 입고 하는 훈련은 사격 연습 때 딱 한 번 도움이 되었다. 쿠션이 좋아서 무릎과 팔꿈치가 깨지는 일이 없는 것이 바로 그 도움이지만, 온몸에 생긴 땀띠 때문에 엄청 고생했다.

날이 무디고 무거운 구형 대검이 우리 군에서 사라지고, 짧고 날이 날카로운 신형 총검을 사용했는데, 그 칼로 다리를 면도하듯 밀면 물이 좔좔 흐른다. 땀띠에서 터져 나오는 물이다.

"그럼 겨울에는 좋겠네."

라고 말하겠지만 아니다. 겨울에는 팬티 바람의 극기 훈련이니 더 나을 것도 없다. 하루 이틀도 아니고 두터운 무명 솜옷을 입고 완전 군장에 M1총을 든 채 구보를 해 보라. 아주 시원할 것이다. 9월의 원주 날씨가 여름을 보내고 가을을 맞이하기 싫은지 유난히 덥다.

논산에서는 통일화를 신고 훈련을 했는데, 이 곳에서는 워카다. 워카까지 신고 구보하는 극기 훈련 모습을 TV에서 보면서, 만일에 하사관 학교에 부탁하여 극기 훈련을 해 보면 며칠을 견딜 수 있을까. 여름 솜바지 1개월 훈련은 사막 같은 열대 지방에서의 전투시 필요한 것이고, 겨울에 팬티 바람으로 훈련하는 것은 한겨울의 엄동 설한에 대비한 훈련이다.

문제가 또 있다. 솜바지 훈련 후 관물 정돈이 문제다. 이빨로 물고 밟고 하여 겨우 정돈하면 무엇하나, 날 새면 또 입을 옷인데 그냥 옷걸이에 걸어두면 좀 좋을까. 그러나 학교는 그런 편리함을 용납하지 않는다.

훈련에서 한 방울의 땀은 전쟁터에서 열 방울의 피와 같다고 한다. 땀이 없는 훈련은 전쟁터에서 죽음을 야기한다.

솜옷으로 골탕먹는 하루 일과가 끝나면 내무반 생활로 들어간다. 어느 군대나 다 그렇지만, 하사관 학교 내무반 생활은 유독 심하다. 할 일이 얼마나 많은지 쉴 틈이 없다. 관물 정돈과 청소, 병기 수입·일기 기록·식사·점호 준비로 1분 1초가 소중하다. 어느 것 하나 소홀하면 낭패당하기 십상이다.

학교에서 쓰라는 일기는 사회에서처럼 제 기분대로 썼다가는 또 당한다. 점호 시간에 일기장을 검열하는 데 배겨낼 장사가 있겠는가? 사제 물건도 허용되어 담배도 사 피울 수 있지만, 워낙 바쁘게 돌아가는 학교 생활이라, 평일에는 피울 틈이 없어 담배가 남아돈다. 배급받은 화랑 담배는 갑을 뜯을 일이 없다.

훈련은 그런 대로 견딜 수 있지만 나를 제일 괴롭힌 것은 구보다. 키 큰 후보 두 발자국 거리가 키 작은 내게는 세 발자국 거리이니, 죽기 살기로 버티어 나가야만 했었다.

태권도 교육에는 다른 과목보다 더 많은 시간을 할애했다. 왜냐 하면 졸업하려면 초단 이상을 의무적으로 따야 했기 때문이다. 신총검술은 논산 훈련소에서 다 배웠는데, 한두 가지 동작에 변동이 생겨 다시 배우곤 했다.

이 신총검술은 태권도의 기본 동작을 응용하였기 때문에, 총을 들고 태권도하는 동작과 비슷하여 익히기 좋았다.

사격 훈련은 신병 훈련소에서의 P.R.I가 아니다. 다들 훈련소를 거쳐왔기 때문에 바로 사격 훈련에 들어서는데, 문제는 실전을 방불케 하는 훈련이라는 데 있었다.

통상 군인들의 복장은 상황에 따라 많이 달라진다. 외출이나 외박 때 입고 나오는 단정한 군복 한 벌에 X밴드와 권총 벨트에 군화만 신는가 하면, 배낭에 야전삽과 담요 등을 달아 짊어지는 복장까지 여러 종류이다.

대개 단독 군장이라고 하는 철모에 총기 휴대, 수통이 딸린 벨트 및 군화에다가, 필요하다면 위장망을 걸치는데, 이것은 부대 인근을 순찰할 경우이다.

완전 군장은 군인이 작전에 나가서 며칠 밤을 지새울 경우를 대비해서 개인이 휴대할 수 있는 모든 것을 최소화하여 배낭에 넣는다. 예를 들자면, 몇 킬로그램의 1종(작전 기간 중 먹을 식량), 몇 켤레의 양말, 동 내의 등의 내용물이 규범에 제시되어 있다.

그 규범대로 배낭에 넣고, 모포를 위로 감고 밑으로 달고, 야전삽 내지 곡괭이를 달고, 멜빵을 바짝 조여 등에 매면 제법 무게가 잡힌다. 10분쯤 지나면 무게에 신경이 가고, 반시간이 지나면 다 큰 인간을 하나 업고 있다고 보면 된다.

 북파 공작원

약 40킬로그램 이상 나가는 경우도 있는데, 텐트까지 휴대하고 등산하는 산악인들 배낭 크기를 짐작 해 보면 그 무게가 실감이 날 것이다.

완전 군장은 훈련소에서나 자대에서는 행군 훈련이나 비상이 발령되었을 때 갖추는데, 이 하사관 학교는 사격 훈련 때도 완전 군장(軍裝)을 한다. 힘들게 사격장까지 군장을 털썩거리며 뛰었다. 군장의 무게와 크기는 체구가 작은 나를 압박해 온다. X밴드를 너무 헐렁하게 조였는지 털썩털썩 뛸 때마다 내 등에서 떨어졌다 달라붙으며 하면서 괴롭힌다.

드디어 사격장 도착, 이마에 맺힌 땀을 닦고 철모를 벗어 열난 머리통에 바람을 통하게 하면 살 것 같은데, '군장 벗어'란 명령도 없이 집합시켜 사대에서의 사격 요령을 숙지시킨다. 한마디로 얘기해서 어떤 자세를 취하여야 하는지는 지형·지물에 따라 다르지만, 타깃이 갑자기 불쑥 올라오니까 5초 내로 조준과 발사가 끝나야 된다는 게다.

내 차례가 되었다. 사선에 올라 천천히 이동하다가 '사로 봐' 명령에 숨어 있던 타깃이 나타난다. 재빨리 은폐물을 찾아 엎드려 쏴 자세로 조준 발사. 다시 일어서면 배낭이 나를 누른다. 또 다른 타깃 출현! 10초 내에 은폐물을 찾고 앉아 쏴 자세로 조준 발사. 다시 이동. 또 다른 타깃 출현! 10초 내 이동과 동시에 은폐물에 몸을 숨기고 쪼그려 쏴. 일어섯. 안 된다.

논산 훈련소 사격장은 운동장 같은 평지에서 타깃을 보고 사격하지만, 이 학교는 실제 야산에서 한다. 돌 뒤에서도 타깃이 나타나고, 나무 뒤에서도 나오니 정신이 없다.

군장의 무게가 내 힘의 한계치 위에 온 것이다. 일어서는
데 온몸이 비칠비칠 중심을 못 잡는다. 나중에는 아예 엎드
려 쏴! 자세에서 영원히 쉬고 싶었다.

사격은 300미터 거리에서 시작하여 M1총의 사정거리 450
미터로 늘린다. 300미터에서는 명중률이 높으나 450~500미
터쯤 되면 조준이 힘든다. 더욱이 군장의 무게로 몸은 천근
만근이고 숨소리도 고르지 않는 데다가 가늠쇠 위의 타깃은
왔다갔다 흔들리니 겨냥이 될 리가 없다. 그리고 표적은 왜
그리 작으냐.

450미터라면 축구장 골대에서 골대까지 거리의 4배이다.
가늠쇠 구멍 안에서도 개미만하게 보이니 가늠쇠 구멍도 꽤
나 헐렁하게 보인다. 그럴 경우 조준의 요령이 있다. 목표물
바로 위에서부터 총구를 천천히 내리는 기분으로 조준과 동
시에 방아쇠 딸깍, 그 순간을 놓치면 내가 당하는 거다.

타깃은 논산 훈련소의 사격장처럼 동료들이 참호 속에서
사격 통제관의 지휘에 맞추어 올리고 내리는데, 한 동료가
손을 너무 높이 올리다가 실탄에 관통당한 사고가 일어났
다. 사격하는 동료에게 더 많이 보이라고 손을 높이 올린
것이 그만 사고를 불러온 것이다. 그 무렵, 사격장에는 자동
표적 사격장 공사를 진행 중이었기에, 수동에 의할 수밖에
없었던 것이 사고를 일으킨 것이다.

그 후 그 사격장은 공사 완공 때까지 폐쇄되었고, 우리는
또 다른 사격장, 전기로 작동되는 박달리의 사격장에 가서
자동 표적 사격을 해야 했다. 그때 손을 다친 동료는 졸업
후 휴가 때 광주 77병원에서 만났다.

나에게 사격은 무지무지 힘들었지만, 그보다 더 애로 사항은 논산 훈련소에서처럼 왼쪽 눈만을 감을 수 없다는 점이었다. 대신 오른쪽 눈만은 감겨졌기에 왼손잡이 사격을 나 혼자 했다. 그것도 방해될지 몰라 한쪽 구석에서 말이다.

학교가 생긴 후 왼손 사격은 내가 처음이라면서 퇴교 조치를 하려고 했던 모양이다. 그러나 나의 왼손 사격술이 백발백중의 특등 사수의 경지인 것을 알고는 없었던 걸로 했었다.

왼손 사격은 8발 사격 후 탄창 재장전 때 아주 불편하다. 오른손 사격시에는 왼손으로 총신을 잡아 오른손으로 탄창을 꾹 눌러주고 노리쇠를 한 번 탁 밀면 그만인데, 나는 오른손에 든 총신을 왼손으로 바꾸고 탄창 삽입 후 다시 오른손으로 총을 넘겨주는 두 가지 동작이 더 보태져야 했다.

나는 신체적으로 여러 방면의 문제아의, 문제 병사의 면모를 갖추었나 보다. 지금은 나 같은 신체 조건도 별 걱정이 없다. 이제는 탄창식이니 총을 배꼽에 대고 탁 치면 그만이니까.

완전 군장이 개인 화기 사격 훈련에서 나를 바닥에 내동댕이쳐진 개구리 신세를 만들었지만, 나는 해냈다.

개인 화기에 대한 훈련이 끝나고, 다음으로 공용 화기 다루는 법을 배운다는 소리를 듣고는 고생이 끝난 걸로 생각했다. 생각해 봐라, 영화를 보면 그 무거운 중기관총을 분대원들이 들고 뛰지 않던가? 옆에서 탄통 들고 뛰어가는 우리나라 해병대 영화 말이다.

그 공용 화기의 정의부터 내려보자.

공용 화기란 소총 중대에서 사용하는 화기류로서 AR경기관총, LMG 기관총, M79유탄발사기, 대전차용 3.5인치 로켓포, 57밀리 무반동총, 60밀리 박격포, 81밀리 포에다가, 캘리버 50중기관총, 칼빈소총으로 구성된다.

분대의 화력 편성은 미 육군 야전 교범(FM)에 편제된 전술 화기로 무장을 한다. 소총 소대인 1, 2, 3분대는 화기가 동일하나, 화기 분대라 불리는 4분대는 대전차용 3.5인치 로켓포와 LMG(Light Machine Gun)기관총이 있다. 로켓포는 사수와 포수 2명으로 편성되고, 기관총 역시 탄약수와 사수 2인으로 편성된다. 이와는 달리 화기 소대에는 60밀리포와 81밀리포 등으로 편제되어 있다.

이상과 같은 화기가 분대에 주어지면 어느 소대, 어느 분대의 분대장이 되든 모든 화기를 다 다루어야 하므로 집중 교육을 받아야만 했다.

분대원 9명 중 하사가 분대장이고, 나머지 8명은 각각의 임무를 지닌다. 1번 분대장, 2번 소총수, 3번 소총수, 4번 M79유탄발사기 사수(유탄 발사기와 카빈소총 휴대), 5번 소총수, 6번 소총수, 7번 경기관총 사수, 혹은 중기관총 사수와 8번 포수(혹은 탄약수), 9번 부분대장, 부분대장은 병장 계급이다.

이 편제도 월남전을 치르면서 바뀌었다. M16이라고 불리는 돌격용 자동 소총이 나오면서부터이다. 1966년 이후 미군이 사용한 표준적 소총인 M16A1은 돌격 소총이다. 개머리판과 클립이 목제에서 플라스틱으로 바뀌었으며, 탄환은 구경이 작은 것을 채용함으로써 당시의 소총들 중 제일 가벼웠다.

또한 경량탄과 완전 자동 사격 기능으로 평판이 좋았다. 5.56밀리탄은 작은 표적에 맞으면 그 속을 헤집거나 분쇄되면서 큰 손상을 주어서, 이 탄환에 맞으면 죽거나 팔·다리일 경우 절단해야만 한다. M1 7.62밀리탄은 인체를 단순히 관통할 뿐이다.

M16 총구 안을 들여다보면 M1소총은 나선이 3개가 패어 있지만, M16은 그 작은 총구 안에 나선이 몇 가닥 더 많다. 그러므로 탄환이 회전하는 횟수가 더 많기 때문에 인체를 관통하면 M1보다 더 큰 흔적을 남기는 것이다. 지름 5.56밀리의 탄환의 위력이 상상을 불허하는 공포의 무기이다. 가벼워서 우리의 체형에 안성맞춤이다.

그러나 결점이 있다. 이 총은 완전 자동과 반자동(점사)을 할 수 있는 선택 레버가 있어서 경우에 따라 선택하여 사용하게 되어 있다. 그런데 지휘관들은 완전 자동 사격은 가능한 한 사용하지 말 것을 요구한다. 그 이유는 사격이 부정확해지고 탄환 소비가 너무 심해서이다. 방아쇠를 한 번 당겨 20개들이 탄창을 다 비워 버리면, 탄약통 수십 개를 짊어지고 다니는 것도 아니니, 실탄이 떨어져 전투를 못 할 지경이 된다. 그럼 다 죽는다.

그러나 M16 가지고 탄창을 한 번에 드르륵 비워 보는 경험을 안 해 본 병사가 있겠는가. 그 이전에는 SMG 정도의 기관단총 정도가 자동 격발되었고, 카빈도 별도의 레버를 장착하면 자동 사격이 가능했지만, 그 맛은 M16에 못 비긴다고 교관들이 얘기해 줬다. 더군다나 월남전 아닌가, 무조건 쏘고 봐야 되는 전쟁터이니 말이다.

월남전이 끝나고 전쟁에 쓰인 물자 사용 백서에 따라서 통계를, 내어보니 월남전에서 소모된 실탄이 베트콩 1명을 사살하는 데 약 100만 발이 사용되었다는 믿기 어려운 수치가 나왔다. 하긴 311 GP에서 무장 공비 2명 잡는다고 초소 비축용 실탄과 수류탄을 전부 소모시킨 것도 본 적이 있으니, 100만 발도 수긍할 수 있었다.

초토화한다고 하나, 정글 속에 누가 있는지 어떻게 아나. 먼저 드르륵드르륵 갈겨놓고 보는 게 그네들 아니던가. 미군 전투 보고서에 의하면 5미터 내지 15미터 이내를 이동하는 적에게 사격을 한 경우 6발 중 5발이 빗나간다고 했으니 말이다.

영화 속의 장면에서처럼 자동으로 사격하면 전부 총탄에 맞아 죽는 줄 알지만 천만의 말씀, 실전에서는 그렇지 않다. 총은 가스 반동에 의하여 흔들리기 때문에 탄착 지점은 엉망이다. 정조준하여 엎드려서 단발 사격을 하여도 명중하기 힘들다.

나중에 개량한 M16A2는 3점사만이 가능토록 만들어져 현재 사용하고 있단다.

M16A1은 월남전에 파병되었다가 돌아오는 우리 장병들이 휴대하여 들어왔는데, 군은 이 총을 전방의 특수 부대나 기동 부대, 또는 5분 대기조에 지급하고, 차츰 전군에 보급되었다.

오늘날은 부산의 방위 산업체인 D정밀에서 이 총을 생산하여 수출한다. M1총은 총이야 나무랄 데가 없는데, 나의 경우는 소총수로 근무하면서 개머리판의 길이가 문제였다. 경기관총이나 소총은 견착식(개머리판을 어깨에 밀착시켜 자세를 취하는 사격 자세)인데, 개머리판이 길다보니, 아니 내 체구가 작다보니 가늠쇠 구멍에 눈을 바싹 붙여야 될 텐데 그게 안 된다. 목을 있는 대로 길게 빼서 해야만 되었다. 하여튼 짧은 목에 힘을 주어 총을 바싹 당겨도 닿을 듯 말 듯하다. 여간 불편한 게 아니다.

양코쟁이들이 우리에게 넘겨준 M1소총이나 카빈소총은 모두 2차 대전 때 사용했고, 6·25전쟁 때도 사용해서 낡은 총들이다. 낡았다 함은 총구가 닳아 총알이 제멋대로 탄도를 그려서 명중률이 낮다는 거다. 총구와 탄환이 빡빡하게 되어야 화약이 폭파하며, 밀어내는 압력에 의하여 추진력을 많이 받기 때문에 정확하게 날아가니 명중률이 높다.

어떤 총은 아무리 영점 조정을 해도 A4용지 크기의 표적판에 맞지도 않는다. 총으로서의 수명이 다 된 셈이다. D정밀에서 생산하는 M16은 이제 우리 전군에 보급되어 지금쯤은 분대 주력 화기로 편제되었을 테고, M1소총·CR소총은 예비군들의 주력 무기가 되었을 것이다.

M16은 휴대하기 좋고 다루기 좋게 가벼워졌지만, M1소총에 비하면 사정거리가 무척 짧다. M1의 유효 사정거리가 450미터임에 비해 200미터로 짧으니 정글 같은 숲에서는 편리하나, 탁 트인 초원이나 평야에서는 불리할 것이 뻔하다.

총의 총신이 길고 구경이 작으면 명중률이 높은데, 저격용 총인 M14는 M1보다 총신이 더 길다. 이 총도 학교 졸업 후 특수 부대 시절 만져본 총으로, 제원을 살펴보면 구경

7.62밀리×51 NATO탄, 무게는 장탄 시 5.9킬로그램, 길이가 1,120밀리, 초속 853m/초, 발사 속도 분당 700발, 탄창은 20발들이 이고, 저격용으로 적외선 망원경이 부착된다.

소음 소염기를 부착할 수 있어 어두운 밤에 적의 보초나 동초병을 저격하는 데는 적격이다. 분대원 중 제일 힘이 센 대원에게 임무가 주어지니 원성의 대상이 되기도 한다. 너무 무거워서 적외선 망원경을 떼어내고 들고 다닌다.

일반총은 보통탄이라 불리는 납탄이 함유된 탄환을 사용하나, 이 M14 라이플은 인체 살상용 철갑탄을 사용한다. 무게가 많이 나가는 철갑탄도 총알처럼 까맣다. 예광탄이 붉은색으로 칠해진 것처럼. 내게 이 총이 있다면 미인 열 명하고도 바꾸지 않을 게다. 전쟁터에서는 미인 백 명보다 명중률이 높은 총 한 자루가 훨씬 나으니까 말이다. 그만큼 갖고 싶은 총이다.

영화 〈풀 메탈 자켓〉에서 선배 병사가 신병에게 이 총의 우수성을 설명하는 대목이 있을 만큼 성능 하나는 끝내준다. 이 총은 유효 사거리 200~1,000미터까지 조종할 수 있는 리어 사이트가 있으며, 이걸 이용하면 1군 하사관 출신의 소총수는 800미터 이상의 목표물도 거뜬히 명중시킨다.

M14는 도입 후 개량형이 나왔다. 원래 반자동이나 '바이포드'를 부착하면 완전 자동으로 사격할 수 있다. 유탄 발사기는 견착식이다. 4번 유탄 발사기 사수는 M79 유탄 발사기와 30구경 카빈(Carbine, CR)소총 두 가지를 휴대하고 다니나, 둘 다 무게가 얼마 되지 않아 큰 불만은 없었다.

M79 유탄 발사기는 전체 길이 737밀리에 총신 길이 356

밀리로 단발 탄창이며, 유탄이 날아가는 속도는 76m/초로 무척 느린 속도이다. 구경은 40밀리나 되어, 탄피로 술잔이나 소주컵으로 이용할 정도이다. 무게는 2.95킬로그램이니 카빈소총의 2.63킬로그램을 합쳐 5.58킬로그램밖에 되지 않아 M14소총 무게와 비슷하다.

이 유탄 발사기는 단거리포의 기능을 가지고 있는 독특한 성능 덕분에 월남전 당시 지형 특성상 81밀리 박격포를 거의 사용할 수 없는 대신에, 이 유탄 발사기가 위력을 발휘했다. 숙련된 사수는 중기관총 안에 40밀리 유탄을 넣어서 밀림으로 덮여 있는 건너편 전방의 150미터나 떨어진 적의 토치카 안에도 집어넣을 수 있는 고각도 사격이 가능하다. 리어 사이트는 가늠쇠 구멍 역할을 하고 총신 중앙에 부착되며 25미터마다 눈금이 새겨져 있다. 또한 리어 사이트는 세웠다 눕혔다 할 수 있다. 원래 이 총은 탁구공을 발사하는 장난감통에서 발전하여 개발된 것으로, 애칭은 '블루 퍼'라 했지만 살상력만은 대단한 것이다.

사거리는 400미터이며, 총이라기보다는 직사포나 곡사포의 기능을 가졌다고 보면 된다. 3~4개씩 들어 있는 배낭형 탄띠가 있으며, 보통 16발 정도 휴대하는데, 유탄이 다 소모되면 카빈총으로 전투를 계속한다. 그래서 단거리포 역할의 유탄 발사기와 카빈소총 두 가지를 가지고 다닌다. 유탄 발사기탄은 엽총탄과 비슷하며 27개의 구슬탄이 들어 있다.

카빈소총은 일본이 진주만을 침공하기 3개월 전에 미군의 위관급에게 권총을 대체하기 위해 도입된 총이다. 총의 위력은 그리 크지 않지만 가볍다는 이점이 있었고, 앞에서 잠시 언급했듯이 단발용과 자동 사격을 레버로 선택할 수 있다.

탄창은 15발과 30발 두 가지인데, 2개를 같이 연결할 수가 있어, 30발 또는 60발로 2배를 늘려 사용하기도 한다. 분당 750발의 발사 속도를 가지며 구경은 0.3인치, 무게는 2.63킬로그램, 길이는 904밀리이다. M16에 밀려 대접을 받지 못하며, 경찰들에게 보급되어 있고, 지역 예비군들도 이 총을 사용한다.

분대장은 M1 30구경 소총을 갖는다. 그 당시 전투 부대 분대장의 총은 무조건 M1이었다. 자동 장전식(가스 압력에 의하여 총알이 장전됨)으로 미국이 세계 최초로 개발한 총으로, 미국 브라우닝 병기 공작창에서 제작된 병기로, 1929년 존 C. 개런드의 설계로 1941년부터 사용되었다. 6·25전쟁 때 50만 정이 만들어졌으며, 미군이 사용한 6·25전쟁 이외에는 그들이 사용하지 않았다. 월남전 때 월남군의 주력 소총으로 대량 보급되었다.

M1소총은 강력한 30 - 06M2, 7.62m×63을 사용하여 명중률이 대단히 높고 다루기도 쉬워 미국 국민의 총이 되었다. 탄창은 4발씩 2열로 8발이 들어 있고, 8발 사격이 끝나면 '징' 하고 노리쇠가 뒤로 후퇴하면서 튕겨나온다. 그 즉시 다른 탄창을 갈아넣고 노리쇠를 전진시키면 장전이 된다. 왼손잡이는 카빈식으로 된 탄창 삽입구가 있는 게 좋은데, 분대장인 나도 그 시절엔 M1 총만 사용할 수밖에 없었다. 소대장은 카빈을 사용했다.

탄창의 송탄 방식은 급탄 방식과 스프링 방식이 있다. 6·

 북파 공작원

25전쟁 때 중공군이 참전한 한겨울의 적막한 밤에 서로 대치하여 전투를 하고 있는데, 천둥 같은 총소리 중간에 '징' 하는 소리를 중공군은 잘도 알아듣고 클립(탄창)을 교환하는 그 짧은 틈을 노려 돌격해 왔단다. 이 결점으로 한국전 이후 M14로 대체되었다. M14는 M1총과 모양은 똑같으나 20발들이 탄창이고, 자동 사격을 할 수 있었다.

우리가 월남에 파병될 때 가져간 M1은 곧 M16으로 교체되었고, 그 M1은 월남군에게 보급되었다. 월남에 파병된 군인들이 1년간 복무한 뒤 귀국선을 탈 때 M16을 갖고 돌아왔다. 아마 우리 국군에 대한 특별 대우였을 것이다. 체형이 왜소한 베트남군이 다루기에는 무거운 M1을 주고, 그네들의 전투에 동원된 우리 국군에게는 기동력이 있는 M16을 주었으니, 월남군 수뇌부도 미국 정부에 대해 욕을 많이 했을 거다. 더군다나 우리 국군이 파견될 때는 국내에서도 폐기 처분 직전의 총구가 닳은 총만 갖고 갔다는 설이 있는데 말이다.

M16 소총으로 원형 철조망을 보고 자동 사격하면 철조망이 우수수 떨어진다고 한다. 원형 철조망은 고강도 강철선이다. 콘크리트 못에 사용하는 강철이니 M16의 위력을 알아보자. 신세대들이 다루는 총이니 입대 전에 그 제원을 알고 가면 편할 것이다. M16이 탄생되기는 월남전에서 비롯되었다.

1975년 공산주의 측의 월맹군이 승리한 것은 소련이 공급한 전차 덕분이었다. 그 전차가 승리의 선봉이 된 것이었다. 이들 소련에 의해 공급된 병기 중 가장 중요한 것을 하나

든다면 그것은 Ａ-47소총이다. 북베트남의 정규군과 베트콩에게 공급된 AK는 그들을 남베트남군보다 화력의 우위에 설 수 있게 만들었다(북한군 보병 전투 부대의 주력 화기가 동독에서 만든 AK47 자동 소총이다. 바나나형 탄창 스프링 송탄 방식으로 흔히들 기관단총이라고 한다. 이 총은 전세계적으로 광범위하게 사용했다. AK47을 개발하여 '살아 있는 전설'로 추앙받고 있는 '미하일 치모페비지 칼라시니코프'는 얼마전 "한때 나의 가슴은 AK47을 능가하는 총이 나오지 않을 것이라는 자부심으로 가득 차 있었지만, 지금은 AK47이 나쁜 사람의 손에 들어가 수많은 고통을 초래하고 있는 것을 지켜보면서 안타까움을 금할 수 없다"고 말했다는 외신 기사를 읽은 적이 있다. 그는 남부 시베리아 알타이 공화국의 농촌에서 태어나 지난 1941년 6월 탱크 정비공으로 징집되면서 AK47 개발의 길로 들어섰다. 그는 탱크 부대 하사관으로 복무하던 중 나치와 교전 과정에서 부상을 당하고 6개월 동안 요양하면서도 자동 소총 개발에 골몰했다. 그는 부상 중이던 1941년 AK 자동 소총의 첫 견본을 보인 데 이어, 다음해인 1942년 두 번째 견본을 개발했으며, 그 후 4년에 걸쳐 AK47 자동 소총을 완성했다).

　1966년 미 해병대가 베트남에 상륙하였을 때 그들은 곧 자신들의 M14보다 Ａ-47이 정글에 적합하다는 것을 알 수 있었다. Ａ-47이 정글전에서 미국의 기술을 집약한 M14보다 우수하다는 것은 의문의 여지가 없다. M14와 비교할 때 Ａ-47이 총신이 26센티미터 짧고 더 가볍기 때문에 더 많은 탄환을 휴대할 수 있고, 탄창의 용량도 컸다.

　Ａ-47의 출현으로 미군은 M14에서 M16으로 교체를 서두

를 수밖에 없었다. A-47은 바나나형 탄창에 30발들이이다. M14와 M16은 20발들이이기 때문에 이 점에서도 우위에 있었다.

A-47 구경은 7.62×39 무게 4.8킬로그램, 길이 870밀리, 총신 길이 415밀리, 초속 710m/초, 발사 속도 600발/분. 이 총은 미군 특수 부대에서도 사용한다. 소련제와 중국제가 있다. 중국제는 카피판 56식을 혼용하고, 56식은 접이식 총검이 달려 있어 판별이 쉽다.

북한도 거의 이 총을 사용한다. 1·21사태 때 만약에 전투가 벌어졌다면 우리의 M1은 단발식인 8발의 클립용이고 총 무게도 더 무거웠으니, 미군이 도와주지 않았으면 전투의 양상은 불을 보듯 뻔했다.

리어 사이트는 특이하게 유탄 발사기처럼 중앙에 있다. 이 경우 사거리는 200미터 이하가 되지만, 세우면 800미터까지 조준이 가능하나, 보통 전투는 가까운 거리인 50미터 이내이다.

A-47의 총신 길이는 M14의 4/3 정도이다. 그래서 미육군은 사거리 500미터에서 강철판을 관통할 수 있는 경량의 소총을 요구했다. 크고 무거운 M14를 대신하기 위한 시행착오를 겪은 후 아말라이트의 M16을 채용하게 된 것이다.

전쟁터에서는 병기를 제대로 다룰 수 있게 훈련을 실전적으로 하여야 한다. 소총 소대원이라면 자기 병기는 물론이지만, 소대 공용 화기 및 동료의 화기도 다룰 수 있어야 한다. 그래야만 전쟁에서 살아남을 수 있고, 언제나 작동되는 단순한 병기는 고장나기 쉬운 복잡한 병기보다 우수하다.

분대 자동 화기인 AR경기관총은 7번 사수가 사용하는 지금의 자동 소총 정도이다. 분대 자동화기(SAW)는 분대 전투에 있어서도 화력 지원을 담당하는 신개념의 자동 화기로서 분대 기본 화기인 M1의 실탄을 사용한다.

그러나 견착 사격하기에는 너무 무겁고, 자동 사격하기에는 너무 가벼운 단점을 갖고 있다. 소총 소대원이면 모두가 다룰 수 있는 총인데도 너무 무거워 다들 기피했다. M16이 보급된 후 사라졌을 것이다. 이 AR이 M1소총의 실탄을 사용하는 이유는 분대의 기동력을 살리기 위해서이다. 별도의 실탄 박스를 들고 다닐 병력이 없지 않은가. 총에 손잡이가 달려 있으며, 총열에 양각대가 달려 있어, 역 V자로 해서 땅 위에 고정시켜 사용하면 명중률이 높다.

이 총은 지금의 M16소총 정도의 성능으로 M16은 구경 5.56밀리의 경량인 데 비하면, 구경30의 7.62밀리탄을 사용한다. 분대에는 단 1대뿐이다. 지금은 분대의 지원 화기도 엄청난 자동 화기로 편제되었을 것이다. 화력 역시 북한보다 월등할 것이고.

이상이 우리 나라 국군의 말단 조직인 육군 보병 중대 및 분대의 공용 화기와 개인 화기의 성능과 제원 등을 알아봤다. 혹 군사 비밀에 속하지는 않나 싶지만, 대한민국 예비역까지 필한 남자들이라면 다 아는 사실이 아닌가. 하사관 출신이면 뚜루루 꿰는 기본 소양이다. 물론 일빵빵 아닌 예비군은 좀 낯설겠지만.

그 지긋지긋한 솜옷을 벗어던졌다. 교육 훈련 1개월이 지난 것이다. 일반적인 화기를 다루는 것은 끝내고 이제는 전

 북파 공작원

술 훈련이다. 이 전술 훈련은 부대의 단위에 따라 엄청나게 넓은 지역을 사용하기도 한다. 예를 들어 중대 전술인 경우, 1소대·2소대·3소대·화기 소대 등으로 지역을 할당받는다든지 하면 중대장의 위치는 어디인가 등을 배워야 된다.

우리는 소대 단위, 즉 다른 분대와 합동 훈련을 받기도 하지만, 제일 기본인 분대 전술에 더 기준을 둔다. 왜냐 하면 소대장은 분대장에게 명령만 내리면 4개 분대가 각기 나름대로 전술 체제를 펼칠 수 있기 때문이다.

전투시 분대장은 맨 앞에서 진두 지휘를 해야 되는 것을 기본으로 하고, 다른 전술 형태론에 따라 분대장의 위치도 달라진다. 가령 일렬횡대 전투 대형이면 중앙에 서고, 이열 종대 전투 대형이면 그 역시 중간에 선다.

그리고 일반학에서 수박 겉핥기 식으로 배웠던 독도법이 여기에서는 굉장히 중요해진다. 독도법을 숙지하게 되면 나중에라도 도움이 된다. 즉, 산악 여행이나 등산 등에서 나침판과 지도만 있으면 자신의 위치와 가야 할 곳의 위치를 금방 식별하고 거리 계산이 된다.

군대용 지도는 일반인들의 것보다 더 상세하다. 대부분 축척 5000분의 1을 사용하는 군대용 지도에서 1센티미터의 오차는 50미터의 편차를 나타낸다. 그러니 작전 지역을 벗어나기는 간단하다.

방향을 잘못 잡고 출발했다가는 지뢰밭에 들어갈 수도 있다. 그래서 독도법 숙지가 중요하다. 물론 아군이 설치한 지뢰밭에는 표지가 있어서 다칠 염려는 없다. 그러므로 지뢰에 관해서 또 배운다.

지뢰의 탐지와 지뢰의 제거, 지뢰의 폭발력, 살상력과 종류 등을 배워야 된다. 지뢰는 폭풍 지뢰·대인 지뢰·대전차 지뢰의 세 가지로 구분한다.

폭풍 지뢰는 적의 생포용이고, 대인 지뢰는 인마 살상용이며, 대전차 지뢰는 말 그대로 탱크를 폭파시킨다. 지뢰의 매설은 공병 부대가 담당한다. 전방에 가면 역삼각형의 붉은색 표지핀이 꽂힌 지역을 보게 된다. 이것은 지뢰 지대이니 조심하란 뜻이다. 낮에는 보이지만 밤이면 보이지 않으니 위험하다.

인마 살상용 지뢰는 피뢰침처럼 생긴 지연관(폭발 장치)이 압력을 받으면 뇌관이 터진다. 뇌관이 터지면 지뢰의 뚜껑이 열리고 폭탄이 튕겨 올라 지상 1미터 높이에서 폭발한다. 피할 틈이 없다.

수류탄 등의 포탄은 땅에서 45° 각도에서 터지면서 파편을 쏟아낸다. 이 경우 5미터 이상 떨어진 거리에서 엎드리면 파편의 세례를 피할 수 있지만, 지뢰는 각도가 없이 사방으로 수평으로 터진다. 피할 길이 없는 것이다.

또한 수류탄처럼 하나 둘 셋 하는 시간만큼 지연관에서 화약이 타들어 가서 5초 후에 터지는 것이 아니라, 뿌드득 소리에 발만 떼면 1, 2초 순간에 터진다.

지뢰밭은 통상 지뢰군이라 불린다. 지뢰군은 손부채처럼 반달형으로 형성하여 지뢰선이라는 가상의 선을 따라 파상적인 호(弧)를 그려가며 순서대로 지뢰의 종류를 묻어 나간다.

지뢰 매설도과 같이 지뢰선과 일치하는 손잡이 쪽에 대인

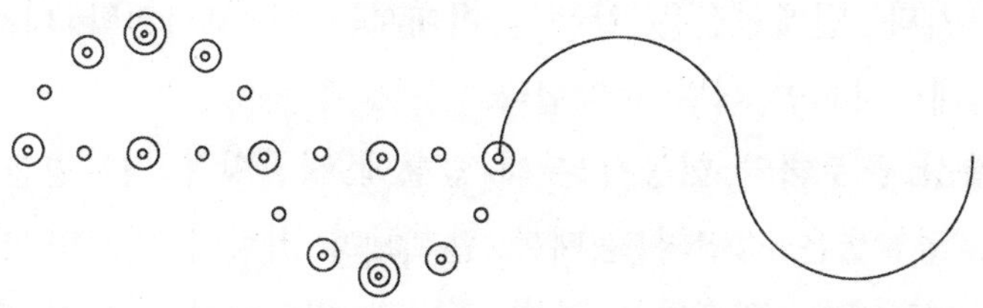

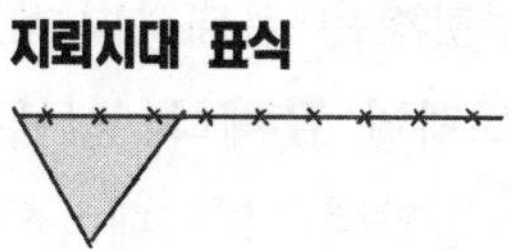

지뢰 매설도

지뢰가 놓이는데, 호의 시작과 끝점과 가운데에 3개를 묻고, 호의 바깥 중심에 대전차 지뢰 1개를 묻는다. 그리고 그 사이사이에 폭풍 지뢰를 묻어두며, 다음 부채형에도 같은 식으로 매설한다(상권 P. 286 참조).

통상 지뢰는 적이 침투해 올 평지에 매설하며, 산악 지역에서는 폭풍 지뢰를 그냥 뿌려둔다. 휴전선 일대에는 헬리콥터를 이용하여 몇 백만 개를 뿌렸다.

대전차 지뢰는 무게 150킬로그램 이상의 압력이 가해지면 폭발하기에, 사람이 밟았을 때는 터지지 않는다. 영화에서 흔히 보는 인계철선을 이용하는 부비츄랩은 인계선(눈에 잘 띄지 않는 가느다란 강선이며 엷은 황토색이다) 끝에 다이너마이트를 사용하지만, 군에서는 수류탄을 많이 사용한다. 인계선에 안전핀을 묶어두고 줄을 건드리면 핀이 빠져서 폭발하

는 거다. 인계철선은 같은 높이에서는 잘 보이지만 비스듬
히 내려다보면 식별이 어렵다.

통상 군부대의 이동시 부대 앞뒤에 정찰병과 척후병을 두
며, 정찰병은 정면의 동태를 관찰하여 이상이 있으면 본대
에 연락하고, 척후병은 본대 후미에 위치하여 뒤쪽의 추격
여부를 관찰한다.

정찰병은 본대보다 50미터 전방에서 나아가기 때문에 부
비트랩에 많이 희생된다. 그러나 본대는 피해를 입지 않는
다. 만약에 적이 매복하고 있다면 적은 정찰병은 그냥 보낸
다. 뒤의 본대를 공격하기 위해서이다. 이것은 풀을 건드려
뱀을 놀라게 하면 안 된다는 간단한 이치이다.

그러므로 정찰병은 서로가 맡지 않으려 한다. 또 정찰병이
건드린 부비츄랩이 본대를 덮친 경우가 있다. 이 경우는 부
대가 속보로 이동하고 있었는데, 정찰병에 인계선을 건드려
안전핀이 제거된 수류탄이 10여 초 지연되었다가 터진 경우
이다.

훈련소에서 수류탄 투척 연습을 할 때 항상 하나 둘 셋
세고서야 투척했던 것이 기억날 것이다. 너무 일찍 던졌다
가 수류탄이 폭발하기도 전에 적이 아군에게 도로 던지는
경우가 있음도 알고 있을 것이다.

아무리 교육을 시켜도 하나 둘 셋 셀 동안의 시간을 보낸
후 던지는 병사는 그리 많지 않을 것이다. 앞에서 기술한
저 311GP에서 보았잖는가, 안전핀도 빼지 않고 던져대던
병사들을.

'68년 이후 수류탄에 있는 지연관(도화선이면서 타들어가는

속도 조정 역할을 함)의 지연 시간이 짧아져서 안전핀 제거 후 바로 투척하는 수류탄이 보급되었다. 지금은 더 많은 종류의 수류탄이 개발되었지만, 그 당시에는 M1과 M2세열 수류탄이 있었고, 연막탄과 예광탄이 있었다.

M1 수류탄은 무쇠철에 거북이등처럼 균열선을 파두었으며, 화약은 가루 화약이 수류탄 몸체 안에 가득 채워져 있고, 지연관 끝의 뇌관의 격발에 충격을 받으면 폭발하게끔 되어 있다. 내부의 화약이 폭발하면 그 균열선을 따라 파편이 생겼으나 파편 개수가 적어 큰 효과가 없었다.

이런 결점을 보완하여 만든 것이 M2세열 수류탄이다. M2세열 수류탄은 외관은 양철이고, 화약은 다이너마이트 덩어리이다. 이 덩어리를 두께 3밀리 정도의 강선이 스프링 형태로 감겨 있다. 이 강선은 2~3밀리 정도 길이로, 충격에 의하여 끊어지도록 홈집이 나 있어, 화약이 폭발하면 강선이 토막토막 끊어져 수백 개의 철침이 되어 사방으로 퍼져 나간다.

다음 일반학 과목에서는 어떻게 하면 인간을 아무 소리도 없이 죽이는 방법과 인간의 급소 등이 그려진 그림이 많은 책을 가지고 가르치면서 숙지하도록 한다.

살생을 가르치고 배우는 하사관 학교, 아니 국군 훈련소 살생 교육. 신성한 생명체를 보호하기 위해 남의 생명을 죽여야 하는 전쟁의 아이러니가 이런 교육을 받는 도중에도 가끔씩 나를 괴롭혔다.

남과 북은 한민족인데, 무엇이 둘을 갈라 서로의 총부리를 상대에게 돌리고 있는가. 북은 오로지 이데올로기 하나 때문에 남을 향해 무장 공비를 침투시키고 있는 건가? 아니면 통일이라는 미명 아래 남한을 삼켜 버릴 김일성의 야욕인가? 공산주의를 위해서냐, 개인의 야욕을 위해서냐?

전쟁을 일으켜보려는 김일성과 이를 막기 위한 남한의 국군들, 나는 내 동족을 위해 전쟁의 수단을 배우고 있다. 북한이 심심하면 하는 말이 서울을 불바다로 만들겠다는 말이다. 그네들은 우리가 한 민족이며 한 핏줄임을 잊었는가. 자기들은 우리 남조선을 해방시킨다는데, 우릴 죽이는 게 해방인가?

적을 방어하고 물리치기 위해 어쩔 수 없는 생존의 법칙으로 전쟁의 방법을 오늘도 배우고 있다. 혹독하고 강도 높은 하사관 학교의 훈련에 내 몸은 점점 단련되어 가서 키도 자라 1미터 61센티미터로 커졌다. 몸무게도 늘었고, 얼굴에서도 어린애 티를 벗어났다. 나는 당당한 대한민국의 장정으로 다시 태어난 것 같았다. 개천에서 용났지 뭐.

교육은 커리큘럼(교육 과정)에 따라 철저히 그리고 착착 진도가 나갔다. 매시간 교육이 끝나면 그 자리에서 시험을 봤다. 대한민국에서 이런 식으로 시험을 치르는 학교는 제1하사관 학교뿐일 게다.

그래서 나온 점수가 학과 성적에 바로 반영된다. 사회에서처럼 벼락치기·몰아치기 시험 공부가 없으니 강의 시간 내내 눈알을 똑바로 뜨고 있어도 놓치기 쉬운 대목들이 있고, "다시 해 주세요"가 없다. 적에게 나는 아직 준비가 안 되어서 훈련을 제대로 못 받아 모르겠는데, 조금 있다가 싸우자고 할 수는 없는 것이다. 사회 같으면 수업 방식을 바꾸

 북파 공작원

라, 교수를 바꾸라 데모하겠지만 어림없다.

군이란 특수 집단이다. 일사 불란하게 움직이는 것이 군대가 아니냐. 군대에서 불평 불만은 개인적 감정이다. 소원 수리도 개인적인 것이고, 상급 부대의 면피용인지도 모른다.

그러나 요즘은 아주 좋은 제도가 생겼다. 군에서도 QC운동이 벌어졌다. 즉, 제안 제도가 생긴 것이다. 그 제안 제도로 많은 부분이 개선되었지만, 그건 어디까지나 군 통솔력의 향상이고 군생활의 합리화이지, 군인의 군대 생활을 편하게 해 주는 것은 아니다.

군대 생활이 편하다면 해이감이 생기지 않겠는가. 해이감이 생기면 긴장이 풀리고, 긴장이 풀리면 사고가 나는 것은 사회나 군대나 마찬가지이다. 제안 제도는 군대 생활이 편리한 쪽으로 개선된다. 사고 예방을 위한 사역 등의 요령 같은 것일 게다.

입교하고 한 달이 지나니 고향과 서신 연락이 허락된 것이다. 그리운 형제들과 편지를 주고받으니 학교 생활에 여유가 생겼다. 학교 오기 전에 근무했던 교환대의 고참들과도 편지를 주고받고, 중대 본부 서무계와도 주고받았다.

서무계 왈, "합격할 줄 꿈에도 몰랐다고, 미안하다면서 졸업 후 그 중대로 오면 잘 모시겠다"고 말이다.

설마, 얼마나 껄끄러울 텐데, 그리고 불합격하지 못하게 인상 팍팍 썼던 인솔 장교의 얼굴이 떠오른다.

중대 연병장은 철두철미하게 빗자루 청소를 한다. 시키지도 않은 청소를 솔선 수범하여 한다. 군대에서 시키지도 않은 일을 알아서 한다고 정량이 더 나오냐? 빨리 제대를 시켜주냐? 자진하여 싹싹 쓸어대는 이유는 단 하나이다. '엎드려 뻗쳐'를 해서 손등이 절단나니 '굵은 모래는 저리 가뿔그라잉' 하고는 놀부집 마당쇠가 빗자루를 들고 마당을 쓸어내는 모습으로 우리는 연병장을 싹싹 쓸었다.

그 청소에 요령을 부리는 후보생은 없다. '엎드려 뻗쳐'는 어디에서나 하지만, 학교에서는 '엎드려 뻗쳐' 명령에 발이 일단 땅에서 떨어지게 가볍게 점프하며, 주먹과 발이 동시에 땅에 닿도록 엎드린다. 발이야 신발이 있으니 아무런 충격이 없지만, 손은 맨손이다. 손바닥이 아닌 주먹이고, 그것도 정권으로 땅에 닿아야 하니 깨알 같은 모래도 살갗을 파고든다. 이게 바로 태권도장에서 배웠던 정권 단련이다.

아마 무협 영화에서 본 적이 있을 게다. 화로에 모래를 담아놓고 주먹으로 퍽퍽 내리치는 중국 영화 말이다. 기둥에 새끼줄을 감아 놓고 주먹질을 해대던 어린 시절이 있었던 분들도 많으실 거다. 또 그렇게까지 퍽퍽 두들겨서 손가락 관절이 무슨 버섯처럼 부푼, 인상이 험한 청년을 본 기억은 없는지? 날씨가 아무리 추워도 손을 호주머니에 넣지 않고서 날 보란듯이 정권이 단련된 주먹을 쥐고 다니던 어깨들이 그 시절에는 있었으리라.

하사관 학교 생도들의 정권이 다 그렇다. 노상 엎드려 뻗쳐에다가 격파까지 배운다. 송판 1센티미터 두께로 시작해서 2센티미터 두께까지 간다.

격파는 무념 무상의 예술이다. 힘도 아니다. 바로 정신력, 즉 정신 통일이다. 연습 때는 격파에 성공했는데, 관중들 앞에서 시범을 보이려면 실패하여 웃음거리가 되는 것도 정신

 북파 공작원

이 흐트러졌기 때문이다. 격파는 단련에 의해서 정권이 판자에 닿을 때는 최고의 속도를 유지해야 된다. 그 최고의 속도가 눈에 보였다면 그 격파는 실패다. 관중을 의식해도 실패다. 실패를 의식해도 실패다. 무념 무상의 무아지경에서 주먹이 나가야 된다.

정권 단련은 단지 주먹이 깨어져 상처 입는 걸 미리 예방한다고 보면 된다. 정신 통일이 최우선이다. 그리고 이 격파술은 졸업할 때 필수다. 격파 시험을 통과하지 못하면, 통과할 때까지 연습해야 된다. 격파를 쉽게 할 수 있다는 것은 백병전 때 단 한 방에 적을 제압하는 것이 된다. 즉, 나의 목숨을 구하는 것이다. 그러니 죽기살기로 배우고 수련해야 되는 것이다.

단체 기합도 전부 교육의 일환이다. 대개의 경우 군대라는 특수 상황에서 개인의 돌출 행동을 미연에 제지하여 사고 예방을 막는 정신 자세 확립의 긍정적 측면이 많지만, 악질 상급자를 만나면 병신이 될 정도로 사감으로 대한다. 특히 훈련 중의 기합에는 흐트러진 심신을 추슬러 주는 경우가 많은데, 예를 들면 구보 중에 툭하면 조교가 티를 잡아 오리걸음을 시킨다.

"총 거꾸로 들고 오리걸음 실시!"

"총 양어깨 걸치고 오리걸음 실시!"

구보에 지쳐 숨은 헐떡이지, 다리는 후들후들 떨리지, 폐는 불이 난 것처럼 뜨거운데, 꽥꽥거리는 오리 울음소리도 함께 내야 하는 '오리걸음 실시'는 미치고 환장하게 한다. 격한 마음을 먹으면 조교를 때려죽이고 싶다. 그런데 어찌

랴. 군대는 까라면 까야지.

오리걸음은 무릎에 엄청난 열이 발생한다. 뼈와 살이 탈 것 같다. 지친 몸이 오른발 삐죽, 왼발 삐죽 하다보면 중심을 못 잡고 꽈당, 도미노 현상을 일으키기도 하는데,

"정신 차렸나?"

"옛!"

"일어 서. 구보 시작. 선두 천천히, 하나아 두울."

다시 뛰면 희한하다. 기합받기 전에는 땅에서 떨어지지 않을 것 같은 발이 가뿐하다. 마치 처음 구보 출발한 것처럼 가뿐하게 뛰어 진다. 이는 구보를 하면 다리의 근육이 경직되어 쥐가 내릴 수도 있어 뭉친 근육을 풀어주는 처방으로 물리 치료 역할을 하는 것이다.

기합의 긍정적 측면을 배제하고 부정적 측면으로 보는 사람은 군대를 모르는 사람이다. 특히 어머니들은 '내 자식 다 죽인다'고 원망할 거다. 여자들이 단체 생활을 해 본 것은 학교 생활과 체육 시간 정도일 것이다. 그때 받았던 기합, 누군가가 말을 듣지 않아서 받았던 단체 기합에 수치스러움을 느꼈을지 모르지만, 군대의 단체 기합은 그런 것이 아니다.

군기 확립과 정신 통일이 군대 기강에 제일이다. 그 기강을 바로 세우는 게 단체 기합이다. 서로를 이끌어가고 이끌어주는 협동과 인내를 강요하고 전우애를 고양시켜, 나보다는 남을 먼저 배려해 주는 심성을 길러주는 것이 군대의 단체 기합이다. 일종의 도(道)이다. 물론 개인의 잘못을 전 대원에게 전가한다고 고문관을 만드는 경우도 있지만 말이다.

단체 기합을 받을 때 실실 웃는 녀석도 있다. 여럿이 받으니 고통도 견디어낸다는 뜻이리라.

전술학 훈련도 중반에 접어들었다. 야간 전술 훈련이 시작된다. 야간 독도법·야간 정숙 보행, 야간 침투 훈련이다.

야간 훈련에 꼭 따르는 것이 얼굴에 위장을 해야 하는 것이다. 숯이나 연탄, 종이 태운 재 등으로 얼굴과 손에 칠해야 된다. 얼굴에는 기름기가 많은 코 주변과 광대뼈 부근에 골고루 발라야 되는데, 이것 저것 따질 것 없이, 손바닥에 비벼 얼굴 전체에 문질러 버리는 게 검사 통과가 더 쉽다. 이것도 학점에 영향을 주기 때문이다.

요즘은 위장용 흑색 무취 크림을 준다고 하지만, 훈련소나 학교에도 할당되는지 모르겠다. 그것도 다 돈인데 예산 절약 차원에서 보면…….

지도를 나누어준다. 지도에는 분대별로 좌표가 적혀 있다. 우리가 가야 될 고지에 도착하여 그 곳에 박혀 있는 말뚝에는 고유 번호가 기재되어 있다. 우리는 그 번호를 적어서 돌아오는 훈련인데, 시간은 두 시간을 준단다. 고지를 찾지 않고 농땡이 치지 못하게 번호를 적어 오라는 것이다.

그리고 독도법은 분대장으로서도 필수적이다. 야간 작전에 보이는 것이라곤 하늘의 별이고, 군용 회중 전등에 비쳐본 지도뿐이다. 이 회중 전등도 등화 관제로 불빛이 새어나가지 못하도록 유리에 색지를 붙여둔다. 지도와 나침판으로 방향을 잡아 어디가 어딘지 모르는 데도 그냥 가야 된다. 중간에서의 자기 위치도 모른다.

산중턱에서 1차 집결을 하여 판초 우의를 덮어쓴 후 9명이 지도를 펼쳐 놓고 찾아갈 곳을 계산해 낸다.

판초 우의는 군대 물품 가운데 가장 용도가 많다. 멕시코 인들이 즐겨 입고 있는 장옷처럼 생긴 이 우의는 펼치면 정방형이다. 한가운데 구멍이 커다랗게 뚫려 있다. 그 구멍에 머리를 집어넣고 덮어쓰면 우의가 된다.

판초 우의의 가장자리를 따라 구멍이 뿅뿅 뚫려 있고, 그 사이사이에 똑딱단추 같은 게 돌출되어 있는데, 이 단추를 끼우면 두 개가 암수 연결이 된다. 판초 우의끼리 사방으로 연결하면 텐트가 되고, 땅에 깔면 멍석이 된다.

이렇게 작전이 있을 때는 빛의 차단막이 되고, 추운 한겨울에는 팬티 바람에 판초 우의 덮어쓰고 연병장에서 벌벌 떠는 기합 도구가 되기도 한다. 이때 바깥의 찬 기온이 판초 우의에 달라붙어 안쪽으로 옮겨지면 얼음이 따로 없다. 발가벗고 그냥 서 있는 것보다 더 차갑다. 마치 추위가 농축되어 판초 우의를 얼음으로 만든 것 같다.

판초 우의 안에서 읽어낸 좌표로 우리에게 할당된 고지는 불과 20분 만에 탈환되었다. 작전이 싱겁다. 다음날은 야간 정숙 보행이다. 한글로 표현하면 요조 숙녀가 한밤에 걷는 건가? 아니면 정숙(貞淑)이가 걷는 건가? 참외씨 같은 코고무신을 신고 춘향이가 걷는 건가? 야간에 적의 진지를 침투하거나 혹은 적진 앞에서 이동할 때 움직임에 따라 일어나는 소음을 없애고, 칠흑같이 어두운 밤이니 독특한 보행으로 전진하며, 적이 설치해 놓은 부비트랩을 피해 가야 된다는 훈련 내용이다.

야간 훈련이라 위장용품을 얼굴에 바르고, 군복의 헐렁한

 북파 공작원

부분은 모두 끈으로 묶어 몸에 밀착시켰다. 군복이 펄럭이는 걸 방지하기 위해서이다. 개인 화기의 노리쇠도 끈으로 고정시켜야 한다. 노리쇠는 행군 중에 딸깍거리는 소리를 낸다.

그렇게 옷을 끈으로 조여 묶었더니 한밤의 냉기가 옷 속을 파고든다. 어라, 공기 통하지 말라고 끈으로 묶었더니 도로 추워? 당연히 추울 수밖에. 옷 속에 머물며 보호해 줄 공기의 양이 줄어든 것이니, 옷만으로는 보온이 안 되는 거다. 옷감은 두툼하면서 성긴 것이 보온에 좋다. 요즘 나오는 보온 메리라고 하는 내의를 선전하는 것을 보셨으니 이해하실 게다.

그 시절엔 재봉틀로 솜을 넣은 옷에다가 공기 주머니를 만든다고 다이아몬드 모양으로 옷을 누벼 입었다. 지금도 시골 할머니의 솜바지 누빈 것을 보면, 솜이 흐르는 것도 막아주지만, 그렇게 누벼 주면 조그마한 공기 주머니가 생기기 때문이다.

몸도 단속했다. 지금부터 걷기 시작한다. 한 손으로 총을 쥐고 나머지 손은 허리 앞에 두고 휘젓는다. 나무가지에 걸리면 소리가 난다. 한 발을 들어 땅 위 한 자 높이에서 원을 그리며 발을 디딘다. 그리고 살그머니 꿇어앉다시피 앉으며, 손으로 앞을 더듬는다. 혹시라도 있을지 모르는 부비트랩 강선을 찾는 것이다. 이상이 없으면 일어선다. 다시 손으로 몸 앞의 허공을 훑고 발을 휘휘 돌리며 일보 전진, 꿇어앉으며 부비트랩 확인.

발로 착지할 때 휘휘 원을 그리는 것은 풀포기나 키 작은 나무 등을 피하기 위해서이다. 작은 나무토막이라도 밟아 '뚝' 하는 소리라도 난다면 적에게 집중 공격을 받지 않겠는가. 야간이라 신호 수단이 불편하여 분대의 행동 반경이 좁으니 미세한 소리 때문에 적의 기총 소사에 전멸당하고 말 것이다.

야간 정숙 보행은 굼벵이 기어가는 속도와 비슷하다. 게다가 신경을 있는 대로 곤두세우니까 몸이 더 피로하고 허리도 아프다.

오늘은 주간 독도법이 있는 날인데, 교장이 깊은 산골이라고 1종을 나누어준다. 반합 속뚜껑에 보리 섞인 쌀을 담았고, 된장 덩어리와 소금·무 반쪽을 부식이라고 준다. 모두 반합에 넣고 2시간가량 걸어서 깊은 계곡을 따라가는데, 계곡의 개울에서 그 동네 농민이 똥장군을 씻고 있었다.

똥장군이란 그 무렵 대한민국의 들과 밭에는 거름으로 똥을 삭여 뿌렸다. 그때 민가의 변소에서 퍼담아 운반하는 통인데, 지게 위에 가로로 놓아 지고 다녔다. 이 인분은 일제시대에는 돈을 주고 살 만큼 거름으로 귀한 것이었다.

그렇게 산 인분을 동네 외진 곳에 사람 키 높이의 참호를 파서 모아둔다. 이 곳을 똥밭이라 불렀다. 이게 삭으면 밭에 뿌려 흙과 함께 갈면 훌륭한 거름이 되는 것이다.

한국전에서 미군이 제일 고통을 받은 게 추위와 이 똥밭이었다. 이 똥밭은 냄새도 냄새이거니와 전투 중에 빠지기도 했다.

그 인분을 운반하는 똥장군을 씻는 개울은 불행히도 우리가 먹는 식수원이었다. 그 물을 양수기로 퍼올려 물탱크에 저장하여 소독약을 타서 정수 처리했는데, 소독 약품 냄새가 너무 나서 물 먹기가 고역이라, 되도록이면 먹지 않는 편이였지만, 여름에는 피할 수가 없다. 더운 여름이라 물은 뜻뜨무리하지만, 솜옷을 입고 땀을 흘렸으니 몸 안에 소금기가 모자라, 일사병이 생긴다고 소금을 먹인다. 소금을 먹으려면 물이 있어야 된다. 그때는 그 똥물인지도 모르고, 단지 소독약 냄새 때문에 곤욕을 치르면서 마셨던 물이 알고 보니 똥물이다. 그런데도 그 물을 먹고 배탈이 난 후보생이 없었으니, 군인의 몸에는 병마가 깃들일 틈이 없나보다.

늦가을 깊은 산골의 여기저기에서는 아직도 수확하지 않은 옥수수 밭이 산재해 있고, 옥수수가 탐스럽게 열려 있다. 몇 개 따서 꼬불쳐 두었다가 삶아 먹고, 구워 먹고 했으면 좋겠다. 군침이 돈다만 참아야지, 민폐를 끼치면 안 되니까.

그 밭들 사이로 행군시 정찰, 척후조 훈련, 부비트랩 방어 연습, 공습 경보의 부대 대응 훈련, 화생방 교육을 종합 반복하며 집결지까지 가니 점심 시간이다.

분대별로 밥을 지었다. 여기서는 연기를 내지 않고 밥을 짓는 요령을 배웠다. 우선 땔감용 나무를 잘 골라야 된다. 화력이 좋으면서 연기가 나지 않는 나무, 늦가을 철에 바싹 마른 나무나 죽은 나무의 가지, 땅바닥에 뒹구는 나무토막을 주워서 돌을 이용해 아궁이를 만들고 반합을 올린다.

분대별이니 쌀을 모아 반합 5개는 밥을 짓고, 4개는 무를 썰고 간을 맞추어 국을 끓인다. 근처에 고추나무 뭉쳐 놓은 것이 있었는데, 잘 성장하지 못한 고추가 달려 있어 따다가 국에 넣었으니 얼큰하게 맛이 좋았다.

밥이 끓을 무렵, 밥물이 넘쳐 불에 떨어지면 연기가 난다. 그것만 조심하면 연기를 내지 않고 밥을 지을 수 있었다. 연기를 내지 않으며 밥을 짓는 것도 특별 훈련 중의 하나다.

모두 둘러앉아 모처럼의 야외 식사에 신이 나서 퍼먹는다. 더욱이 반합에 지은 밥은 취사장에서 지은 밥보다 훨씬 맛있다. 밥 중에 제일 맛있는 것은 잡곡이 전혀 들지 않은 쌀만으로 반합 속에서 지은 밥이라는 걸 아는 사람이 몇이나 되는지 모르겠다. 반합을 통째로 불구덩이 속에 넣어도 밥이 된다. 대신 누룽지가 반합 모양으로 아래 위 옆으로 생기지만 말이다.

맛있는 식사가 끝났다. 설거지를 하기 위해 취사 도구를 들고 일어서는데, 호루라기 소리가 요란하다.

"뭐야? 무슨 일이냐?"

벌써 교육이 끝난 것은 아닐 테고, 하던 행동을 멈추고 호루라기 부는 조교를 모두 쳐다본다. 틀림없는 사고다. 알밤을 줍다가 사람 소리에 놀란 다람쥐처럼, 동작 그만하고 조교한테 시선을 집중한다. 직감이 온다. 누군가가 말썽을 부린 것이다.

행군을 하면서 오는 도중 옥수수 밭을 지나면서 몇 명이 무단이 옥수수를 땄단다. 그걸로 밥을 해먹은 것까지는 스토리가 맞다. 나 역시 따먹고 싶지 않았느냐. 그러나 대원들의 안녕을 위해서 참았는데, 누군가가 나의 뜻을 저버렸고, 결론은 옥수수 밭 주인에게 들킨 것이다.

우리는 비탈지고 울퉁불퉁한 지면에 10명씩 어깨동무하고 오리걸음을 걷는 기합을 받았다. 지형 상태로는 혼자서도 가기 힘든데, 10명이 일렬 횡대로 간다는 것은 미쳐 버리는 게 더 나을 거다. 목표물은 50미터 앞 소나무, 땅은 울퉁불퉁하고 키 작은 나뭇가지가 엉덩이를 쿡쿡 찌른다. 50미터 가서 반환점을 돌아오는데, 목구멍에서 개밥이 나올려고 한다. 아닌게아니라 방금 뱃속에 들어간 밥알이 전부 거꾸로 섰을 테니 오버 잇(Over Eat)한다고 해서 별 이상한 것도 아니다.

아무튼 단체에는 고문관이 반드시 있고, 사고를 쳐 문제를 일으키는 놈은 정해져 있다. 부대 단위로 움직이면서 '무사고 기원'을 아무리 빌면 뭘 하나, 훈련 지휘관이나 조교들이 그렇게 감시의 눈을 번뜩여도 사고를 치는 데는 속수 무책이다. 그 대신에 벌이라는 사후 조치는 더 지독하다.

얼마나 많은 옥수수가 수탈(?)당했는지 모르지만, 마구 악을 써며 방방 뛰던 주인도 너무나 지독한 기합에 오히려 무안한지, 또 군인들이 불쌍한지 그만하면 됐다면서 말린다.

그리고 '변상'하는 선에서 합의를 봤단다. 옥수수 밭을 꽤 많이 결딴낸 모양이다.

그렇게 하지 않았다면 우리는 왕복 서너 차례에 맛있게 먹었던 점심을 모두 토했을 게다. 물론 옥수수밥을 해먹은 놈들은 들통났겠지. 토한 음식에 옥수수가 들어 있었을 테니까 말이다.

이런 사고는 군부대 주둔지에서 노상 일어나는 일이다. 부대 주변 민간인과 군대 사이의 마찰은, 작게는 고추밭 결딴내기에서 크게는 닭서리와 수박서리를 넘어, 개·돼지까지 잡아먹는 바람에 일어난다. 그나마 소를 잡아먹지 않은 것이 다행이다.

그래서 변상해 주고, 군인들을 데려가 노력 봉사하고, 화해하고, 그 다음은 또 철모르는 놈이 사고 치고, 변상하고, 화해하고, 그렇게 군과 민이 더불어 살아간다.

군대는 자기 부대에만 말썽이 나지 않으면 눈감아 줘야 한다. 온갖 욕구를 다 참고 갇혀 살다시피 하는 젊은 군인들이 스트레스 해소하는 걸 슬쩍 눈감아 주고 넘어가는 거다. 훈련소나 학교는 군대라는 담장이 굳건하다. 마음대로 나다닐 수도 없으며, 모든 행동은 영내에서만 가능하다고 해도 마음대로 어슬렁거리지 못한다.

그러나 자대라고 불리는 부대는 군영 바깥 출입이 비교적 좋다. 그 부대 주변에 인가가 없는 산비탈에 있으면 더욱 좋다. 밤이면 특공대를 조직하여 더블백 휴대하고, 산 두어 개 너머 마을로 가서 참외도 서리하고 수박도 털어 오는 거다. 운이 좋으면 닭 모가지도 잡아온다. 그래도 별탈이 없었으니, 그때의 우리네 인심은 하느님도 부러워했을 거다.

다른 부대 주변의 배추밭을 털어오기도 한다. 그럴 때면 식사 시간마다 배추쌈이다. 하사관들이 눈치를 채고도 아무 말 않는다. 우리 부대가 변상해야 될 까닭이 없는 '안심 배추'인 것이다. 대신 그 부대는 억울한 누명을 덮어쓰고 연병장 몇 바퀴 돌겠지, 아마.

개새끼들, 개 같은 놈, 개보다 못한 놈. 욕 중에 개가 들어가는 욕은 참 많다. 손가락으로 꼽아도 열 손가락이 모자랄 정도이다. 그런 개 무슨 욕 중에 새로운 욕이 있다. '개새끼

 북파 공작원

같은 선배님들'이다. 개새끼면 개새끼이고 선배님이면 선배
님이지. 개새끼에다 선배님자 꼭꼭 붙여서 개새끼 같은 선
배님들이란 뭐냐?

　교육 일수가 반쯤 지나가면 선배 기수가 점호를 담당한다.
학교 선배는 어디나 할 것 없이 무섭다. 군에서는 더 더욱
그렇다. 날마다 보는 조교나 내무반장. 교관보다도 어쩌다
마주치는 선배들이 더 겁난다. 게다가 그들이 실권을 쥔 일
석 점호가 아닌가. 모두 침상 일선에 맞추어 섰다. 선배 다
섯이 들어왔다. 향도가 일석 점호 보고를 시작한다.

　"3소대, 일동 차렷. 1967년 10월 ×일 일석 점호. 총원 39
명, 사고 2명, 사고 내용은 보초 2명 현재 37명, 번호!"

　우측 침상에서부터 번호를 불러나간다.

　"하나 둘 셋 넷……."

　번호 소리가 절도 없다고 내 스스로가 느낀 순간,

　"번호 그만, 자슥들, 번호도 제대로 못 해. 번호 다시!"

　선배 점호관이 악을 쓴다.

　다시 번호를 시작하는데, 번호순이 늦은 쪽 구석에서 누군
가가 속삭였다.

　"오늘 다 죽었다고 복창해야 되겠다. 각오 단단히 해야겠
는걸."

　그 소리가 들렸나보다. 냅다 고함 소리가 터진다.

　"어쭈, 점호시에는 눈도 깜짝 못 하는데 감히 씨부렁거려,
누구야?"

　폭풍 전야의 고요가 내무반에 엄습한다. 그것도 잠시,

　"나와, 안 나와?"

"아무 소리도 안 했습니다."

덩치 큰 70번 후보생이 뭐가 답답했는지 한마디하고 만다.

"이크, 진짜로 다 죽었다."

"뭐야? 말소리가 보였으니까 그러지, 눈까리 돌아가는 소리도 들리는데, 내가 누구냐? 귀신도 못 속이는 선배 아닌가! 쌰."

우리는 그 소리에 모두 꼬리를 내렸다. 개들 싸움을 보면 상대가 벅차면 꼬리를 내린다. 우리도 선배 개새끼님들 앞에서 '끄응' 하며 꼬리를 내렸다.

"선배님, 귀 시력이 꽤 좋은가 보네요. 말소리가 보이다뇨?"

이 소리에 전원이 웃었다. 그 순간은 몰랐다. 후배 기수가 선배 기수를 갖고 놀았다는 사실을 말이다.

선배의 점호시에는 셔텁 마우스(Shot‐up Mouse)로 입을 다물어도 터지고, 대답을 안 해도 터진다. 이것은 완벽한 각본대로 하는, 아니 피할 수 없는 코스이다. 그래서 선배 점호다.

"너, 이 새끼 죽었다, 배에 힘 줘."

태권도로 단련된 주먹이 단거리포로 발사될 준비 신호다. 선배의 주먹이 70번 후보생의 배에 푹 박힌다. 뒤로 밀린 70번 후보생, 재빨리 밀린 만큼 전진하여 일선에 선다. 그 선배 약이 올라 또 펀치 한 방! 70번 후보생은 맞고는 밀린 만큼 전진하여 또 일선에 부동자세로 선다.

원래는 그렇게 패면 KO당한 것처럼 엄살을 떨어야 한다.

"이 새끼, 엄살부리는 거야?"

“아, 아닙니다. 숨이 넘어갈 것 같습니다. 그쪽은 더 아픈데유, 살살 조심해서 패줘유.”

“때리는 놈이, 더군다나 뽈따구가 있는 대로 난 놈이, 아픈데, 안 아픈 데 가려가며 때려주리, 이 병신 같은 놈아!”

이렇게 대본대로 해야 하는데, 이놈은 뭐 선배 주먹이 별거 아니다 하는 태도이니, 나머지 선배들이 벌떼처럼 달려든다. 그 날은 줄초상이 나는 날이다. 후배가 감히 하느님과 동격인 선배의 자존심을 건드린 것이다.

졸업 무렵이면 태권도 초단의 실력인데 후배 배때기에, 그것도 팰라면 패라고 무방비 상태인 후배에게 3.5인치 단거리포를 쐈는 데도 이놈의 새끼 배때기에는 철판을 깔았는지 어쨌는지 맞으면 뒤로 물러났다가는 곧장 원위치를 하니, 선배가 돌아 버릴 판국이다.

엄살을 부리면 좀 덜 얻어터지는 것을 70번 후보생은 몰랐던 것이다. 순전히 짬밥 부족 탓이다. 동료 중에는 일등병 시절을 거치고 온 놈과 이병 달고 자대 생활 4~5개월하고 온 놈도 있었다. 짬밥 부족, 먹물 부족은 어디를 봐도 드러난다.

‘어이구 쪼다야, 나 죽것네 하면서 넘어져야지, 군대는 요령이야, 요령. 그냥 엎어져 버리면 선배는 체면을 세우고, 너는 덜 맞아서 좋고, 누이 좋고 매부 좋은 일 아니냐.’

한 대라도 더 맞으면 장파열이라도 난 척하면서 성깔을 놓는 거다.

“더 때리면 나 숨넘어갈지도 몰라요, 더 때리면 저 숨 안 쉽니다.”

이렇게 공갈을 넣으면 지가 아무리 선배라도 저승 사자 호송관 직원관 아닌 이상 그만두고 만다. 흔히들 말하는 선배 고참 '존'심 좀 살려주면 어디가 덧나나 이 쪼다야~!

그렇게 속으로 빌며 텔레파시를 보내도 동료는 여전히 자기가 하던 행동을 반복하고, 선배들은 뜨거운 양철판 위의 미꾸라지처럼 날뛴다.

다섯 명의 선배들은 뜨거운 철판 위의 미꾸라지처럼 엄청 뿔다귀가 나서 우리들에게 행패를 부린다. 관물이 우당탕 날아가고, 철모가 내무반 바닥에 구르고, 태풍치고는 A급 허리케인이다. 70번 후보생은 그런 와중에도 맞고 있다. 퍽!! 퍽!! 아마 때리는 쪽이 먼저 지쳤을 게다.

"오늘 시껍하는구먼."

"워메 엄니, 나 미치것네."

"오늘 점호 끝났어야, 너 때문에."

여기저기서 불만의 소리가 나오지만 어쩌냐, 관물 정돈 다시 하려면 날밤 새겠네. 이런 일은 졸업할 때까지 세 번은 더 하니까 다음번, 다음번 갈수록 점호 태도가 좋아진다.

그래 누군가가 말했다. '복수는 우리들의 후배에게' 이것도 일종의 교육이 아닌가. 선배가 무섭다는 것도 배워주고, 얼어터지는 매끝에 정든다고 선후배 간에 고리가 형성되는 것 아닌가? 내 위의 선배와 내 아래 후배가 이렇게 연결되어 전우애가 생기는 공통점을 갖게 하기 위해서일 것이다.

군대는 선후배 간의 고리와 그 고리의 연결이 매우 중요하다. 70번 후보생이 주연 배우이고, 우리는 엑스트라다. 선배들 점호는 각본에 짜여져 있는 것이나, 70번 후보가 아무

 북파 공작원

말을 하지 않았더라도 공연은 시작되었을 것이다. 그렇다고 그렇게 개 패듯 패야 하나?

고된 하루 훈련을 끝내고 내무반에 들어선다는 것은 군대에 못 가고 사회 생활하는 사람이 직장에서 퇴근하고 집에 들어가는 기분하고는 틀린다. 직장에서 일과가 끝나고 집에 가면 독신자 빼놓고는 식구들이 기다리겠지만, 군대는 썰렁한 내무반이다.

기억해 보라. 고된 훈련을 끝내고 나의 휴식처, 아니 안식처에 척 들어서면 좌우로 기차게 정돈되어 있는 관물, 그 밑에 오늘밤 잠자리를 기다리고 있는 모포, 그리고 신어볼 기회조차 없는 군화, 휑하니 빈자리만 지키고 있는 내무반의 침상 위는 썰렁하게 냉기마저 돈다. 그래도 바깥보다는 안이 좋다. 각자의 소지품을 관물대에 정리하고, 식판 들고 식탁 앞으로 가는 시간이기 때문 아닌가.

그런데 그 날은 좀 이상했다. 침상 끝에 백묵으로 숫자가 적혀 있다. 내 자리에는 4라고 씌어 있다.

'아하! 이것이구나.'

우리가 교육받으러 나간 뒤 선배 기수가 들어와서 각자의 관물대의 정리 상태를 점검하는 내무 검열을 한 것이다.

나의 벌점 4점은 군화에 먼지가 살짝 묻었다고 해서 받은 점수이다. 졸업 점수에서 4점 감점 요인이 생긴 거다.

까만 구두코는 눈으로 봐서는 먼지가 묻었는지 모른다. 손가락으로 살짝 문지르면 그 곳이 더 까맣게 윤이 난다. 그러면 내 군화에 먼지가 묻은 거다. 나는 군화에 손자국이 났다고 4점을 감점당했는데, 다른 후보생들은 많은 점수를 감점당했다.

시트·모포·매트리스도 정돈을 잘 해야 된다. 매트리스·모포·하얀 시트순으로 정돈하되, 18개의 모포는 대목수의 먹줄을 튕긴 것처럼 일직선이 되어야 하며, 특히 하얀 시트는 18개가 분필로 그은 것처럼 정확하게 크기·두께가 일치되어 일자로 정렬되어야 한다. 한 개라도 비틀어지면 18명 전원 감점이다. 18명은 한쪽 침상의 병력의 숫자이다.

나의 군화는 소위 파리가 앉다가는 미끄러져 뇌진탕으로 죽을 정도의 광택을 냈건만, 누군가의 옷의 먼지가 날랐나? 아니면 열려진 창문을 통해 복도와 창틀에 있는 먼지가 날아왔나? 복도나 창틀에 먼지가 있으면 안 된다고 날마다 물걸레로 깨끗이 닦았는데도 불구하고 말이다. 그렇지만 4점 정도는 졸업 점수에 큰 영향을 미치지는 않을 것이다.

전술학 마지막 총 점검의 날이다. 이 훈련이 끝나면 낮은 포복·높은 포복·사격 연습은 없다. 박달리의 기록 사격이 남아 있고, 힘든 유격 훈련과 공용 화기도 대기하고 있다.

아침 일찍 완전 군장으로 무장하고 교문을 나섰다. 벌써 10월 말로 접어들어 제법 날씨가 쌀쌀하다. 길가의 밭에는 서릿발이 매섭고, 허허벌판에서 불어오는 삭풍에 어깨가 움츠려든다. 군에 들어와서 두 번째 겨울을 맞는다.

각개 전투 통합 훈련의 고지까지 점령하는데 4시간 가량 소요된다. 돌격선에서부터 실전처럼 분대 단위로 투입되어 은폐와 엄폐물을 이용하여 사격을 하며 적의 고지로 향하여 돌진하면 된다. 각 코스는 갖가지 모양의 엄폐물이 놓여 있고, 조교들이 흰색 방망이를 들고 서 있다. 여차직하면 팰

 북파 공작원

것처럼 살벌하다.

첫 코스는 묘(墓처럼 생긴 엄폐물)를 향하여 달려가 우측에서 사격 자세, 격발 후 왼쪽으로 돌아서 10보 정도 갈지자로 뛰어서 돌무더기 뒤에 엎드린다. 10보 정도 뛰는 시각은 적이 나를 정조준할 시간을 주지 않기 위해서다. 그래서 우리는 5초 이내에 조준, 사격 연습을 하는 거다. 보통 사병들은 적을 발견하고 사격 자세를 갖추어 사격하는 시간이 10초 정도 걸린다.

돌무더기에서 다시 왼쪽으로 사격하고 오른쪽으로 튀어나가 참호 속에 뛰어든다. 이때 우리에게는 공포탄이 네 발 지급된다. 공포탄은 총알이 없고 화약이 있는 상태에서 탄피 끝은 만두 끝처럼 구부려 놓은 형태다.

참호에서는 다시 교통호(참호와 참호를 연결한 통로이고, 허리 높이로 파여 있다)를 돌아 다시 지상으로 올라갈 때는 발부터 먼저 올린 후 신속하게 상체를 일으켜세워 달려가야 한다. 머리부터 올라가면 전시에는 저승 가기 십상이다. 노출된 상태에서 조금만 머뭇거리면 적의 총탄 세례가 아니라 조교들의 방망이가 날아온다.

장애물 중 가장 험난한 철조망 통과다. 맨몸으로 철조망 밑에 드러누워서 발뒤꿈치로 땅을 밀며 나아가도 속력이 붙지 않는데, 하물며 완전 군장을 했는데 속력이 붙을 수가 있겠는가?

군장이 철조망 가시에 걸리고 돌부리에 걸리니 당할 재주가 없다. 그런데도 조교는 빨리 가라고 방망이를 휘두른다. 꼭 이 지역에서 조교들이 흰 몽둥이를 들고 마치 저승 사자처럼 서 있다. 저승 사자 보았느냐고?

저승 사자가 별거냐? 철조망이 쳐진 곳에는 적의 중기관총이 설치되어 머뭇거리는 병사에게 총탄을 퍼붓게 되어 있는데, 그게 바로 저승 사자가 아닐까?

그러니 반드시 통과해야 될 길목이며, 최소의 희생으로 빠져나가야 된다. 실제 전쟁 때는 아군의 시체나 적의 시체를 철조망에 걸쳐놓거나 밟고서 통과하기도 하는 곳이다. 그럴려면 신속한 동작이 요구되는 곳이니 마구 때리는 게다. 빨리 통과하라고, 그래야 죽지 않으니까.

통상 이 곳에 설치하는 LMG(Light Machine Gun)의 제원을 알아보자. 그보다 먼저 기관총의 역사를 짚어보자.

기관총이 전쟁에서 위력을 발휘하게 된 것은 1차 대전이다. 당시 볼트엑션서라고 불리는 단발 소총이 보병 화기의 주력인 가운데, 소총탄을 연속해서 발사할 수 있는 기관총은 가히 총기 발달 역사에 있어서 혁명적인 발명품이었다. 방아쇠만 당기고 있으면, 총알이 장전되어 있는 한 계속 발사가 가능하였으니 전쟁의 주역이 될 수밖에 없었다.

1916년 7월에 벌어진 영국군의 솜므 공격에서 독일군의 맥심 기관총은 사람들의 상상을 불허하는 것이었다. 당시 전쟁의 양상은 들판을 횡대로 달리며 적의 방어선을 일제히 쳐들어가는 돌격전이었다. 지금 생각해 보면 무모한 작전이었겠지만, 단발 단발로 사격하는 적에게 역시 단발로 응사하며 빠르게 접근하면 승산이 있는 싸움이었다. 더군다나 이 편에 숫자가 많아야만 백전 백승이다.

그런데 독일의 맥심 기관총은 그때까지의 전쟁 양상을 바꾸어 버렸다. 맥심 기관총의 좌에서 우로, 우에서 좌로 드르륵 하는 기총 소사에 들판에서 달리는 병사들이 떼죽음을 당했다. 무려 57,000여 명이 전사할 만큼 기관총의 위력은 엄청난 것이었다.

그 뒤로는 집단 돌격의 무모함이 드러나서 참호전이 생겼다. 즉, 교두보 확보, 참호 파기, 다시 전진, 참호 파기, 교두보 확보, 근거리 접근 후 돌격, 제1공격 목표는 적의 기관총 벙커 폭파.

그때의 기관총은 요즘 병기와 비교해 보면 캘리버50 정도의 구경을 가졌고, 수랭식(水冷式)이라 무게가 40킬로그램 정도 나가는 엄청난 무게였다. 그것은 냉각수의 무게 때문이기도 했다.

냉각수란 총열을 식혀주는 물이다. 총알이 발사될 때 총열이 열을 받는데, 연속으로 발사할 때는 총열이 열을 받아 총구가 팽창된다. 총구가 팽창되면 총알의 사거리가 짧아지고 명중률도 뚝 떨어진다. 수랭식은 무게는 많이 나가나 총열을 교체해 주는 시간만 빼면 12시간 동안 쉬지 않고 발사할 수 있다. 대신 무게 때문에 방어용으로밖에 사용할 수 없는 한계가 있다. 조작 인원도 많고, 총신에 연결된 냉각수 때문에 신속한 이동이 필수인 공격전에는 무용지물이다.

방어용이든 어쨌든 간에 지금의 장갑차나 헬기에 장착된 캘리버50과 위력은 비슷하다(구경 30밀리 LMG 실탄은 탄피까지 포함하면 길이가 100밀리가 넘는다. 항상 삼각대에 얹어 사용한다. 가끔 영화 장면에서는 응급 처치로 허리 높이로 들고 쏠 수는 있어도 견착 사격은 안 된다). 실탄의 규격은 LMG·A

R·M1 모두 같은 규격으로 M1 실탄이 떨어지면 AR 실탄을 사용할 수도 있다.

수랭식 기관총은 국내에도 있었다. 필자가 배웠던 HMG라는 수랭식 기관총은 아마 지금쯤은 전쟁 박물관에나 가보면 전시되어 있을 것이다.

이런 결점을 보완해 개발한 총이 LMG공랭식이다. 벨트 급탄 방식 기관총으로 무게가 가벼워 사수와 조수의 2인 1조로 구성되며, 소총 소대 화기 분대 소대 지원 화기로 채용되었다. AR경기관총보다 좀더 강하게 만들어졌으며, 필요시 총신 교환만 하면 지속 사격을 할 수 있다. 벨트 급탄 방식이어서 혼자서도 사격이 가능하고 전용 삼각대에 얹어 사용한다. 삼각대 등 전체 무게가 30킬로그램 정도이다. 소음 소염기가 있으나 제 역할을 못 한다.

이 총은 전용 조준경을 부착하면 원거리 사격이 가능하고 명중률도 높다. 각종 장갑차의 대공 총가(對空銃架)에 얹어 대공 기관총으로 사용할 수 있는, 그야말로 다용도 기관총이다. 벨트 급탄은 250발들이로 탄통 하나에 들어 있다. 이 탄통으로 국을 끓이거나 산나물을 삶을 수 있는 주방 기구로도 사용했다.

철조망 통과 때 위협 사격을 하는 총이다. 빠른 발사 속도와 마대를 찢는 듯한 독특한 총성이 너무 커서 두려움에 떨게 한다. 언제 이 총구가 땅으로 향할지 겁이 안 난다면 멍청이일 것이다. 삼각대에 고정시켜 발사 각도가 고정되어 염려 없다고 하지만 말이다.

다섯 발마다 예광탄(탄환 끝에 빨간 페인트가 칠해져 있음)이 발사되는데, 이 총알은 불빛을 내며 날아가니, 탄도 추격이 육안으로 가능하다. 자신의 사격 지점을 볼 수 있는 이 끝이 빨간 예광탄은 적의 차량이나 유류 저장소 및 건물 등에 화재를 일으키기도 한다. 또한 야간 사격시 사대가 노출되는 약점도 있다. 최대 발사 속도는 분당 750~1,000발이지만, 실용적으로 분당 250발이 알맞다. 가스를 조정할 수 있는 조절기가 있어 이 조절기로 발사 속도를 제어할 수 있다. 총신 교환도 수초 만에 할 수 있고, 사수의 숙련도에 따라 명중률이 놀랄 만큼 정확하다. 탄환에 같은 구경의 소총 탄환이나 7.62밀리 소총 탄환보다 훨씬 위력이 강하다. 이유는 총열이 길어 화약의 압력을 많이 받아 멀리 나가기 때문이다. 같은 이유로 권총은 총열이 짧아 유효 사거리가 아주 짧다. 또 철갑탄을 사용하면 수륙 양용 APC경 장갑차 정도는 관통시킨다. 두께 30센티미터 정도의 벽돌담을 뚫고 나가며, 적군의 주력 전차의 중요한 외부 장비품을 집중 사격으로 파괴할 수 있다. 국제적으로 철갑탄은 사용 금지이지만, 전쟁판에서 죽고 죽이는 가운데 누가 사용 금지 따위를 생각할 것인가!

방탄 조끼를 입지 않은 적을 1,800미터 거리에서도 살상할 수 있는 총이다. 그때는 소대 내 화기 분대에 1정씩 편제되었으나, 월남전에서부터 분대마다 1정씩 갖게 되었다. 워낙 위력적인 총이라 월맹군 저격수의 최우선 목표물이 되어 우리 측 사수가 전투 개시 1분도 안 되어 저격, 사살되었다.

6·25전쟁에서는 주로 벙커에서 사용하여 아군의 희생이 덜 했었고, 나중에 여기에 소음소염기가 부착되어 야간의

불빛을 차단시켜 주었기에 희생을 줄일 수 있었다.

　나는 몸집이 작은 탓인지 겨우 얻어터지지 않고 철조망 그물 밑을 빠져나와 또 달린다. 돌격이란 온갖 장애를 물리치며 나아가는 것 아니냐! 다음 장애물은 화생방 지역이다. 조교들이 연막탄을 터뜨린다. 조교들이 터뜨리는 연막탄은 가스탄이 아니고, 하체 주위를 가리고 어둡게 하는 일종의 안개이며 냄새가 없다.

　"가스!"

라고 소리치며 방독면을 착용했다.

　"허 - 억 - !"

　숨이 꽉 막힌다. 돌격선에서부터 쉬지 않고 기고, 뛰고, 엎어지며 철조망을 통과하는데, 온갖 용을 다 썼으니 숨이 턱에 안 찰 놈이 어디 있냐? 있다면 로보캅일 게다. 아니면 터미네이터나 사이보그일 것이다. 그렇게 헉헉거리는 데다가 공기가 1/5밖에 통하지 않는 방독면을 썼으니 5배나 숨이 더 가빠지는 게 아니냐!

　연막탄 속을 용감히 빠져나갈 때까지는 방독면을 벗으면 안 된다. 연막탄은 적의 시야를 가리기 위해 주로 백색 연기를 발산하도록 만들어진 수류탄의 일종이며, 포탄의 발연제로 사용하는 백린(白燐) 가루를 충전한 것이 일반적이고, 구조는 가스탄과 차이가 없다. 내장된 화약이 폭발하면 약실 안의 백린이 대기 중으로 흘러나와 자연 발화하여 짙은 안개가 덮이는 것처럼 연막을 형성한다.

　이 백린은 스스로 발화하는 성질과 함께 노출된 살결에 닿으면 피부 속으로 침투하여 피부염증을 유발시킨다. 소이

 북파 공작원

탄, 대인 공격용 수류탄과 함께 사용되는 까닭도 바로 여기에 있다.

이 밖에 이 연막탄을 응용하여 여러 가지 색상을 내는 신호용이 있다. 조종사가 격추당했을 때 구조용 신호탄을 쏘아올리는 경우도 여기에 해당된다. 또 공군의 에어쇼에서 오색 연기를 뿜는 비행기에 장착되어 사용되기도 한다. 또한 커다란 캔에 든 것도 있다. 이것을 터뜨리면 5분 이내에 그 지역은 한 치 앞도 볼 수 없다. 대테러 작전에 많이 사용한다. 순간 질식 가스탄도 사용된다. 이 가스탄은 총류탄 발사기를 사용하여 적의 벙커에 사격, 명중시킨 후에 벙커 내부의 병력을 전멸시킬 수 있다. 수류탄은 야구 선수 출신이면 모를까, 명중이 거의 불가능하다.

가스 살포 지역을 벗어나면 적진에 다 온 것이다. 여기서는 높은 포복으로 신속히 이동해야 한다.

논산 훈련소에서 각종 포복에 팔꿈치와 무릎이 절단났지만, 여기도 마찬가지이다. 신속히 기어가는데도 늦다고 몽둥이 세례다. 맞지 않으려고 헉헉거리며 기어간다. 팔꿈치와 무릎의 살갗은 벗겨지고 까지고 야단이지만, 총알에 맞아 죽지 않으려면 팔꿈치와 무릎이 대수인가? 몇 대 맞고는 그 지역을 벗어났다.

이제 수류탄 투척 지역이다. 그냥 누워서 수류탄을 던지는 것이 딱 알맞은 자세다. 좀 쉬기도 하고 말이다. 수류탄을 서서 던지면 큰일난다. 적에게 노출되어 적의 사격 목표가 되어, 자신이 당하는 건 그렇다 치더라도, 들고 있는 수류탄을 발 아래 떨어뜨리면 주위에 있는 아군들은 다 죽는다.

그래서 적진 앞에서는 무릎을 세워 던지기와 누워 던지기 자세가 적당하다.

수류탄 이야기를 좀더 하자. 수류탄도 1차 대전 때 발전하기 시작하여 빠른 속도로 개선되어 성능 면에서는 대단히 효과적인 반면에, 안정성은 만족할 만한 수준이 아니었다. 1차 대전이 끝난 후 사용하다 남은 수류탄을 전량 폐기 처분할 수밖에 없었던 것도 보관 중에 폭발하거나 이동 중에 폭발 사고가 빈번했기 때문이다. 게다가 습기에 접촉되면 사용하지 못하게 되는 등 보관 관리가 어려웠었다.

1921년 영국에서 개발된 신형 수류탄이 안정성이 우수한 수류탄의 효시였다. 수류탄에게 어떤 조건을 부여해 보자.

첫째, 어떤 탄착 각도에서도 기폭이 가능해야 된다.

둘째, 총류탄과 수류탄을 공통으로 사용할 수 있어야 한다.

셋째, 투척하는 병사의 옷에 걸릴 만한 돌기물이 없어야 한다.

넷째, 투척 중에 떨어지더라도 안전 고리가 빠지지 않아야 된다.

다섯째, 폭발시 10미터 이상의 살상 반경을 가져야 한다.

여섯째, 총류탄으로 사용할 경우 총기에 손상을 주어서는 안 된다.

일곱째, 장시간 보관하여도 그 성능에 손상을 주어서는 안 된다.

이런 정도면 완벽할는지도 모른다. 인간이 실수하지 않는 한, 수류탄은 안전하게 관리가 되게끔 만들어져 있는 것이다.

대개의 수류탄은 손으로 던지게 되어 있는데, 그 중에 봉형 수류탄이 있다. 일명 방망이 수류탄이라 부른다. 참치 캔 모양의 폭탄 약실이 있고, 방망이 모양의 손잡이 끝에 지연관이 부착되어 있다. 안전 캡 안에 점화선이 있어 안전 캡을 열어젖히고 점화선을 당기면 지연관에 불이 붙는다. 그때 표적을 향해 던지면 된다.

북한군이 사용한 방망이 수류탄은 그 성능이 그 무렵의 아군 수류탄보다 훨씬 위력적이었다. 캔은 두 개가 포개어져 있으며, 손잡이에 구멍을 내어 끈을 달아두었다. 그 끈을 이용해서 우리가 정월 대보름날 쥐불놀이할 때 깡통을 빙글빙글 돌리듯이 수류탄을 돌려 원심력이 가장 클 때 손을 놓는다. 손으로 투척했을 때보다 더 멀리 날아가니 화력이 월등했다.

그것에 대응하여 만든 것이 총류탄이다. M1소총에 총류탄 발사기를 장착하여 총류탄을 장탄한 후, 공포탄을 발사하면 총열 안에 있는 화약의 폭발력이 총류탄에 추진력을 준다. 로켓포처럼 자체 추진력이 없이 발사되므로 반동이 심하다. 그래서 왼쪽 무릎을 땅에 대고 오른쪽 무릎을 세워, 앉아 쏴 자세로 개머리판을 땅에 밀착시키고 포물선을 그리며 발사되도록 각도를 잘 잡아줘야 된다. 숙련된 사수에 의해 탄착 지점을 결정하는 발사각이 정해진다. 그리고 일정 각도에서는 총류탄이 장거리도 난다는 것을 알고 있어야 한다. 총류탄의 종류도 살상용 가스탄·예광탄 등이 있다. 살상용 총류탄은 M79 유탄 발사기가 더 효과가 있다.

보통 인마 살상용 수류탄은 코일스프링 모양의 강철 코일이 펜치로 흠집을 내놓은 것 같은 형태로, 무게는 454그램 직경은 57밀리이다. 손에 쥐기 좋은 형태로 초기에는 계란형이었는데, 지금은 거의 원형에 가깝다. 중앙에 지연관이 있으며, 지연관 밖으로는 TNT폭발시 파편 발생용 코일이 감겨 있다. 이상이 보병 부대에서 주로 사용하는 수류탄의 제원이다.

그 동안 수십 종의 수류탄이 개발되었을 것이다. 연막탄도 수류탄의 일종인데, AN－M8HC 수류탄이 주류를 이룬다. 이 연막탄은 3～5초의 지연관이 있고, 약 50～90초 동안 연소시키며, 연기 색깔은 빨강·초록·노랑·보라색 등이 있으며, 그 쓰임새가 다양하다. 구조용·공격용·화생방 지역 등등 모양은 우리가 마시는 포카리스웨트 캔 모양이고 안전 클립이 있다. 충격에 의하여 터지는 수류탄도 있으며, 온도가 52°C～40°C에서 7초 만에 폭발하는 것도 있다.

소이탄에는 E108이 사용되며, 무게는 530그램으로 약 60초 동안 화염을 발생시키며, 온도는 2700°C의 고온으로 약 3밀리 정도의 철판을 녹일 수 있는 위력이다. 이것도 캔 모양으로 생겼다. 훈련용은 30초간 연막을 발생시키며, N140도 역시 훈련용으로 환경에 피해를 덜 주는 셔멀 MK.4 수류탄을 사용한다.

누워서 수류탄 투척 끝. 다음에는 낮은 포복으로 적진을 향한다. 이제 적의 진지 앞에 도착하면 백병전을 벌여야 한다.

낮은 포복은 훈련소와는 자세가 약간 다르다. 오른손 엄지에 멜빵을 걸어 총이 끌려오도록 자세를 취하고, 왼손을 진행 방향으로 쭉 뻗어 땅을 끌어당기며, 오른쪽 발은 복숭아뼈가 땅에 닿도록 가슴 쪽으로 무릎을 꺾었다가 땅을 밀면서 앞으로 나아간다. 이때 얼굴은 우측으로 향한다. 그 다음 오른손으로 지면을 당기고 왼발로 땅을 민다. 이때 얼굴은 좌측을 향한다.

이렇게 왼손과 오른손을 번갈아 사용하는 게 훈련소와 다른 점이다. 이 낮은 포복은 속도가 느리지만 몸이 지면에 최대로 밀착되기 때문에 적에게 잘 노출되지 않는다. 엄폐물이 없는 평지에서 많이 취하고 적진이 가까울수록 적의 기관총의 집중 사격을 피하기 위해서 반드시 이 자세를 취해야만 한다.

드디어 적의 진지에 도착. 분대장이 손짓을 한다.

"가스탄 투척, 수류탄 투척!"

"펑, 콰콰꽝!" 소리가 끝나면 "와!" 하고 함성을 지르며 9명이 동시에 내닫는다. 가상의 적을 향해 "찔러 총", "받어 쳐", "내려 막고 총", 신총 검술을 펼친다.

육박전은 총으로 사격할 틈이 없을 때 벌어진다. 우리의 가상의 적은 땅에 박힌 나무 기둥에 고정된 폐타이어다. 여기서 상황에 따라 태권도 실력을 발휘해야 할 백병전이 펼쳐진다. 총으로 찌르고, 베어보며 얍! 얍! 함성을 지르면 그게 끝이다. 싱겁다. 실전 같으면 앞·뒤 사방의 적군과 목숨을 걸고 결사전을 벌이겠지. 앞으로 찌르고 뒤로 돌아 벨 것이고, 전우의 위급 상황도 해결해 주며 맹활약을 할 텐데.

또 날마다 단련하고 단련한 태권도의 그 무서운 파괴력을 백병전에서 써볼 수도 있을 텐데, 멀뚱히 서 있는 나무기둥에 매어둔 폐타이어에 대고 용만 쓴다니 싱겁지 않느냐는 말이다.

'각개 전투 끝!' 싱겁다고? 천만의 말씀이다. 우리 분대야 워낙 단결이 잘 되어 훌륭한 전과를 올려서 단방에 끝냈지만, 다른 분대는 조교 맘에 안 들었는지 다시 돌격선으로 돌려져 재차 전투에 투입된다.

그렇게 되면 입에 거품을 물 지경이 된다. 좀 쉬었다가 철수하는 중간쯤에 하루 일과가 끝났다. 재차 투입된 분대도 중간에서 '각개 전투 끝' 하고 우리와 합류하여 귀대 길에 올랐다.

내무반에 돌아와 씻고 정리하고 상처에 약을 바르고 하는 동안 두 시간이나 흘렀다. 내일이면 딱지 앉을 팔꿈치와 무릎 걱정을 하며 점호를 마쳤다. 한 고개를 또 넘어갔다.

하사관 후보 생활에서의 많은 규제가 풀린 날이다. 외출이 허용되고 집에서 돈을 보내주면 쓸 수 있다. 필요한 물건도 받아볼 수 있고, 무엇보다 즐거운 것은 PX 출입이 허용되었다는 것일 게다. 한마디로 해방의 날이다. 직각 보행도 해제되었고, 직각으로 수저질하던 것도 드디어 해제되었다. 제일 불편한 취침 자세는 여전히 해제되지 않았지만, 그래도 해방의 기쁨을 어쩌랴.

집에서 미숫가루 두 뭉치를 보내왔다. 미숫가루는 콩·찹쌀·깨·땅콩을 볶아 만든 것으로, 군대에서 허기를 채워주는 최고로 좋은 간식이다. 간단하게 먹을 수 있는 식품이기도 하다. 요즘은 선식이라고 해서 자연식으로 각광받고 있다. 한 뭉치는 중대 본부에 주고, 나머지는 내무반원과 함께 나누어 먹었다. 다른 대원들도 집에서 보내 주는 음식을 받았기에 먹거리가 풍부해졌다.

외출증을 끊었다. 나가 봤자 어디가 어딘지 모르는 판이지만, 바깥 세상을 구경하고픈 욕구를 누가 말리랴. 군대 생활 1년 동안 시내를 구경한 적이 있었던가! 그냥 달리는 차 안에서 구경만 했으니 주차간시(走車看市)가 아니었던가.

교문을 나서 원주 시내로 들어가는 길이 그렇게 즐거울 수가 없다. 중국집 자장면으로 외식을 하고, 영화 관람 정도에도 흥분이 된다. 그리고 무엇보다도 사회인을 마음껏 볼 수 있다는 거다. 바깥 사람이 그렇게 반가울 수가 없다. 일부러 부딪치고 싶기도 하다. 하긴 면회 제도가 없는 하사관 학교이니 오죽하겠냐.

요즘은 면회가 허용된다고 한다. 요새 군대 생활은 참 좋다더라. 1식 1찬이던 그 무렵에 비해 1식 3찬에 자율 급식을 한다니, 배가 터지도록 먹을 수 있는 병사는 좋겠다. 고마워해라.

우리 세대, 지금 제일 힘없는 우리 세대가 열심히 일하고, 아껴서 저축하여 일으킨 경제 부흥의 열매를 지금 현역 생활하는 군인들이 따먹고 있는 것 아니냐. 지금의 젊은 세대들도 다음 세대를 위하여 무엇을 남겨줄 것인가를 진지하게 생각을 해 봐야 할 것이다.

이때는 하사관 학교 후보생들이 원주 시내에 외출 나오면 음식점 고춧가루가 동이 난다. 이상하게 군대 내에서 고춧가루 뿌린 음식이라고는 김치밖에 없다. 닝닝하니 맛없는 콩나물국에 고춧가루를 뿌려서 먹어봐라. 맛의 차이가 훨씬 다르다.

그러니 식당에 들렀다 하면 고춧가루를 싹쓸이한다. 그래도 식당 주인들은 푸념을 안 한다. 오히려 토·일요일이면 고춧가루를 통에 듬뿍듬뿍 담아두고 하사관 후보생을 기다린다.

훈훈한 강원도 인심이고, 부모가 자식을 생각하는 마음이 아니겠느냐. 첫 외출에서 내가 고춧가루 양념 그릇을 부러운 듯 쳐다보며 망설일 때, 편지 봉투에 고춧가루를 듬뿍 쏟아주던 식당 주인이 있었다. 그 아주머니 모습이 지금도 눈에 선하다. 다정하게 어깨까지 토닥거려주며 내 손에 쥐어주던 고춧가루 봉지를 부대로 가져갔다.

그렇게 신나고 흥분된 채 자장면을 곰삭이며 귀대를 했더니, 어렵쇼, 웬 날벼락? 미귀 병력도 없고 외출 중 사고친 것도 없는데 외출자를 다 모아놓고는 연병장 뺑뺑이다. 200미터 연병장 둘레를 10바퀴 돌린다.

뱃속에 사회의 기름기가 들었기 때문이란다. 다음 외출을 기다리던 마음과 사회 생각을 단박에 끊어 버리란다. 자장면 속에 든 돼지 비계 몇 점 먹은 게 화근이고, 사회 구경한 게 화근이라면 앞으로는 외출을 하지 않겠다고 구보하면서 이를 갈았다. 200미터 연병장 둘레를 10바퀴 돌면 10여 분이 걸린다. 그 시간 내내 다시는 외출 신청을 하지 않겠다고 다짐 또 다짐을 했는데, 그 다음 주에 그래도 외출을 나가는 후보생이 많다. '구보는 구보이고 외출은 외출이다' 라는 것이다.

 북파 공작원

나는 외출을 자제했다. 그 대신 PX 이용을 자주했다. PX가 개방된 때부터 우리의 자유 시간도 많아졌다. 일과 후 점호 시간까지가 몽땅 자유 시간이니, PX에 들락날락 끊임없이 먹고 마셨다.

PX는 3개월을 장사를 못 하다가 한 달 만에 재고 물량을 다 처리했을 것이다. 하사관 후보생들 주머니에는 돈푼 꽤나 들어 있다. 자대에서 모아주었던 전별금이 모두 영치당했다가 풀려났지, 3개월치 병장 월급이 몽땅 저축되어 있었으니 그 돈으로 먹고 마시고, 은으로 된 졸업 반지를 만들고, 내무반장에게는 두 돈 반짜리 금반지를 해 준다.

규정상 위반이라지만 인간의 정이 그런 걸 무시한다. 우리가 누구냐? 인정 많은 단군의 자손이 아니더냐. 더군다나 내무반장·조교들도 4개월간 꼼짝없이 교육생들 뒷바라지하는데, 조교 신분으로 교육장에 같이 다녀야 하지, 고된 훈련을 받느라고 지친 교육생들 잘 다독거려야지, 고생이 말이 아닌데 그까짓 금반지 한 개가 그 고마움을 대신할 수 있을까? 그네들도 4개월 간의 교육이 끝나면 휴가를 간다.

앨범용 졸업 사진을 촬영했다. 그러고 보니 제대 말년, 아니 학교 졸업 말년이다. 졸업 사진은 정복을 입었다. 모자도 군모 대신 정모를 썼다. 윗 머리카락은 빡빡 민 지 너무 오래 되어 제법 길어졌다. 각 과목별로 반을 나누어 사진을 찍었다. 촬영 기사는 민간인이 아니지만, 앨범은 민간인이 만들어 준단다.

이제는 군복도 체형에 맞추어 수선하라고 한다. 세계에서 제일 가는 분대장들이니 군복도 몸에 맞춰 입어야 된다고 해서 영선반(세탁소, 학교 B연병장 모퉁이에 민간인이 운영하는 옷수선과 세탁과 다림질을 해 주는 곳)에 가서 옷을 수선했다.

하사관 대우를 해 주어서 기분이 좋았다. 사실 우리 군에서 지급하는 옷들은 사이즈가 다양하지 못했다. 특대·대·중·소의 네 가지 사이즈만 일률적으로 생산했으니 옷이 몸에 딱 들어맞는 경우가 없다. 조금씩이라도 손을 보지 않고 입으면 헐렁할 수밖에 없다. 바지는 밑단에 고무줄을 감아 말아올리니 긴 것은 문제가 될 리가 없고, 소매는 길면 걷어붙이면 된다.

그렇게 입으면 낙오병이나 패잔병의 몰골로 보일 수밖에 없지 않겠나. 영선반에 가서 줄자로 사이즈를 재던 아가씨가 내 양 허벅지를 손바닥으로 번갈아 친다. 왜 그러는지 알 수가 없어 멍청한 눈으로 아가씨를 내려다보니, 장난은 아닌 것 같은데 뭘 요구하는지 몰랐다. 재차 아가씨가 같은 손짓을 반복했다.

"이 아가씨, 내 거시기 다칠라. 말을 해라, 말을."

요즘 하는 말로 이건 분명 성희롱 아닌가?

우리를 인솔한 내무반장이,

"야 임마, 그것도 몰라. 니놈 거시기 어느 쪽으로 모실 거냐?고 묻잖아. 이 자식이 아직 어려서 뭘 몰라요."

하고는 껄껄 웃어 버린다. 영선반이 웃음바다가 되었다. 곁에 있는 동료가,

"아가야, 너 잠지 어데로 둘 거냐구 하하."

웃으며 놀려대니 나는 얼굴이 시뻘개질 정도로 무안해졌다.

또 다른 동료의 말에 의하면 여학생들이 마주보며 걸어오는 남학생의 거시기가 어느 쪽에 있는가 자장면 내기를 한다나. 남학생 앞을 지나면서 확인한 후 여학생들끼리 웃으면 상대방 남학생은 자기가 미남이라 마음에 들어 웃는 줄 알고 흐뭇해한다나. 이것도 성희롱에 해당됩니다.

지금에야 직업이 다양하여 미싱사는 남녀를 가리지 않지만, 그때는 재봉틀이 여자들의 전유물이었다. 그 영선반에는 3명의 아가씨가 미싱사로 일하고 있었다.

나는 그때 처음 알았다. 옷을 수선하여 몸에 딱 맞으면 바지통도 좁아진다. 그래서 거시기 모시는 쪽의 바지품을 조금 넓게 잡아준다는 사실을 말이다.

시골 무지렁이가 뭘 알겠소. 요즘의 폴리에스텔 직물은 표가 나지 않지만, 순면으로 된 옷은 거시기 자리가 도드라져 보인다. 양복점에 옷을 맞추러 가면 재단사가 이쪽 저쪽 허벅지를 가리키며 손으로 묻는다는 걸 내가 알 리가 없지 않는가.

나는 카키복과 사지복을 모두 수선했고, 전투복도 한 벌 수선했다. 그래야 외출 때에도 체격에 맞는 옷을 입고 나갈 것이고, 자대에 가도 말쑥한 옷차림을 보여줘야 하지 않겠는가? 하사관 신분에 몸에 맞지 않는 옷을 입고 있으면 미래의 부하들에게 어떻게 보일지 뻔하다.

군대에서 곡소리가 나는 것은 부대 대항 체육 대회의 결과이다. 이 체육 대회는 체력 향상과 부대 간의 화합 도모가 분명할진대 엉뚱하다.

1등밖에 없는 군대 체질에 2등 이하는 없다. 1등만 살았고, 2등 이하는 전원 전사 처리되어야 한다며, 시합에 뛰던 선수나 응원하는 우리들 모두를 싸잡아 '단체 기합'을 주는데, 이걸 생각하자면 억울한 게 아니라 어처구니가 없다.

곡소리 나는 부대 간의 체육 대회에서 이기는 쪽은 부대 회식에 점호도 취침 점호이다. 침상 끝선에서 단거리포맞기·쥐잡기·징검다리(한강 인도교) 따위는 걱정을 안 해도 된다.

반면에 경기에 지면 기합이라 하지 않고 특수 훈련이라고 부르는 단거리포맞기·쥐잡기·징검다리가 실시된다. 이 짓을 안 당하려면 다음 경기에서는 필히 이겨야 한다.

쥐잡기란, 명령과 동시에 복창하며 가장 빠른 속도로 침상 밑으로 몸 전체가 들어가야 한다. 그래서 미리 들어갈 위치를 확보해야 재빨리 몸을 굴려 들어가지만, 아차 하면 서로 겹쳐져 미처 들어가지 못하면 야전 곡괭이 춤에 엉덩이에 불이 난다. 덩치가 커서 못 들어가는 후보생의 엉덩이에 불 나는 것에는 예외가 없다. 나는 체구가 작은 관계로 단숨에 들어가니 이 기합은 좀 편하다.

반면에 징검다리는 얼반 죽는다. 마주보는 침상에서 이쪽에서 저쪽 침상으로 엎드려 뻗쳐있다. 보통 침상 간의 간격은, 즉 복도의 넓이는 보통 키에 팔을 뻗친 정도인데, 나는 짧아서 피기합 불능자이다. 그런데도 예외가 없다. 간신히 몸을 뻗쳐 침상에 걸면 허리가 끊어질 듯 아프다. 다리들은 엉덩이가 위로 불쑥 솟아 있는데, 나는 말 그대로 침상 양 끝에 매달린 신세다.

음지가 양지되고 양지가 음지되는 게 특수 훈련에서 극명히 드러난다. 그래, 나의 특수 훈련은 쥐잡기가 체형에 맞는다. 작아서 양지가 되고, 또 작아서 음지가 된다. 그래서 신은 공평하다.

　탱크와 장갑차를 잡으러 간다는 3.5인치 로켓포 사격을 하는 날이다. 포탄 한 개가 쌀 한 가마 값이라고 설명해 주니, 2개 중대가 발사하면 쌀 몇 가마가 날라가나 계산하다보니 배가 고프다.

　쌀가마 얘기는 왜 하는가? 흰 쌀밥에 시래기 된장이 먹고 싶다. 그것도 실컷 먹고 싶다. 소원이다. 학교 주변에 민가가 많다 보니 후문 쪽에서 저녁이면 된장국 냄새가 담을 타고 넘어온다. 풋고추를 썰어 넣고 보글보글 끓는 된장국 냄새에 누구나 침을 삼킨다.

　포탄이 쌀가마로 보이면 어쩌냐. 손가락 한 번 까딱하면 쌀 한 가마가 날라간다. 그럼 밥을 못 해 먹잖아. 피교육생은 무조건 배가 고프다. 하사 계급이 배불려 주지는 않는다.

　로켓포는 어깨 위에 올려놓고 발사하는 포이다. 적의 전차나 장갑차, 대공초소 및 벙커를 파괴할 때 적절하게 사용된다. 두 개의 발사대가 분리되어 보관되다가 사용할 때 조립한다. 가벼운 알루미늄 소재로 만들어져 어깨에 올려도 무겁지 않다. 무반동포이고, 압력에 의해 발사되는 것이 아니다. 성형된 화약을 포탄 뒤쪽에, 추진 로켓 뒤에 발사용 화약 등을 장착하여 폭발시켜 그 추진력으로 날아가는 직사포이다. 요즘 어린이들의 만화 영화에 나오는 돼지 저팔계의 무기다.

　'한 방 맞아보셔.'

발사체가 파이프처럼 앞뒤가 뻥 뚫려 있어 발사시 후폭풍이 굉장하다. 반드시 뒤에 사람이 있나 없나를 확인해야 된다. 추진 로켓의 화약의 양을 조절하면 더 멀리 날아간다. 후폭풍이 생기는 구조 때문에 박격포처럼 곡사포로 사용할 수는 없다.

이 포탄은 훈련용이 없다. 실제 전쟁에서 사용하는 포탄을 사용하여야 되니 군대 예산상 분대원이 모두 다 발사 경험을 쌓을 수 없다. 분대마다 1발만 준다.

사격장은 고지에 자리잡았는데, 앞쪽 계곡 너머 맞은편 언덕배기를 향해 발사하게 탄착 지점을 표시해 두었다.

분대원 중 대표가 발사를 시도했다. 흰 연기를 내뿜으며 날아간 포탄은 꽝! 소리와 함께 터지며, 연기와 불꽃을 사방으로 퍼뜨린다.

적의 장갑차나 탱크 등의 두꺼운 철판을 엄청난 고온으로 녹여서 관통한다지만, 흙무더기에 맞았으니 실제 효과를 볼 수 없다. 대신 6·25전쟁 때 맞은 탱크의 몸통을 전시해 둔 것을 봤다. 철판 두께가 3센티미터는 넘어 보였다.

다른 분대원이 발사했을 때 후폭풍을 보았다. 밝은 낮인데도 붉은 화염이 3미터 이상 뿜어 나왔다. 인공 위성을 쏘아 올리는 로켓을 연상하면 된다. 땅 위에 수직으로 세워진 발사대와 발사대를 어깨에 올린 차이만 빼면 원리는 같다.

사격이 끝나자 조교가 몇 명을 지명하여 탄착 지점에 가서 포탄의 파편을 가져오라고 한다. 야전삽으로 폭파 지점의 흙을 파헤쳐 보았는데, 통일화 밑바닥에서 연기가 피어난다. 이상하게 불꽃도 없이 파란 연기만 내며 타고 있었다.

파편을 가져가서 그 원인을 물어보니, 네이팜탄이라서 그런 현상이 일어난다고 조교가 설명해 주었다. 이 파편에 맞으면 살갗이 타들어가는데, 치료하는 방법은 칼로 맞은 부위를 도려내어야만 한단다. 대공포로도 사용할 수 있어 조종사가 맞으면 제일 고역이라고 한다. 비행 중에 살갗을 도려낼 수가 없으니 말이다.

탱크만 전문으로 잡는 3.5인치 포탄 사격 훈련이 끝났다.

지금 필자의 아들이 88전차의 사격수로 군복무를 마쳤는데, 아들과 대화를 나누어보면 감회가 새롭다. 비록 전쟁을 겪지는 않았지만, 아들이 모는 탱크를 잡을 수 있는 포를, 아버지가 다룰 수 있게 배웠다는 것이 묘하게 생각되었다. 어쨌든 탱크를 잡는 데는 부전자전이다.

아들의 얘기를 들어보면 그가 몰던 88전차는 세계에서도 알아주는 명중률 99퍼센트의 포를 탑재하고 있다. 컴퓨터 시스템으로 운영되어 이 전차에 걸리는 적의 전차는 모두 끝. 피할 길이 없다고 한다. 6·25전쟁 당시에도 이런 전차가 있었으면 통일을 이루었을 테고, 지금처럼 남북이 대치하는 상황이 되지는 않았을 텐데……. 국군의 날에 이 전차의 위용을 보았을 것이다.

태권도 종합 교육 시간이다. 11월 초의 강원도 원주 날씨는 아침부터 비와 눈이 섞여 내리는 진눈깨비가 B연병장을 추적추적 적시고 있다. 모퉁이에 위치한 영선반 지붕에는 흰 눈이 드문드문 쌓이기도 한다.

내일은 태권도 시험을 보는 날이다. 오늘은 종합으로 총정리를 해야 한다. 잘못된 자세는 없는가 최종 점검을 해야 되기 때문에, 10중대 맹호 중대와 교육 중대 전원이 팬티 바람으로 B연병장에 모였다. 태권대형으로 산개하여 2개 중대가 자세를 취했는데, 보라, 이마에 흰 띠를 두르고 맨발에 흰 팬티 차림의 우리가 얼마나 늠름한지 말이다.

진눈깨비를 맞는 모습이 측은한지 영선반 아가씨들이 구경하고 섰다. 그 당시 보급되던 사병의 팬티는 흰 면 사각 팬티다.

"부대 차렷, 부대 기마 자세!"

"얍!"

기합 소리 우렁차게 모두 기마 자세로 상반신은 엉덩이와 함께 곧게 유지하고 양발을 어깨너비로 벌리며 무릎을 살짝 구부려 두 주먹을 불끈 쥐고 옆구리에 착 붙였다. 그런데 뭔가 허전하여 아래를 내려다보니 '앗! 나의 실수!' 팬티 앞 터놓은 곳에 거시기 대가리가 마치 쥐새끼가 쥐구멍에서 빼꼼 내다보듯이 삐죽 나와 있지 않은가. 기마 자세란 말 타는 자세에서 말이 빠지고 없는 자세를 말한다.

구경하던 영선반의 아가씨들이 까르르 웃는다. 너무 익숙한 풍경인지, 아니면 부끄러움도 모르는 것인지, 또 교육생 거시기는 거시기가 아니어서인지, 원 부끄럽기는 우리가 더 부끄럽다. 엉덩이를 뒤로 쏙 빼보지만 이미 내민 머리는 들어갈 생각을 않는다.

원래는 A연병장에서 교육을 하여야 하는데, 교육 일정이 밀린 다른 중대가 교육 중이라서, 우리가 B연병장에서 교육을 하였더니 그런 불상사가 생긴 것이다. B연병장은 사격술 예비 훈련장이라, 태권도 교육은 아마 처음 한 모양이다. 그러니까 그런 실수가 있지.

 나 혼자만 그런 게 아니었다. 날씨가 너무 추워서 거시기가 번데기처럼 쪼그라들다 보니, 평소처럼 수양버들 상태를 유지하지 못한 원인도 있었지만, 문제는 그 무렵의 군용 팬티의 앞 터진 구조가 지금처럼 2중 구조가 아니었기 때문이다. 그때는 그냥 재봉질하다가 그 부분을 뛰어넘었으니 언제든지 고개를 내밀게 되어 있다.

 여담이지만 남자 팬티가 처음 일본에 보급되었을 때, 거시기 고개 내미는 게 너무 민망해서 어느 부인네가 몇 날을 두고 궁리한 끝에 개발하여 특허까지 냈는데, 그게 요즘의 구조인 두 겹 짜리이다.

 기마 자세는 무릎을 최대한 벌리는 자세이다 보니 팬티의 소변 보는 보조 구멍을 양손으로 펼치는 모양이니 거시기가 보일 수밖에 없다. 아가씨를 본 거시기는 힘이 솟구쳐야 하는데, 왜 대가리를 처박았을까? 부끄럽고 자존심이 상해서 고개를 숙였나? 천만에 너무 추워서 고개를 자라목처럼 숙인 것이다.

 그 민망스러운 광경이 맨 앞에서 지휘하던 교관의 눈에 뜨이지 않을 리가 있나.

 "전원 내무반으로 가서 팬티 반대로 입고 온다. 실시!"

 킥킥거리고 투덜대며 내무반으로 뛰어들어 팬티를 반대로 돌려 입고 모였다.

 다시 기마 자세.

 근데 이건 또 뭐냐. 팬티 뒤가 좌악 갈라지면서 보이는 게 '원숭이 엉덩이는 빨개'이다. 그리고 또 시커먼 쥐구멍처럼 생긴 뭐도 보인다. 영선반 아가씨들 오늘 구경 실컷 하는구먼.

"전원 바늘로 그 자리 꿰매고 입는다. 실시!"

아니 바지 입으면 될 거 아니냐. 왜 진눈깨비가 내리는 추운 날에 팬티 차림을 해야 되나? 똥개 훈련시키는 것도 아니고. 어쩌냐. 우리가 교육받는 군인임을, 얼어붙은 손을 입김으로 녹이면서 어슬프게나마 팬티의 구멍을 기워 입고 나왔다.

그렇게 태권도 종합 교육은 진행되었다.

원주 하사관 학교 B연병장에 진눈깨비는 사정없이 내렸다. 우리의 머리카락에 내려앉은 눈은 비를 맞아 녹아 흘러서 이마의 띠를 적시고, 어깨에 내려앉던 진눈깨비는 땀이 되어 온몸이 축축하다. 물기 고인 연병장에 맨발가락이 얼어 마비 증세가 오니 남은 건 악뿐이어서 기압 소리는 더 커진다.

시간이 지나면서 날씨는 더 차가워져 연병장 바닥이 얼기 시작한다. 그 날의 그 교육은 45기생 9중대 동기생들이 평생 잊지 못할 교육 장면이었을 게다. 그리고 그 날과 그 날 밤은 하사관 학교 시절의 최대의 악몽의 날이었음을 우리는 몰랐다.

낮의 훈련이 너무 심했던지 그 날 밤은 모두가 잠이 든 상태에서 취하는 취침 점호였다. 모두들 신이 났다. 하루가 그야말로 조용히 끝나는 취침 점호 아니냐. 매일 취침 점호만 시키면 군대 생활할 만한 것이다.

내일은 내일 또 당하면 된다. 그러니 지금부터 기상할 내일 아침 6시까지는 고단하고 지친 몸을 따뜻한 잠자리에서 녹일 수 있다. 하지만 군부대에서는 한 가지 좋은 일이 생기면 그 뒤는 틀림없이 나쁜 일이 따라붙는다.

나는 3번 불침번이었다. 자정에서 1시까지가 내 불침번 시간이었는데, 낮의 태권도 교육이 너무 고되었던지 코를 골며 자는 후보생이 유난히 많다. 특히 덩치 큰 70번 후보생의 코고는 소리가 너무 시끄럽다. 드르릉 하고는 1분쯤 숨을 멈추었다가 푸- 내쉰다. 다시 들이켜쉬면서 드르릉-, 또 1분쯤 숨을 멈추어 호흡이 중단된다. 마치 죽은 것처럼 보여 겁이 나서 흔들어 깨워도 꿈쩍도 않는다. 여전히 드르릉- 1분간 고요 푸-, 드르릉- 1분간 멈춤이 계속되길 10여 분이 지났다.

그때 주번 사관이 주번 하사관을 대동하고 순찰을 왔다. 불침번 보고 요령에 따라 보고했더니, 주번 사관은 고개를 끄덕이고는 침상을 둘러본다. 70번 후보생의 코고는 소리가 요란하다.

그런데 내가 깨우겠다고 흔들어서 그랬는지 천장을 보고 반듯하게 누워 자야 하는 70번의 취침 자세가 비뚤어져 있다. '큰일났다' 속으로 뜨끔했는데, 주번 사관은 웃고 지나갔다. '휴우 살았다' 불침번 근무를 잘못해서 소대에 비상이 걸리면 나는 죽었다고 복창해야 했는데, 속으로 다행이라고 생각하며 안도의 숨을 내쉬면서 다른 내무반으로 향하던 주번 사관에게 깍듯이 경례했다.

"충성! 계속 근무하겠음!"

불침번 근무 시간은 지루하다. 1시간이 그렇게 길 수가 있을까? 국방부 시계는 거꾸로 걸려도 잘도 간다는데, 불침번이나 보초, 기합받을 때는 천천히 가던지, 아니면 아예 어디서 잠을 자는 모양이다.

연신 시계를 올려다본다. 주번 사관이 나가고 15분이 흘렀다. 이제 15분 후면 나도 따뜻하게 잘 거다. 갑자기 밤의 정적을 깨는 소리가, 겨울밤을 뚫고 터져 나온다.

"저언다 - 알, 가악 소대 기사앙!"

이게 무슨 소리여. 자다 봉창 두드리는 소리여! 학교 교육 중 처음 있는 일이었다. 데프콘 3인가? 각 소대 불침번은 후다닥 문 앞에 선다.

"전달, 각 내무반에 전달, 전 후보생들은 왼쪽 발에 오른쪽 통일화를 신고, 오른쪽 발엔 왼쪽 워카를 신고, 알철모(철모 안의 화이바를 뺀 상태로 두 개를 분리하여, 알철모는 세숫물을 덥히고 빨래를 삶았다. 화이바는 안쪽 부착물을 제거하여 가정에서 바가지로 사용했다)에 벨트 착용하고 팬티 바람에 판초 우의를 입고 연병장에 선착수 - 운 집하압. 불침번도 지이파 - 합!"

한다

따라서 복창하는 내 눈앞에 갑자기 온갖 근심과 걱정이 아른거린다. 뭔가 된통 걸린 모양이다. 내무반은 벌집 쑤셔 놓은 것처럼 난리가 났다.

자다가 봉창 두들기는 소리에 잠이 깨어 일어났으니 모두들 멍하기도 하겠지. 영문을 몰라 눈만 껌벅거리고 있는 후보생은 아직도 꿈 속을 헤매는 걸까.

여기저기 철모가 뒹굴고 수통이 통통 튄다. 신발을 거꾸로

 북파 공작원

신으니 들어갈 리가 없어 구겨 신고는 그냥 뛴다.

전달 사항을 제대로 챙기는 후보생은 한 놈도 없다. 나는 계속 고함을 질러야 했다. 불침번도 열외가 아니란다. 후보생 한 놈도 열외가 없다. 외곽 보초도 조교가 대신 섰단다.

나도 군복을 벗어 팬티 바람에 워카를 찾아 신고, 알철모를 쓰고, 판초 우의를 끄집어낸다. 판초 우의는 대개의 경우 옷가지를 정돈할 때 더블백 밑이나 바로 위에 둔다. 그러니 판초 우의를 빼내면 정돈된 관물이 다 쏟아진다.

허겁지겁 복장을 갖추고 나서기 시작했을 때는 선착순 집합 명령이 떨어지고도 5분이 더 지났다. 0.5초 내에 집합하라고 했는데, 워카 매는 시간(통일화 끈 매는 시간은 2초면 된다. 그물 당기듯이 끌어올리면 단단히 조여지게끔 통일화 끈 묶는 요령이 따로 있다)이 1~2분은 걸린다. 그 많은 구멍을 일일이 꿰어봐라. 여간 시간 낭비하는 게 아니다.

이 한밤중의 선착순은 중간쯤이 좋다는 걸 대개 눈치로 때려잡을 만큼 군대 생활에 익숙해져 있다. 1초라도 늦게 나가면 그만큼 추위에 덜 노출된다.

미기적미기적 모두가 연병장에 모였다. 칠흑같이 어두운 밤, 주번 사관의 손에 들린 회중전등 불빛이 한 놈 한 놈 훑어간다.

맨몸에 팬티만 걸쳤으니 벨트는 헐거워져 엉덩이에 걸쳐져 있고, 왼쪽에는 대검이 달랑거리고, 오른쪽에는 수통이 축 늘어져 있지, 알철모는 머리통을 압박하며 빙글빙글 돌지를 않나, 판초 우의는 몸에 두른 건지 덮어쓴 것인지 구분이 안 된다. 엉망인 복장을 훑어보다가,

"모든 장비 제자리에 놓고, 팬티만 입고 다시 선착순!"

우르르 우당탕탕, 아까의 역순이라고 익숙하랴, 대충대충 제자리에 놓고 맨발로 뛰어나간다. 선착순대로 착착 정렬하고는 적막감이 감돈다. 그냥 가만두는 것도 기합이다. 살을 에이는 11월의 원주의 추위는 기온이 가장 많이 내려가는 새벽으로 향하는 시점에서는 더 끔찍하다.

낮에는 진눈깨비가 와서 연병장이 얼었는데, 발이 시리고, 귀가 시리고, 코끝이 시리다. 손목이 덜덜덜 떨려온다. 다딱따딱 여기저기서 들려오는 이빨이 부딪치는 소리가 겨울밤의 적막감을 깨뜨린다. 너무 추워서 모두들 서로의 간격을 좁힌다. 서로 밀착하면 한결 따뜻하리라는 무언의 깨달음이다. 그런 모습을 보고 화가 난 교관이,

"전원 내무반에 들어가서 자기의 볼펜 한 자루를 들고 나온다. 실시!"

무슨 짓을 당할지 궁금해도 묻지 못한다. 끔찍하지 않기만을 빌며 다시 모였다.

주위에서 곡괭이 자루와 전등을 들고 지키던 조교들이 우리들의 볼펜을 받아 등의 주걱뼈 사이에 끼운다. 두 어깨를 꽉 제껴보라. 맞닿는 등뼈와 등뼈 사이에 볼펜을 끼워두어서, 우린 괴상한 곱사등이가 되었다.

양팔을 등 뒤로 힘껏 제끼지 않으면 볼펜이 떨어진다. 아무튼 조교들은 기합을 개발하는 데도 도가 텄다. 연필은 떨어져도 소리가 나지 않으니까 볼펜으로 기합을 주는 것이다. 볼펜은 연필과는 달리 땅에 떨어지면 스프링이 작동되어 딸깍 소리가 난다. 그걸 승냥이 같은 조교들이 알아듣고

 북파 공작원

는 전등을 확 비춘다.

다음 순서는 엉덩이에 불나는 거다. 인정사정이 없다. 왜? 그들도 달게 자다가 비상이 걸렸으니 화가 날 수밖에…….

온몸에 힘을 주고 서 있으면 이제는 추위가 무서운 게 아니다. 몸에서 땀이 줄줄 흐른다. 추위보다도 냉기가 땀에 의해 몸 안으로 파고든다. 악으로 버티지만 그래도 한계가 있다. 볼펜을 떨어뜨려 퍽퍽 맞는 소리가 더 잦아진다.

드디어 깡다구 있는 후보생들이 불평하기 시작한다.

"알고 당합시다."

"언 놈이 사고쳤어?"

사고 친 놈 나오라 하면 나오는 놈 봤냐?

"뭔 일인지 알고나 받읍시다."

군대에 이유 있나?

"이 새끼들 봐, 특별 교육을 편히 받고 싶다, 이거지. 조교! 볼펜 회수해."

살았다 싶었는데 그게 아니다.

"지금부터 앞줄에서부터 번호, 홀수는 엎드리고, 짝수는 홀수의 두 다리를 높이 든다. 실시!"

물론 주먹 쥐고 엎드려 있다. 그 자세는 소를 몰고 쟁기질하는 모습이기도 하고, 리어카 밀고 가는 모양이기도 하다. 이럴 때 힘들지 않으려고 빗자루로 연병장 청소를 철저히 한 것이다.

"그 자세로 뒤로 돌아!"

빙빙 돌아서 방향을 바꾸었다.

"연병장 끝까지 간다. 돌아올 때는 사수 조수 임무 교대.

실시!"

좀 편하다. 소처럼 기어갈 때는 주먹이 깨어질 것같이 아프지만 몰고 갈 때는 여유가 생긴다.

갑자기 반항심이 생긴 걸까? 장난끼가 발동했다. 어쩜 나는 오기로 그랬을지도 모른다.

"이랴, 낄낄."

내 주위에서 낮은 웃음소리가 났다. 나는 더 큰 소리를 내었다.

"이랴, 낄낄, 이랴!"

앗! 또 나의 실수다. 오늘은 낮에도 실수하고 밤에도 평원이가 실수 아닌 실수를 한 것이다. 나의 이런 행동이 어떤 결과를 불러올지 예측할 수도 없었고, 결과를 염두에 두지 않았다. 그냥 오기와 장난끼로 똘똘 뭉친 꼬맹이가 벌인 행동이 엄청난 결과를 가져왔다.

그 힘든 기합을 받으면서 와르르 웃음이 터져나왔다. 울고 싶은데 왜 웃냐? 울 수 없기 때문에 웃는다. 그리고 너나없이 다 함께 당하니까 공동체 의식이 있어서인지 억울하다거나 그런 면은 없었다.

사실이다. 군대 생활을 해 보신 분은 알 게다. 기합받다 실실 웃은 적이 있다는 것을. 노상 당하는 게 단체 기합, 특수 훈련 아니냐.

"이 새끼들, 재미있다 이거지. 때결해 보자는 거지. 정말 한번 해 보겠다는 거야?"

대결이란 말을 강조하다 보니 때결이 되고 말았다. 주번 사관은 어디론가 가버린 모양이다. 조교들이 나선다.

“4열 종대로 집합.”

이제 끝났나 했더니 아니다. 집합이 늦다고 곡괭이 자루가 날라든다. 잠을 못 잔 게 억울해서인지 미친개처럼 날뛴다.

후다닥 4열 종대가 완성되었다.

“중대, 뛰어 갓!”

회중전등을 앞으로 비추며 조교가 앞장 서서 후문으로 달린다.

눈앞이 캄캄하다.

‘왜 쓸데없이 입을 열어 지금쯤 끝났을지 모르는 이 특수 훈련을 연장으로 몰고 가느냐? 이 원망을 나중에 어떻게 감당하느냐?’

우리 속담에, 아니 전해져 오는 이야기 중에 시어머니와 장작불은 건드리면 안 된다고 했는데, 군대 고참 말로는 조교도 건드리면 안 된다고 하였는데, 감각을 잃은 발바닥이 낯선 밤길의 돌부리를 차기도 한다. 발톱으로 뭘 찼는지 둔한 고통이 오기도 한다. 오밤중에 팬티만 입고 구보하여 간 곳은 학교 뒤 사격장이 있는 곳이었다.

그 아래에 판부면 저수지가 있다. 우리는 그 저수지의 둑에 멈추어 섰다. 뭘 하려나?

“지금부터 모두 저수지로 들어간다. 실시.”

‘조교님들이 미쳤나. 달밤에 체조시키는 것도 아니고, 누굴 죽이려는 거야, 이 개새끼들.’

불만 있냐? 불만 있다고 말하면 때릴려고? 그러니 모두들 궁시렁거리기만 한다. 욕이 되어 입 밖으로 나오면 더 큰일 난다. 죽었다 치고 저수지로 내려가 발을 담근다.

차다. 물이 무릎을 지나 허벅지 깊이가 되었다가 허리 깊이가 되니 더 이상 깊지를 않다.

겨울철 갈수기로 들어섰기 때문에 저수지 물이 많이 줄어든 탓이었다. 물은 아직 얼지는 않았으나 낮의 진눈깨비에 더 차가워졌나보다. 너무 물이 차가워 뒤통수가 바늘에 찔린 듯 찌르르 아파온다. 그리고 물의 표면이 살갗에 닿는 허리 둘레가 면도칼로 베어낸 듯 따갑다. 오히려 물 속에 잠긴 부분은 덤덤하고 아리할 뿐이다.

"선착순 10명 집합!"

우루루 텀벙텀벙 나간다. 어두운 물 가운데 서서 나는 미기적거렸다. 순간적인 판단 때문이었다. 선착순 10명씩 나가서는 무얼 하자는 걸까? 하는 생각이 퍼뜩 떠올랐기 때문이다. 선착순 등수에 들면 바람 부는 저수지 둑에 서 있기밖에 더 하겠느냐? 모닥불이 있는 것도 아니고, 너희는 부대로 돌아가라고 할 것도 아닐 게다. 물 속이 바깥보다 덜 춥다고 판단한 나는 10명에 들지 못하고 다시 들어오는 후보생들 틈에 끼여 그냥 흉내만 내고 있었다. 지금쯤 나의 거시기는 훈련소에서 무좀약 발랐을 때처럼 되어 있겠지.

통상 '선착순!' 하면 대개 거리가 3~400미터쯤 된다. 이때 선착순을 시켜서 해당 등수에 들면 '편히 쉬어'이다. 그러나 같은 숏다리는 백 번을 뛰어 봐라, 순위에 들 수가 없다. 황새 한 번 걷는 거나 뱁새 열 번 걷는 거나, 호박 한 번 구르는 것과 좁쌀 천 번 구르는 게 마찬가지 아니냐? 그래서 생긴 요령.

뛰어갈 때는 가운데쯤, 돌아올 때는 맨 뒤다. 그것은 키가 작아 잘 보이지 않기 때문이다. 다시 선착순! 내가 맨 앞장이 되겠지만 곧 숏다리의 영향으로 반환점을 돌 때는 중간이다. 이렇게 몇 번 왔다갔다하면서 왕복 거리를 최소화시키는 것이 요령이다.

달리기에 소질도 없으면서 선착 순위에 들려고 기를 쓰고 뛰어 보라, 숨만 찰 것이다. 그러니까 이리 갈까 저리 갈까 헤매다 보면 힘도 덜 들고 시간을 때우면 이런 경우의 특수 훈련은 끝나고 만다. 그게 선착순에 대한 요령이다.

저수지에 혼자만 남아 있으면 들킨다. 그래서 나는 들락날락 흉내만 냈다. 내 몸이 이제는 냉기에 익숙해졌는지 아니면 체온 조절이 되었는지 고통이 별로 심하지 않다. 그래서 견딜 만했다.

사람 몸은 그렇게 환경에 잘 적응하지 않느냐. 목욕탕에서 뜨거운 물에 못 들어가서 쩔쩔매는 사람이 있는가 하면, 그 뜨거운 물 속에 느긋하게 앉아 지그시 눈을 감고 있는 사람도 있다. 뜨거워 쩔쩔매던 사람도 몇 번 발을 넣었다 뺐다 하다가는 결국 두 발이 다 들어가고 살그머니 앉는다. 그러면 견디는 게다.

내무반에 돌아와서 내 판단이 옳았다는 걸 알았다. 나는 그 날 선착순 왕복하는 시늉을 10번이나 내었고, 우리가 내무반에 돌아왔을 때는 새벽 3시였다. 꼬박 두 시간을 추운 데서 벌벌 떨었다. 선착순 좋아하다 저수지 둑에서 벌벌 떨기만 하며 열지어 서 있다가, 해삼 말려 놓은 얼굴이 된 후보생이나 사회적 요령을 부린 후보생의 고생은 오십 보 백 보였지만, 더 힘든 것은 관물 정리 하다보면 날이 샌다는 사실이었다.

선배 기수들이 점호를 취하면서 휘저어 놓은 것은 '저리 가라'이다. 우리가 우리 관물을 그렇게 흐트러 놓을지 꿈에도 몰랐다. 대충 정리하고 다시 점호 태세로 들어갔다. 너무 추워서 모두들 뜨거운 물에 데쳐진 오징어처럼 오그라든 몸으로 취침 명령 없이 잠잘 준비했다가는 또 당한다. 우리는 상급자의 지시 이외의 행동을 할 수 없어 꾸벅꾸벅 졸면서 취침 명령을 기다리고 있으니, 주번 사관이 내무반에 들어왔다. 내무반이든 어디이든 병사들이 모여 있다가 장교가 들어오면 먼저 본 사병이 신고하게 되어 있다.

그 날처럼 내무반장도 없이 우리끼리 앉아 있을 때는 선임 분대장의 지휘를 받아야 하겠지만, 모두들 함께 당했기 때문에 뒷수습에 더 정신이 없었을 때였다. 그래도 누군가가 신고했다.

"차렷, 점호 대기 중입니다."

"좋아, 쉬어. 너희들 오늘 힘들었던 것은 안다. 그러나 죽지 않은 것만 해도 다행이다. 여러분은 오늘 전원 다 죽은 것이다. 우리 부대는 적의 습격으로 전멸당한 줄 알아라."

주번 사관의 말이 우리를 어리둥절하게 만든다.

'어디 전쟁 났냐 시방? 괜시리 미안하니까 그러는 것이제. 순전히 구라여, 구라.'

"오늘 너희들이 기합받은 원인을 말하겠다. 앞으로 또 이런 일이 발생하면……."

주번 사관이 육하 원칙에 따라 오늘의 사고를 설명해 줬다.

육하 원칙, 군대에서 보고 요령이 요령 부득인 사병들에게 강조하는 말이다(누가, 언제, 어디서, 무엇을, 어떻게, 왜= 5W1H). 주번 사관은 내무반 순찰을 돌아본 후 외곽 보초 지역을 순찰했는데, 근무 중인 보초가 확실하게 보초 수칙에 따라 수하하여 기분이 좋았단다. 그래서 보초와 사담을 좀 나누었단다.

오늘 낮에 진눈깨비가 오는 데도 훈련받는다고 고생했는데, 학교 생활이 힘들지 않느냐, 고향은 어디냐, 부모 형제나 가족 구성은 어떻게 되느냐? 등등을 물었고, 보초도 크게 힘들지 않게 교육을 받는다며 고향 얘기도 했단다.

"그래, 이제 얼마 남지 않은 학교 생활이 조금 힘들더라도 인내심을 가져라. 졸업하고 자대에 가면 하사관 생활은 편하다. 꾹 참는 거다. 알았지?"

어깨를 툭툭 두드리며 위로해 주니 보초는 감격하여 눈물이 날 지경이었다. 그러잖아도 태권도에 지치고 진눈깨비에 얼어붙었던 몸과 마음이 아니냐.

"근무 잘 해. 참 너 총번은 까먹지 않았지?"

자기 총번을 암기하지 못하는 병사는 없다. 제 군번을 외우지 못하는 병사가 없듯이.

"네, 총번 20073…… 입니다!"

"그래, 맞는가 보자. 총 이리 줘 봐."

주번 사관이 손을 내밀자 보초는 아무 생각 없이 총을 주었단다. 이것으로 상황 끝이다.

그 얘기를 듣고 난 우리는 아연 실색, 백 번을 당해도 아무런 항변을 할 것도 없이 당한 것이다.

이런 군인은 신나게 X뺑이 치고, 두들겨 터지고, 또 터지고, 한 대 더 맞아도 싸다. 근무 중인 보초가 비록 아군 지휘관이지만 총기를 건네준다는 것은 바로 적에게 자신과 부대를 보호할 무기를 헌납한 것과 같이 간주된다. 총은 바로 생명이다. 그런데도 날 죽여 주세요 하는 뜻으로 총을 건네주었으니.

졸병이, 더군다나 교육생이 주번 사관의 얼굴을 잘 기억하지 못하는 경우도 있다. 만약 적이 주번 사관으로 위장하여 왔다면 그 보초는 그 자리에서 죽었고, 우리는 자다가 전멸당했을 것이다. 누차 강조하고 강조하는 외곽 보초에게 일어날 수 있는 '상황'이 이 엄격한 하사관 학교에서 발생한 것이다.

논산 훈련소에서부터 귀가 따갑게 들어온 말 아니냐. 논산 훈련소 소장이 달라고 해도 주지 말라고, 그렇게 교육을 시켰는 데도 얼빠진 그 보초가 때려죽이고 싶도록 미워졌다.

그러나 한편으로는 내가 그런 경우를 당하면 나도 그랬을 거라는 생각이 들었다. 고향 얘기도 나누고 친구처럼 부모처럼 어깨를 두드려주며 위로해 준 나의 상관이 아니냐. 총번이 혹시 틀렸을까 확인해 본다니까 무의식적으로 총을 건넬 가능성이 다분하다. 너무 욕하지 말자. 나도 '이랴 낄낄' 두 번으로 우리 동료들을 저수지 물 속에 집어넣어 냉수 마찰을 시켰으니. 참자, 부처님 마음으로. 아니다. 어쩌면 이건 계획된 교육의 한 코스인지도 모른다. 우리가 연병장에 모였을 때 조교들도 이미 복장을 갖추고 나와 있었던 것에 미루어보면 말이다.

교관과 5명의 조교 앞에서 태권도의 각종 형을 보여주는데, 5인 1조로 일치된 동작을 해내야 된다. 조금이라도 동작이 틀리면 불합격이다. 합격될 때까지 연습에 또 연습을 거듭해야 한다. 워낙 교육 훈련을 잘 받았는지 매 동작이 기계처럼 잘 들어맞는다. 신 총검술 시험과 거의 같은 방법이라 오히려 더 잘 되는 것이다.

격파술은 사과 상자의 널빤지보다 조금 두꺼운 판자를 격파했고, 결과는 전원 합격이었다. 기분이 좋아진 교관은 가르친 보람이 있다며, 내무반장에게 일석 점호는 취침 점호를 시키라고 명령한다.

'이거 또 뭔 수 쓰는 거 아녀? 새벽에 그렇게 당했는디.'

우리는 두려움에 떤다. 그러나 기우였다. 때로는 교관이 더럽게 고마울 때도 있다. 태권도 교관이 기분이 좋아서 특별히 부탁을 하였으니 더욱더 더럽게 고마웠다.

전날 불침번을 섰기에 오늘은 불침번에서 해방된 밤이라 세상 모르고 달디달게 잤다.

박달리에 소재한 자동 표적 사격장에서 기록 사격이 끝나면 가장 힘든 고비인 유격 훈련이 기다리고 있다. 유격 훈련이 끝나면 조교 말대로 마빡에 하사 계급장을 달 수 있다.

판부리 사격장에서의 사고 때문에 먼 길을 차로 이동하여 박달리 사격장으로 갔다.

이 사격장의 표적에는 전자 센서가 설치되어 있어, 탄환이 목표물에 맞으면 뒤로 넘어간다. 하나의 실수도 없다. 병사들이 표적을 들어주고 채점할 때는 부정이 끼어들었지만,

이 곳의 기록원은 전자 시스템이 자동으로 채점하는 것을 체크할 뿐이다.

사대에 서서 '사로 봐' 명령이 나면 300미터 지점에서 나올지 450미터 지점에서 나올지 표적은 짐작도 못한다. 50미터 앞에서 불쑥 솟아나기도 한다. 대기 시간은 단 5초. 그 짧은 시간에 정조준하여 발사하면 표적은 기분 좋게 자빠진다. 95퍼센트 이상 명중률을 가지는 하사관 학교 후보생들이다. 바로 명사수로 조련되어 분대를 통솔하는 거다. 막상 전투에 나서면 적 저격수의 1차 목표물이 되어 총알받이 신세로 전락하고 만다.

하사관 학교 출신이면 400미터 정도의 거리이면 움직이는 목표물을 찾아 사격한다면 5초 안에 명중시킨다. 백발 백중 사격 메달을 반 이상이나 받았으니 그 정도는 기본으로 할 수 있다.

이틀 후면 유격 훈련을 받아야 된다. 기초 유격 훈련은 논산에서 맛만 봤다. 1군 사령부 유격 훈련장은 치악산의 섬강변에 있는데, 실제 지형지물을 이용하여 설계한 유격장으로 국내에서 코스가 제일 험악하단다.

우리는 그 곳에서 11일 간의 고통에 인내를 요하는 생활을 해야 된다. 유격장으로 떠날 때까지 며칠간 학교 내에서 그 동안 받아온 훈련을 재점검하여 미비점이 있나 살펴보고, 각개의 훈련 상황들이 서로 연계될 수 있는 종합 훈련을 받았다.

또 학과 점수가 모자라는 후보생은 하룻동안 산타클로스 역할을 해야만 된다. 완전 군장이다. 자기 소유의 관물을 산타클로스의 선물 보따리처럼 몽땅 다 싸고, 그것도 모자라서 매트리스까지 짊어지고 연병장 스무 바퀴를 돌아야 된다. 모든 보급품을 짊어졌기 때문에 붙여진 이름이 산타클로스 특별 훈련이다.

그렇게 해서라도 학점을 따게 만들어 졸업시키지만, 구제불능의 후보생 한두 명은 유급시킨다. 될 수 있는 한 유급생이 생기지 않고 같이 졸업할 수 있도록 시험을 칠 때도 커닝이 가능하게 도와준다. 학과 시험 정도는 윗선에서 봐주는 거다.

구대장도 내무반장도 유급자가 발생하면 진급 점수에 영향이 가니까 눈감아 줄 건 감아준다. 어디든 꼴찌는 있기 마련이다. 그 꼴찌도 턱걸이를 해서라도 간신히 졸업해야 된다.

아침부터 학교 안이 시끌벅쩍 어수선하다. 유격 훈련 가는 날이다. 다시 말해 부대 이동이니 온통 소란스럽다. 군장 꾸미랴, 한 끼 식량 타랴, 빠진 게 없나 돌아보고 챙겨본 후 연병장에 정렬했다.

11월 17일 9중대와 10중대가 모두 모여 군장 검사를 받고는 원주 간현역 쪽으로 출발했다. 그냥 출발한 게 아니다. 중대 전투 대형으로 행군한다. 즉, 종합 훈련을 다시 반복하는 것이다. 앞에는 정찰병을 보내고, 후미에 척후를 붙이고, 그 악명 높은 유격 훈련장으로 가는 것이다. 도중에 각종 상황이 벌어진다.

'적기 출현!' 모두 은폐물을 찾아 숨고 화생방 지역의 가스 살포에는 방독면을 덮어쓴다.

섬강 상류에서 가져온 한 끼 식량으로 점심을 해결해야 되었다. 겨울철이라 마른 나뭇가지가 지천이다. 지난 여름 홍수 때 떠내려온 가지 많은 나무들이 갈수기인 탓에 바짝 말라 연기도 없이 불이 핀다.

PX사용이 허가된 뒤 우리들 부식에는 고추장과 꽁치 통조림이 추가되었다. 마늘 통조림도 가지고 왔으므로 먹성 좋은 식성에 반찬 하나 거창하니 밥이 왜 맛이 없겠냐. 모자라지 않을 정도로 먹어대면서 옥수수 서리하다 기합받던 지나간 날을 화제삼아 떠들었다. 옥수수 서리도 먼 과거로 흘러간 것이다. 그 날의 오버잇한 개밥과 오리걸음을 생각하면 밥맛이 없어질 지경이다. 민폐를 끼친 까닭으로 얼마나 혼났던가.

내 군장은 중대의 다른 비품과 장비들이 먼저 차편으로 유격장으로 갔고, 나는 홀가분하게 P10 무전기를 메고 갔다. 중대장·구대장·내무반장·서무계도 완전 군장으로 이동 중인데, 통신병 출신 덕을 많이 본 것이다. 특히 무전병은 구보 때에도 열외다. 그래서 좀 편한 것이다.

"하나둘 하나둘 셋넷 셋넷 다섯 다섯 여섯 둘하나 일이삼사 오육칠팔 구공 공구 팔칠 육오 넷셋 둘둘 하나, 여기는 여기는 올빼미 독수리 응답하라, 오버."

신나게 무전을 치면서 간다. P10은 완전 군장보다 훨씬 가볍고, 개인 화기도 칼빈소총이니 끝없는 행군에도 무리가 없다.

드디어 우리들의 눈앞에 이정표가 나타났다.

'1군 하사관 학교 유격장 전방 4킬로미터!'

그리고 그 무섭고 두려운 존재, 빨간 모자에 유격 복장(궁둥이, 어깨, 무릎, 팔꿈치 등 잘 닳는 부분에 한 겹 덧댄 특수복)에 흰 몽둥이를 든 조교들이 10리 길 4킬로미터나 앞에 마중 나온 것이다.

이건 뭘 뜻하나. 4킬로미터를 그냥 걷는 게 아니라는 의미다. 아무리 보아도 손님 마중 나온 놈들이 아니다. 몽둥이 들고 마중 나오는 놈 봤냐? 각개 전투 훈련 때와 철조망 통과 때의 그 짜릿한 분위기가 진하게 묻어난다. 좀 힘들다 싶은 교육장에 가면 조교들이 잘 보이도록 꼭 흰색 몽둥이를 들고 설치는데, 이게 공포 분위기 조성용으로는 그저 그만이다.

이 곳에서 우리는 유격대 조교의 통솔하에 들어갔다. 같이 온 중대장과 구대장·내무반장도 손 털고 돌아갈 것이다. 그네들이 이 곳에 있을 이유가 하나도 없다. 단지 파견 나온 학교 취사반만 여기에 남아서 준비된 식당에서 일을 할 것이다. 인수 인계가 끝나자 우리편들은 조교들에게 잘 부탁한다며, 고생 좀 하시라며 돌아갔다.

조교들은 한결같이 얼굴이 시커멓다. 1년 내내 산악을 뛰고 구르면서 햇볕에 그을린 살갗에 윤기가 난다. 그리고 또 한결같이 험악하다. 절 입구에 있는 사천왕상보다 더 험악한데, 인상을 꽉꽉 쓰며 우리들을 노려보다가,

"앞에 총."

행군 중에 '앞에 총' 하면 100퍼센트 구보다. 그러니 반쯤 죽어야 된다. 손님 접대 더럽게 고맙게 하는구먼, 자기 집에 온 손님을 말이다.

"뛰어 가."

조교 열 명이 일시에 호루라기를 불어댄다. 이 호루라기는 유독히 쇳소리가 나는데 귀가 따갑다 못 해 소음으로 정신이 몽롱해질 지경이다.

군화발이 정확하게 지면을 탁탁 소리내며 밟고 가야 된다. 15톤 덤프 트럭이 비포장 도로를 달릴 때보다 더 많은 먼지가 대열을 뒤덮는다.

1킬로미터 구보하고 오리걸음 몇 분, 또 1킬로미터 구보하고 오리걸음을 차례로 되풀이하며 간현 철도역을 지나 유격 훈련장에 도착하니 오후 4시, 땀범벅이 되거나 먼지범벅이야 그렇다 치지만, 잘 신지 않아 뻣뻣한 군화로 장거리 구보는 처음이라, 발등이고 바닥이고 물집이 생겨 쓰리고 아프다. 그렇지만 아프다고 엄살부릴 만큼 우리의 존재는 절대 대단하지 않다.

섬강 주변은 아주 경치가 좋은 곳으로 강가의 절벽이 절경이다. 지금은 유원지로서 원주 시민들의 휴식처가 되었다고 하는데, 30년 전인 그 당시에도 호텔이나 여관 등의 숙박 시설이 있었다.

유격장은 섬강을 가로지르는 철교 근처에 있다. 지리산의 3군 사관학교 동북 유격장보다 더 험난한 코스이고, 대한민국에서 제일 힘든 코스라고 교관이 겁을 잔뜩 준다.

철교 근처에 커다란 간판이 달려 있는데 내용이 섬뜩하면서도 확실하다. 그리고 단순하다.

'실수는 없다.'

그 아래에 독극물 경고나 위험 표시, 혹은 해적선의 깃발인 해골이 우리를 노려본다. X자를 만드는 뼈다귀가 흉기가 되어 나를 때릴 것 같다. 그래도 한 가지가 우리 편이란 생각이 나게 한다. 해골 밑의 제1군 하사관 학교 유격장의 '제1군 하사관 학교'만 눈물나도록 반갑다.

유격장, 이 곳에서 실수하면 죽는다. 고공 로프 타기 등등 위험이 곳곳에 도사리고 있으니 군기 확립과 정신 통일은 유격 훈련 최상의 구호다.

강원도 산골의 겨울은 해가 무척 짧다. 곧 사방이 어두워지는데, 우리는 4~5명씩 조를 짜서 야산에 텐트를 쳤다. 야영하기 좋도록 앞 기수들이 다져 놓아서 일은 쉬웠다. 면 텐트와 판초 우의를 동원하여 잠자리를 만든다. 바닥에는 나뭇가지를 깔아 흙 사이에 완충물을 만들고, 그 위에 판초 우의를 펴고, 또 그 위에 모포, 그 위에 판초 우의, 또 위에 모포로 겹겹이 쌓아 한기를 차단한다.

생각보다 포근하여 4명이 꼭 끌어안고 고달픈 몸을 뉘였다. 오늘은 끝난 것이고, 내일은 또 내일이다.

잠자리에 들기 전에 철교 건너 터널 두 군데에 보초병을 세운다고 각 소대에서 병력을 차출했다. 나는 빠졌다. 무전기를 대형 텐트가 있는 중대 본부에 반납하고, 나의 군장을 찾아왔다. 점호는 인원 보고를 각 분대장이 구두로 해 버리면 끝나서 좋았다.

날이 밝았다. 누군가의 입에서 나온 말,

"행복 끝, 고생 시작."

아니, 그 지독했던 하사관 학교 교육이 행복이었나 그럼.

논산 훈련소에서 대충 넘어갔던 유격 훈련이 새삼 생각난다. 훈련소에서 전 코스를 다 받았더라면 이번 훈련이 한결 나았을 것이다. 한 번이라도 경험해 보는 게 좋지 않았을까.

아침 식사가 끝나고 번호표가 배부되었다. 80번 올빼미.

유격장에서는 계급도 성명도 없다. 있다면 몇 번 올빼미가 자기를 대신할 뿐이다.

올빼미 전원 백사장에 모여 유격 훈련의 기초 체력 다지기 프로그램 1순위로 들어간다. 저 유명한 PT 체조다. 이 PT 체조는 해군의 특수 부대 'UDT'가 개발한 체조인데, 지금은 전군이 다 채택한 체조다.

매일 되풀이하여 처음부터 끝까지 시작하면, 일주일 만에 비계살이건 군살이건 간에 홀랑 빠져서 빼빼갈비가 된다. 계속하여 2주일이 지나면 신체 근육이 단련되면서 점점 단단해진다. 한 달 정도 지나면 육체미 훈련한 것과는 달리 어느 부위건 상관없이 온몸에 근육이 꿈틀거리는데, 육체미처럼 어느 부분만 집중적인 단련을 시키는 게 아니고, 전신의 근육을 골고루 발달시켜 준다.

그야말로 쭈욱 빠진 몸매가 된다. 그 사람의 체형이 작으면 작은 대로, 그면 큰 대로 균형 있게 발달시켜 주는 것이 이 PT 체조다.

그러나 유격 훈련장에서 받는 PT 체조는 그 의미가 다르다. 유격 훈련장의 사고 예방을 위한 정신 통일의 일환인 기합을 준다고 인식하고 있으나, 그렇지 않다. 신체 각 부위의 경직된 근육을 풀어 몸을 유연하게 만들기 위해서이다.

그럼에도 불구하고 PT 체조는 보통 인간 체력의 한계를 절감케 한다. 이 체조는 48번 반복하는 동작이 하나의 독립 동작으로 이루어진다.

쪼그려 뛰면서 좌로 90° 돌면서 하나, 또 90° 돌면 둘, 다시 90° 돌면서 셋, 원래의 방향으로 한 바퀴 돌았다고 '하나'이다. 이 동작을 한참 하다 보면 발은 땅에서 떨어지지 않고 상체만 오르락내리락한다.

구령이 '하나 둘 셋 하나', '하나 둘 셋 둘', '하나 둘 셋 셋', '하나 둘 셋 넷', '하나 둘 셋 다섯.', '하나 둘 셋 여섯.', 이렇게 12번까지 간다.

글로 표현하면 약간 숨이 가쁘게 보이겠지만, 이 구령의 마지막 하나, 둘, 셋, 넷 하는 동작이 구령과 일치되지 않으면, 이쯤에서 끝나지 않는다는 데에 문제가 있다. 100회까지 실시는 100×4, 즉 400번의 동작을 취했다고 보면 된다.

간단한 국민 보건 체조에 숨고르기로 양팔을 들어 올렸다 내리는 동작이 있다. 하나에 양팔을 어깨높이로 올리고, 둘에 양팔을 내리고, 셋에 머리 위로 올리고, 넷에 양팔을 내린다. 둘둘 셋넷까지 하면 두 번의 동작이 완료되는데, 이걸 12번이나 되풀이하면서도 구령이 딱딱 맞아지면 다음 동작으로 들어간다.

내가 제일 고통받은 것은 드러누워 발을 직각으로 올렸다가 좌측으로 눕혔다가, 바로 세웠다, 다시 우측으로 눕히는 반복 동작이었다.

조교가 1회 시범을 보이고 올빼미들은 3회의 동작을 반복하여 실시하는데, 백 명이 넘는 인원이 정확하게 끝동작이 맞아떨어지지 않으니 곱배기에 또 곱배기 하다 보니 백 회까지 간다. 하지만 어쩌랴. 동작이 틀린 것은 분명하니 변명의 여지가 없는 것이다.

하늘을 보고 반듯이 누워 다리를 수직으로 치켜올린 다음 하나, 좌측으로 놓고 둘, 다시 중간에 발을 정지한 후 셋, 원래대로 쭉 뻗고 하나, 다시 올린 다음 하나, 우측으로 놓고 둘, 중간에 다시 발을 올려 셋, 쭉 뻗어내리고 하나다.

이렇게 하다 보면 처음에는 너무 편안하다. 그러나 셋, 넷까지만 가도 군화의 무게가 느껴진다. 다섯, 여섯쯤에서는 수직으로 발을 세울 수 없고, 일곱, 여덟에는 눕혀진 몸이 복원될 힘을 잃는다. 아홉, 열에는 꼼짝을 못 한다. 아예 통나무가 된다. 다음에 오는 기합이 무서워도 몸이 따라주지 않는데 어쩌랴. 위에서 보면 몸은 L자로 보인다. 하나에 시계 반대 방향으로 9시에 멈춘다. 둘에 12시 방향, 셋에 3시 방향, 넷에 6시 방향 왼쪽 땅에 내려놓는다. 4회쯤 반복하면은 동작이 일치가 되지 않는 제일 힘든 PT 체조이다.

기합, 기합이다. 한강철교·통닭굽기 등의 특수 훈련이 따른다. 특히 오리걸음, 각 코스 앞에 '정렬'했다 하면 쪼그려 뛰기 100번 실시, 몸에 긴장감을 주기 위해서이다. 아울러 '유격, 유격!', '정신 통일! 정신 통일!' 소리가 메아리친다.

쪼그려 뛰기는 개구리처럼 양발이 지상에서 10센티미터 이상 뛰어야 된다. 그러나 열 번이나 스무 번 되풀이하면 발은 지상에서 떨어지지 않고 궁둥이만 들썩들썩거린다.

급경사 오르기와 내리기, 철교 건너기, 개울 뛰어넘기 등을 마쳤다. 개울 뛰어넘기는 밧줄을 잡고 타잔처럼 개울을 건너야 하는데, 몸이 무거운 올빼미는 악력이 약해 물구덩이에 빠진다. 담장을 타고 넘을 때는 자칫 잘못하여 남자의 씨주머니를 다치는 수가 있다. 급경사 등판하기는 논산 훈련소 높이의 두 배였다.

돌아다니며 시설을 보니 대개의 설치물이 논산 훈련소보다 두 배 정도 규모가 컸다. 그러니 논산 훈련소의 유격 훈련장은 애들만 노는 데인 셈이다.

논산 훈련소에 없는 코스는 두 줄 타기, 세 줄 타기, 외줄 타기와 환자 후송, 절벽 내려오기, 하강, 급조 레펠, 점프 레펠(Jump Reppel) 등이다.

'높이 솟은 비로봉을 정복하고요, 뛰어내릴 절벽에서 점프합니다. 오늘은 어느 곳을 습격 하고요, 내일은 어느 곳에 작전을 하나, 우리는 유격대 R. A. N. G. E. R. 유격대 용사들 멋지구나. 우리, 산악의 왕자들, 헤이 파파룰라, 헤이 파파룰라!'

섬강 백사장을 따라 멀리멀리 퍼지는 유격대의 노래.

멀리서 바라보면 한 폭의 그림처럼 아름다운 유격 훈련장의 모습이지만, 섬강 백사장의 모래가 날릴 정도의 고함 소리로 악악거리는 노래들.

이편 백사장에서 PT 체조를 마치고, 교육 시설이 집중되어 있는 섬강 건너편으로 부교를 이용해 건너간다.

그 곳에서 앞에 열거한 대부분의 코스를 거쳐야 된다. 기본 교육에 불과한 줄 타고 오르내리기, 사다리 통과, 물 건너뛰기, 급경사 암벽 타기, 시가지 작전은 무난히 통과했는데, 외줄 타기가 의외로 힘들다.

외줄 타기는 계곡을 사이에 두고 이쪽 절벽에서 맞은편 절벽에 걸쳐진 단 한 줄의 로프를 안전 고리 하나에 목숨을 걸고 건너야 한다. 내려다보는 높이가 상상을 초월한다. 아래서 올려다보면 가물가물하다.

이 외줄은 오른쪽 발목을 줄에 걸치고 왼발로 몸의 균형을 잡으며 두 손으로 밧줄을 움켜쥐는 자세다. 외줄에 오른쪽 무릎을 꿇고 엎드린 자세에서 두 손으로 줄을 당겨 몸을 이동시키는 것이 요령이지만, 줄이 출렁출렁, 흔들흔들하니 자세 유지가 쉽지 않다.

외줄 타기 코스에서 막 출발할 때는 '유격' 소리가 계곡을 울릴 정도로 모든 올빼미들은 큰 소리로 외친다. 중간쯤 가면 소리가 작아진다. 이것은 밑을 내려다보았기 때문인데, 건너야 할 계곡은 너무나도 아득하기만 하다.

곡예사들처럼 줄타기의 명수가 아닌 우리로서는 자세를 잡자마자 먼저 빙그르르 돌아 줄에 매달리는 올빼미가 더 많다. 먼저 출발한 후보생이 전진하지 못하면 나중에 출발한 후보생 역시 길이 막혀 매달려 있는데, 이 광경을 멀리서 보면 빨랫줄에 빨래가 널린 것처럼 보인다.

아래를 내려다보면 흠 한 점 없는 계곡에 바위들만 삐죽삐죽한 험하기로 유명한 강원도 치악산의 비로봉 1288미터가 아니냐.

체중을 로프에 싣고 살살 기어가며 중심만 잘 잡는다면 어렵지 않게 건너려니 했는데 갑자기 로프에 충격이 온다. 어! 어! 하다가 그만 중심을 잃고 안전 고리에 의지하여 빙그르르 돌아 줄에 매달리게 되었다. 조교가 줄에 충격을 준 것이다.

이렇게 되면 체중이 안전 고리와 양손에 실린다. 거꾸로 매달려 가는 돼지 모양을 상상해 봐라. 양발로 로프를 끌어 안고 두 손으로 번갈아가며 로프를 당겨야 된다. 힘이 배나 더 들 수밖에 없어 헉헉거리며 반대편 절벽에 닿았다. 밑에서 구경하는 올빼미들은 걱정이 태산이다.

다 왔다 하고 안도의 숨을 쉴 여가도 없다. 매달려 왔으니 '자세 불량'이라며 PT 체조 시작이다. "정신 통일" "정신 통일"을 외치는 소리에 목이 쉰다. 악마 같은 유격장 조교들은 실실 웃으며 우리를 괴롭힌다. 왼쪽에 있는 올빼미들은 '정신', 오른쪽에 있는 올빼미들은 '통일'을 외친다.

우리의 올빼미들은 오늘도 유격장에서 뺑뺑이를 돌고 있을 것이다.

이 외줄 타기 등에서 고소 공포증이 있는 올빼미들은 몹시 조심해야 한다. 절대로 아래로 내려다보면 안 된다. 내려다보는 순간, 몸이 굳어 꼼짝 못 한다. 그럴 때 조교가 구해 주는가? 천만에. 싸가지 없는 조교는 이 기회를 놓치지 않고 오히려 로프를 흔들어 올빼미에게 겁을 준다. 역시 빙글 돌아 바비큐 구이 모양의 통돼지 자세가 된다. 그 자세로 매달려 정신없이 외친다. "유격, 유격!" 돼지 멱따는 소리가 따로 없고 바로 이 소리인 것이다.

두 줄 타기는 상하로 두 줄이 계곡을 건너 이어져 있고, 두 줄 사이를 간격이 일정하도록 띄엄띄엄 로프를 이어놓았다. 줄사다리가 확대되어 가로로 걸려 있다고 보면 된다.

외줄 타기보다는 쉽다. 아래에 있는 로프를 발로 밟고 위의 로프를 양손으로 잡아 옆으로 게걸음을 하며 가면 되는데, 문제는 로프가 상하를 유지하지 않는다는 것이다. 즉,

몸이 뒤로 눕혀지는 무게 중심으로 앞뒤로 롤링이 심하고 뒤로 눕혀져서 복원이 한참 안 될 때는 자연 법칙에 맡겨야 한다.

다시 탄력을 받아 원위치하면 이번에는 엎어지는 자세다. 내가 잘 한다 해도 앞에 가거나 뒤에 오는 올빼미들의 영향을 많이 받는다. 역시 안전 고리를 보조 로프에 걸어두었으니 사고의 위험은 없다.

세 줄 타기, 위로 평행하여 두 줄이 걸려 있고, 아래에 외줄이 있는 역삼각형으로 줄이 매어져 있다. 역시 아래 로프나 위쪽의 양 로프 간에 V자로 간격 조정용 로프가 매어져 있다.

양팔을 벌려 위의 로프를 잡고 아래 로프를 밟으며 앞으로 나아간다. 가장 쉬워서 아래를 내려다보며 갈 수 있다. 발걸음을 떼어 줄을 밟으려면 아래를 볼 수밖에 없는 구조이다. 아래에 쪼그려 뛰기 하는 올빼미들이 자그마한 인형들 같다.

그래도 조교들은 아래를 내려다보지 못하게 한다. 너무 높아서 어지럽기도 하기 때문에 자칫 얼어붙거나 손이 풀려 밧줄을 놓을 수도 있다. 물론 안정용 로프에 안전 고리가 연결되어 있지만 말이다.

세 줄이어서 쉬워 보이지만, 두 줄은 발바닥 정중앙에 로프가 걸리나, 세 줄은 발바닥 정면으로 걸치기 때문에 발바닥 면적이 외줄에 걸쳐 두 줄보다 걸어가기가 불편하다.

이동 속도가 늦다고 조교들이 줄 위에서 방방 뛴다. 줄이 마구 출렁거리면 겁이 난다. 빨리빨리 이동해야 된다. 빨리

 북파 공작원

움직여 안전한 저쪽 땅 위에 서야 된다. 그래서 모두 동작이 빨라진다.

이 코스는 빨리 이동하는 데 이용하는 훈련으로, 조교가 줄을 흔들어대니 발을 헛디뎌 사타구니 정중앙에 줄이 걸리는 사고가 난다.

조교는 시간을 잰다. 교육 시간에 맞추어 속도 조정을 해야 되니 빌빌거릴 틈을 주지 않는다. 그래야 정해진 시간에 모두 로프를 통과하게 되는 것이다.

절벽에서 줄을 타고 내려오는 코스, 스릴 만점인 점프 레펠, 튀어나온 절벽에서 로프를 이용하여 단 한 번의 점프로 내려가는 것이다. 영화나 특수 부대 훈련 장면에서 헬리콥터에서 밧줄을 타고 내려오는 장면을 보았을 것이다.

20미터~50미터에 이르는 거리를 단 한 번의 점프에 의해 땅으로 내려가야 된다. 신속히 미끄러져 내려오지 못하면 적의 탄환에 저승 가는 것 말고는 다른 방법이 없다.

점프 레펠시 급속도로 내려오는데, 어쩌다 뒷줄(오른손의 브레이크 줄)을 갑자기 잡으면 내려오는 관성과 충돌해 빙글빙글 공중에 매달리게 되어 괘종 시계추처럼 왔다리갔다리 한다. 단 한 번만에 논스톱으로 바닥에 착지하여야 한다.

뛰어내릴 거리가 멀면 가죽 장갑을 착용하지만, 손바닥에 불이 날 정도로 뜨거워 그만 줄을 놓기 쉽다. 가죽 타는 냄새가 이 코스에서 진동을 한다. 그래도 스릴 만점이다.

"유겨 - 억!" 하면서 밧줄을 타는데, '유'자만 하고 '격'자는 하지 못하는 올빼미가 많다. 겁에 질려서이다. 미끄러져 내려가는 속도가 아찔하게 현기증이 나는데, '격'이라는 소리를 지를 겨를이 없다.

충청도 방언 있잖아,

"아버지 돌 내려가유 - ."

돌 굴러가는 속도보다 말이 느리니 밑에 있는 아버지는 피할 틈이 없다.

'유 - '로 시작은 했는데 순식간에 30미터 아래로 떨어지는데, '겨 - 억'할 틈이 없고, 겁에 질리고, 잊어버리고, 갖가지 올빼미가 다 나온다.

얼굴이 노오랗게 변색되어 착지한 후 멍해 있는 올빼미도 있고, 어느 로프에서는 내려오던 올빼미가 줄이 꼬여 공중에 매달린 신세가 되었다. "유우격, 유우격!" 소리가 점점 작아진다.

조교가 고함을 지른다.

"야! 이 고문관, 뒷손을 떼라, 뒷손. 이 골통아! 어휴 저런 골통 놈의 새끼."

호루라기를 불고 야단을 쳐도 꼼짝을 안 한다. 줄에 매달려 뱅글뱅글 돌기만 한다. 마치 교수목에 걸린 사형수 같다.

조교는 소리소리치지만 은근히 걱정도 된다. 만약에 두 손을 다 놓아 버리면 추락하여 사망 사고도 생길 수 있기 때문에 번개같이 옆에 있는 줄을 타고 오른다. 내가 뛰어가서 줄의 끝을 잡아 회전을 멈추어 주었다.

그 올빼미는 다른 줄을 타고 올라간 조교가 구해 줄 때까지 그렇게 매달려 있다가 내려왔다. PT 체조 50번 실시!

다음 코스는 급조 레펠이다.

급경사이거나 수직 암벽은 역시 자일에 의지하여 적당한

 북파 공작원

거리를 두 발로 암벽을 차면서 그 거리만큼 줄을 풀어 하강한다. 한 번의 하강 거리는 3~4미터 정도가 적당하다.

왜냐 하면 자일을 허리와 허벅지로 감아 가랑이 뒤쪽으로 자일이 아래로 쳐지게 둔 후 뒤로 빠진 자일을 오른손으로 아래로 잡고, 앞쪽의 자일은 왼손으로 올려잡아 몸을 지탱한 후 자일이 풀리는 속도를 오른손의 악력으로 조정하는데, 이때 몸에 감은 자일에서 마찰열이 생기기 마련이다.

이 마찰열을 최소화시키면서 폴짝폴짝 벽면을 차며 내려간다. 또 이 거리 조정은 적이 있는 빌딩 등의 유리창을 뛰어들 때 효과가 있다. 영화에서처럼 게릴라나 테러리스트가 점유하고 있는 빌딩을 옥상에서 자일을 이용해 점프하여 유리창을 박살내고 들어가는 장면을 많이 보았을 것이다. 그런 때에 사용하기 위해 배워둔다.

환자 수송은 로프를 이용하여 2명씩 짝을 지어 짝수가 홀수를 업고 내려가야 된다. 환자를 등에 업고 두 몸이 분리되지 않도록 로프로 자기 몸과 환자를 함께 결박한 다음 자일을 이용해 절벽을 내려와야 된다.

혼자서도 버거운 절벽을 내려오면서 환자를 업었다는 것은, 체중이 두 배가 아니라 세 곱배기다. 그만큼 하중이 많이 가는 것이니 여간 힘든 게 아니다. 나와 함께 하는 올빼미는 덩치가 나보다 엄청 컸다. 하필이면 내가 업어야 되는 짝수이고, 그 올빼미가 홀수냐.

하긴 다들 고만고만한 편이였지만, 내게 비하면 다들 큰 편인데 불행히도 이 올빼미는 내 체구로 업기는 좀 버거웠다. 어린애한테 업힌 어른의 심정으로 내 짝지 올빼미는 불안에 떤다. 덩달아 나도 떨린다.

'이 자식하고 같이 천당 가는 것 아닌가?'

사고의 위험성이 다분했지만 나는 젖먹던 힘까지 다 내어 나의 올빼미 짝을 무사히 돌밭투성이인 강원도 산골의 절벽 아래로 후송하는 데 성공하였다.

'어휴, 나도 까딱하면 쉬 할 뻔했네!'

태어나서 제일 힘든 코스를 밟아 본 것이다. 값진 경험이었다.

이로 인해 나의 깡다구도 이제 전 중대로 알려지게 된다.

유격 훈련은 이제 대망의 끝으로 향하고, 유격 훈련의 대미를 장식하는 것은 하강(도하)이다. 이 하강 훈련만 마치면 유격 훈련은 끝이 난다. 유격 훈련이 끝나면 진짜 하사가 된다.

그 날은 4개월의 훈련 교육 중 술이 나온다는 날이다. 가장 위험한 코스이고, 마지막 코스라서 무사주(無事酒)를 내는 모양이지만, 오전의 PT 체조는 너무나 살벌했다.

유격 훈련장 조교나 교관들은 유격 복장과 빨간 모자 이외에는 부착된 것이 없다. 계급도 없고 명찰도 없다. 그냥 '숙달된 조교와 본 교관'만 존재한다. 그러니 아무리 훈련이 고되고, PT 체조를 험악하게 시킨다고 해서, 나중에 손 좀 봐 주겠다고 벼루어 봤자 관등 성명을 모르니 말짱 도루묵이다.

위탁 교육생들 중에는 영관급 장교도 있고, 수도경비사령부 특공대와 경찰 특공대도 있다. 다같이 교육을 받으며, 모든 것이 다 평등하다.

그런데 조교들은 이들을 유난히 혹독하게 다룬다. 피교육
자 시절의 복수인 것이다.

"느그들이 말이여, 우리가 훈련받을 때 1종 부식 다 훔쳐
먹고 우리를 배고프게 했응께, 오늘 죽어보더라고잉."

졸병 조교가 장교들을 얼차려 시킬 수 있는 곳이 유격 훈
련장이다. 왜냐 하면 장교들도 피교육자이니까.

하사관 후보생 PT 체조나 영관급 PT 체조나 봐주는 것이
없다. 있다면 잘 먹고 잘 살아서 배불뚝이가 된 영관급에게
는 특별히 봐 주는 게 있기는 있다. 다이어트 PT 체조 실시
이다. 이 다이어트 PT 체조에 걸리면 그냥 까무라치는 게
차라리 행복할 거다.

우리들이야 4달 내내 강도 높은 훈련으로 온몸이 단련되
어 있지만, 배불뚝이 영관급 장교들은 편안한 군대 생활을
하다가 하루아침에 잡혀온(?) 신세가 아니더냐. 이들의 훈련
과정을 지켜보면 우리가 교육받던 것보다 훨씬 재미있다.

날이면 날마다 고단하기만 한데, 다이어트 PT 체조는 말
그대로 피가 튀길 만큼 이가 갈리기도 할 게다. 우리보다
10배나 강도 높게 반복에 또 반복이다. 그래도 명색이 장교
인데 쫄다구한테 좀 봐달라고 사정할 수도 없는 입장이
고…….

하강 훈련에 대비한 백사장의 PT 체조. 지칠 대로 지쳐
꼼짝달싹 못 할 만큼 우리들을 달달 볶던 조교가 소리쳤다.

"4열 횡대로 집합! 전원 정렬, 뒤로 돌아, 전방을 향하여
앞으로 가. 행군간에 군가를 한다. 군가는 울려고 내가 왔
나. 군가 시작!"

대한민국 군가 중에 '울려고 내가 왔나'라는 군가는 오직 이 곳 유격장에만 있는 군가이다. 우리는 목이 터져라 군가를 부르며, 살얼음이 동동 뜨는 섬강 기슭을 향하여 사나이답게 그리고 용감하게 걷는다.

'울려고 내가 왔나, 누굴 찾아 내가 왔나 / 낯선 원주 땅에 무얼하러 내가 왔나 / 하늘마저 날 울려 궂은 비만 내리고…… 〈하략〉'

강기슭이 끝나면 강물이다. 행군은 멈추지 않는다. 도리없이 강으로 들어간다.

'오메 추운 거! 개 발바닥에 땀난 일 있냐? 얼음 덩어리 떠내려가는 강물로 들어가다니, 울려고 내가 왔나, 누굴 찾아 니가 왔냐가 아니고, 하사 계급장 달려고 내가 왔재이.'

섬강 바닥에 빗물은 떨어지고, 조교의 호루라기 소리는 계속 울리고, 우리들의 다리는 살을 도려내는 듯한 아픔을 견뎌야 했다.

전진, 전진, 더 들어간단다.

"뒤로 돌앗, 잠겨!"

이 날씨에 강물에 들어간 우리들에게 잠수하라고 한다.

"오늘만 봐 주면 될 텐데, 오늘만 참으면 되는데……."

우리는 머뭇거리며 다들 목까지 들어간다. 조교들이 보고 있지만 더 들어가기는 싫어 무릎을 굽혀 목만 물 밖에 나오는 자세로 요령을 부렸다.

"이것들 봐라. 요령 부린다 이거지. 요 새끼들, 귀신을 속이지 조교를 속이겠다 이거야. 맛 좀 봐라."

하나 좋은 거는 방방 뛰는 조교들은 강기슭에 있고, 그네

들은 절대로 물에 들어오지는 않는다. 우리가 약간의 여유를 갖는 이유가 거기에 있었는데, 이것은 오산이다. 계산 착오란 말이다.

'평택 밑의 오산이 아니고, 계산을 잘못한 오산이란 말이다. 이 자슥이 마산상고 후문으로 나왔나? 아니 독도상고 정문으로 나왔다 왜?'

조교가 무서운 걸 왜 몰랐을까.

"전원 20명씩 어깨동무한다. 실시!"

물 속에서 20명씩 조를 짜니까 한쪽은 모자라고 한쪽은 넘쳐나고, 찬 물방울을 마구 튕기며 겨우 조를 짜서 어깨동무를 했더니 어렵쇼? 뒤로 넘어지니 뒷골이 깨지는 것 같은 고통이 온다. 춥고 아프고 시리고 쓰리고……. 까짓것 오늘이면 끝나는 일인데 홀랑 벗으라고 해도 한다는 생각으로 기상과 취침, 기상을 거듭하다 보니 20명의 몸에 탄성이 붙었다. 몽땅 물 속에 곤두박질해 버린다. 물 속에서 버둥거리며 어깨동무한 팔을 풀고 일어서서 물 몇 모금을 마셨다.

"다시 헤쳐 모여. 4열 종대로 집합."

또다시 찬물을 튕기며 줄을 맞춘다.

"제자리 걸음, 군가를 시작한다. 군가는 동백 아가씨."

이미자 노래도 군가이고, 문주란 노래도 군가이다. 아니다. 군대에서 군인이 부르면 모든 유행가도 모두 군가이다.

"헤일 수 없이 수많은 밤을 / 내 가슴 도려내는 아픔에 겨워 / 얼마나 울었던가 동백 아가씨 / 그리움에 지쳐서 울다가 지쳐서 / 꽃잎은 빨갛게 멍이 들었네."

이어지는 문주란의 〈동숙의 노래〉는 겨울철 섬강에 우리를 오리 떼처럼 옹기종기 물 속을 노닐게 하며, 그 좋은 멜로디를 목이 터져라 악을 쓰며 불렀다.

이 과정도 훈련 코스이다. 미리 몸이 찬물에 익숙하게 단련이 되어야 하기 때문이다. 혹자는 너무 악질적인 훈련은 십시 일반으로 돈을 거두어 조교들에게 잘 봐 달라고 주지 않아서 그렇다고 말들 하지만 아니다. 이건 엄연히 교육 과정에 속해 있는 것이다.

이 하강 훈련은 4~50미터 높이의 절벽에서 도르레를 이용하여 강을 건너, 맞은편 기슭으로 이동하는 전술이다. 도르레를 타고 강을 횡단하여 물 속으로 뛰어들어야 하는데, 마른 몸으로 찬 강물에 떨어지면 심장 마비가 올 수도 있다. 그래서 물에서 흠뻑 젖어 노닐게 하는 것은 심장 마비 예방 차원이다.

훈련장에서의 심한 기합은 정신 통일과 신체 적응 수단이다. 기초 훈련을 소홀히 하여 사고가 난다. 이건 개인의 불행이고 군 병력의 마이너스 요인이다.

기합은 기합인데 어디에 써먹을 것인지 아무런 목적이 없는 기합도 있다. 뱀 이동이란 기합으로 주로 주먹보다 더 큰 자갈밭에서 받는다. 방법은 배를 깔고 엎드려서 두 손과 두 발을 번쩍 들어야 한다.

마치 스카이 다이빙 하는 자세 그대로이다. 그 자세에서 배를 엉덩이 돌리듯 돌리면서 앞으로 기어가라고 하는데, 제자리에서만 맴돌지, 한 치도 전진하지 못한다. 이때 로프 등으로 엉덩이를 때리지만 전혀 이동을 못 하는 괴상한 기합도 있다.

 북파 공작원

뭍으로 올라와 하강 코스에 도착하였다. 높은 절벽에서 아래를 내려다보니 가슴이 쿵쿵 울린다. 백사장과 강폭이 합쳐 400미터쯤 된다.

새까맣게 보이는 출렁이는 강물, 그 너머 하얀 백사장, 그 백사장에 이 편에서 뻗어나간 로프 끝이 그물과 함께 말뚝에 단단히 고정되어 있다.

조교들이 깃발을 들고 있고, 또 다른 조교는 호루라기를 물고 있다. 로프에 도르래를 걸어 하강을 시작하여 3분의 2 지점에 오면 도르래를 놓아야 된다는 신호를 깃발로 보낸다.

그때 손을 떼면 몸은 안전하게 물 속으로 들어간다. 시력이 좋지 않은 사람을 위해서 호루라기로 신호를 보낸다. 미처 손을 떼지 못하면 어찌 되느냐? 백사장에 쳐놓은 그물에 패대기쳐질 각오를 하면 된다.

내 차례다.

도르래의 양쪽 손잡이를 잡고 힘차게 외쳤다.

"80번 올빼미 하강 준비 끝."

"애인 있습니까?"

"없습니다."

"그러면 어머니를 부르세요."

"어머니 - ."

"자신 있습니까?"

"자신 있습니다."

"죽어도 좋습니까?"

"예, 죽어도 좋습니다."

공포와 긴장감을 풀어주는 말장난이 끝났다.

"하강!"

"하강!"

복창과 함께 하강대에서 뛰어내렸다.

"유격, 유격."

이라고 힘차게 외치며.

순간 이동이다. 로프 길이는 300미터, 중간쯤 오니 몸이 갑자기 붕 뜨는 느낌이 오다가 갑자기 아래로 뚝 떨어지는 아찔한 기분에 온몸에 소름이 돋아난다. 내 몸무게로 쳐졌던 로프의 반응이 그때서야 일어난 거다. 이때 놀라서 손을 놓으면 사고를 당하기 십상이니, 사전 교육을 숙지하지 않으면 큰일난다.

남자는 머리가 무거워 손을 놓으면 밑으로 떨어지면서 머리가 먼저 떨어진다. 시속 몇 십 킬로미터로 달리는 것 같은 속도감이 있어 잘못하면 대형 사고다. 조교가 호루라기와 깃발의 수신호를 동시에 보내어 손을 놓으라고 하지만 잘못하면 죽는 수도 있다.

두 손으로 손잡이를 꼭 잡고 발을 위로 죽 뻗어 올린다. 병장 계급장처럼 V자로 몸을 구부린다. 그래야만 물에 그 자세 그대로 떨어져서 엉덩이부터 입수되는 거다.

깃발이 내려졌다. 순간적으로 손을 떼었고 내 몸은 허공으로 떨어져 "철썩!" 소리를 내며 엉덩이가 물을 때렸다. 엉덩이가 찌르르 아프다고 느낄 틈도 없이 물 속에 잠겼다가, 물을 한 모금 먹고 엉금엉금 기어나왔더니 뜻밖에도 중대장과 구대장, 내무반장이 기다리고 있었다.

 북파 공작원

"꼬마, 수고했어. 우리 중대 명물이 드디어 하사가 되었군. 자, 받아."

수통 컵 가득 막걸리를 따라준다. 입교 후 그때까지 우리는 술을 한 모금도 못 했지만 모든 훈련이 무사히 끝난 감격이 어디냐? 게다가 중대장이 손수 따라주는 술인데 벌컥벌컥 단숨에 마셔 버렸더니, 구대장이 안주처럼 주는 게 있다. 손바닥 크기의 팥시루떡이다.

떡을 받아드니 비로소 추위가 느껴졌다. 떡을 한 입 베어 입 속에 넣는데, 연방 턱이 떨려 자동으로 떡을 씹어준다.

우리를 교육받으라고 맡기고 돌아간 중대장은 이 날에 맞추어 술과 떡을 준비하여 우리를 맞으러 온 것이다.

이제 그 힘든 유격 훈련을 중대원 모두 무사히 마쳤다. 이 밤만 자고 나면 내일은 하산하여 학교로 돌아가는 것이다. 그리운 학교, 그 편안한(?) 학교로 말이다. 그리고 졸업하겠지.

다음날, 아침부터 부산하다. 섬강변 일대에는 귀대하기 위해 소지품을 점검하고 각종 교재 등을 차편으로 보내는 분류 작업이 있었는데, 우리는 못 간단다.

유격 훈련이 끝나면 차편으로 빵빠라 - 하고 가는 게 아니고, 날이 저물 때까지 기다려 야간 독도법과 행군을 아울러 한다면서 소총의 멜빵을 전부 회수했다.

멜빵의 회수는 야간 행군시 어깨에 총을 메고 가는 것을 방지하기 위해서란다. 처음부터 끝까지 '앞에 총' 자세로 행군에 임해야 된단다. 완전 군장 위에 총을 가로로 얹었을 때도 이 멜빵으로 조여 놓으면 떨어지지 않는다. 그래서 몽땅 분리하여 회수한 것이다.

이제부터 야간 행군이 시작된다. 야간 독도법을 사용하여 적의 가상 고지를 찾아 그 고지의 번호를 기재한 후 다시 중간 집결지를 찾아서 모이는 것이다.

일찍 저녁을 챙겨 먹고 각 조별로 출발하였다. 출발에 앞서서 여러 가지 주의 사항이 전달되었다.

소총은 반드시 '앞에 총' 자세로 행군할 것, 밤이라 잠깐만 손에서 놓아도 분실할 수 있으므로 반드시 쥐고 있을 것, 대항 적군은 유격대 조교들이니 훈련받던 때의 악감정으로 구타하지 말것, 만약 그런 경우에는 조교들이 우리 올빼미 번호를 빼앗는다고 한다. 총기를 분실하면 영창, 올빼미 번호를 뺏기면 졸업 불가, 교관의 엄포인지 사실인지 알 수는 없다.

우리 조는 내가 분대장으로 임명되었다. 독도법을 가장 잘하기 때문이었다. 올 때는 무전기로 교신하면서 왔기 때문에 편했는데, 야간 교육이고 학교로 가는 길이라 무전기는 내무반장이 메고 중간 집결지로 미리 가 버렸다.

우리 조가 명령받은 고지는 가까운 곳이었으나 꽤나 높은 고지였다. 지도에서 좌표를 계산하고 방향을 잡아 출발하니, 처음 가보는 숲이 우거진 고지인데도 쉽게, 그리고 빠르게 찾을 수 있었다.

고지는 너무 높아 찬바람이 세차게 불어와 오래 지체할 수가 없어 바로 하산했다. 올라갈 때 땀을 너무 많이 흘려서 옷이 젖은 채 하산하니 온몸이 덜덜 떨려왔다. 오금까지 저려올 만큼 추위에 떨면서 계속 내려가니 자그마한 마을에 닿는다.

밤 12시경 사방은 너무 고요하다. 이 마을은 개도 한 마리 없는가 보다. 마을을 가로질러 들판을 지나니 뜻밖에 도로가 나온다. 작전 중에 도로변에 나타나면 안 된다는데, 아니나다를까 복병이 있었다. 유격대 교관과 조교들이다. 숲 속에도 더 있는 모양이다.

잡히면 큰일난다. 4시경에 중간 집결지에 모이게 되어 있는데, 일찍 내려오다 들킨 것이다. 무조건 뛰었다. 하긴 잡혀 봤자 졸업하는 데 별 지장은 없다. 이것은 후퇴 작전인데, 적이 곳곳에 매복된 지역을 빠져나가는 전술 훈련이다.

그러나 교육 훈련생에게는 이 말이 치명적이다.

"잡히면 졸업 못 한다."

한참 논길을 달리다 보니 개울이 나왔다. 개울로 뛰어드니 살얼음이 깨어진다. 무릎까지 오는 깊이의 물을 텀벙텀벙 튕기며 폭 20미터쯤의 개울을 건넜다.

숨을 헐떡이며 뒤로 돌아보니 대항군인 교관들과 조교들은 물에 빠지는 짓은 하지 않기로 한 모양이다. 대신 소리쳐 물어온다.

"야! 너희들 몇 중대 몇 소대 올빼미들이냐?"

'우리가 바보냐? 대답하게.'

대답하면 올빼미 번호 빼앗긴 것과 똑같다고 교육받았다. 서로 대치한 채 시간만 갔다.

"너희들 잘 했다, 훌륭하다. 그런 군인 정신으로 훈련을 해야 한다. 나중에 전방 자대에 가거든 부하들 통솔 잘 하고 근무를 잘 해라. 자, 이제 도로를 따라서 집결지로 가거라.”

　도로 통행은 허락받았지만 도저히 추워서 움직일 수가 없다. 어디 가서 불 좀 피워 몸이나 녹여야겠다. 바지가 젖어 얼어붙었다. 양말도 다 젖었으니 따뜻한 불이 간절히 필요했다.

　우리는 마을로 돌아갔다. 마을 어귀에 가보니 밭에 나무를 모아둔 게 보였다. 잘 됐다. 우리는 불을 피웠다. 교관이나 조교도 이해해 주리라 믿고서.

　나무는 담배 잎을 수확하고 남은 담배 줄기였다. 이 담배 줄기의 화력은 엄청났다. 땔감으로 다른 나무를 많이 태워봤지만, 담배 줄기처럼 화력이 좋은 것을 여태 본 적이 없다. 그래서 담뱃불이 뜨겁고 10리 밖에서도 보이는 건가? 신발을 벗어 양말도 말렸다. 양말이 마를 동안 근처에 김장용 배추를 수확해서 짚으로 덮어 보관한 곳이 있어, 한 포기 슬쩍해서 배추 잎을 토끼처럼 뜯어 먹었다.

　그 배추의 깊고 고소한 맛이 일찍 먹었던 저녁 식사 후에 길고 긴 시간을 산길을 헤매며 괴롭혔던 허기를 달래준다.

　우리는 교관들의 묵시적인 허락을 받고 모닥불 정도가 아니라, 대보름날 달집 같은 큰불을 피워놓고 언 몸을 녹이고, 젖은 옷을 말리는 행운을 누렸으니, 졸업 말년의 최대의 선물이 아닌가.

　불길이 사그라들 때 우리는 아쉬운 눈길을 다 타 버린 재에 돌리면서 중간 집결지로 이동했다. 40분쯤 걸어가니 출발할 때 알려주었던 통신 중대 앞이다. 밤새 흩어져서 작전 나갔다가 돌아온 병력은 절반 정도, 우리가 3시에 출발하였으니 20여 분 시간적으로 여유가 있었다.

정각 4시, 전 중대원이 한 명의 낙오자도 없이 모였다. 부대는 다시 이동을 시작한다. 이제는 우리가 16주간 중 유격 훈련을 뺀 14주간을 뒹굴었던 하사관 학교 앞으로 날이 새도록 걸었다.

잠이 온다. 어제 오후 4시에 출발하여 산 넘고 물 건너서 잠 한숨 못 자고 흐느적거리며 걷는 것이 꿈인 것 같다.

학교에 도착한 시각은 오전 11시, 그 동안 우리 중대의 3분의 1이 낙오되었다. 무거운 완전 군장에 19시간 내내 물만 먹고 걸었으니 배고프고 지쳤지, 교육이 끝났다는 안도감에 긴장이 풀려서 탈진한 것이다. 앰뷸런스가 동원되는 마지막 훈련 코스였다.

나는 25번째로 학교에 도착하였다. 오기로 버틴 하루 낮과 밤이었다. 학교 정문으로 터덜터덜 들어서던 우리 동기들의 기진맥진한 모습이 지금도 눈에 선하다. 철모도 무겁고, 완전 군장은 등짝을 누르고, 소지한 총은 얼마나 거추장스럽겠느냐.

군화는 땅바닥에 붙어 떨어지지 않으려 하지, 군화 속의 발바닥과 발가락은 제대로 붙어 있는지 궁금할 것이다. 물집이 생겼다 터지면 아프고 쓰린데, 나중에는 통증도 감각을 잃는다.

그렇게 유격 훈련의 끝마무리로 우리는 초인적인 인내력을 발휘하여 학교로 돌아왔다. 졸업을 하기 위해서이다. 하사관 학교를 졸업하기 위해 우리가 모인 것이 아니었던가.

이제는 어엿한 대한민국 정규 하사관이다. 이 설레는 마음을 안고 아직은 쑤시고 아픈 몸을 이끌고 우리는 대청소를 했다. 다음에 올 우리 후배들을 위해서 쓸고 닦아 두었다. 그리고 기다렸다.

여기까지 읽은 신세대들은 겁내지 말라. 어린 나도 무사히 교육을 끝냈지 않았는가. 남자라면 꼭 한 번 도전해 볼 만한 교육이다. 한 번 더 읽으면 입대시 많은 도움이 될 것이며, 잘 숙지하면 일등병 정도의 실력은 될 것이다.

빡빡머리에 더블백을 메고 위뚜껑에 철사 테가 없는 군모인 개떡모자를 눌러쓰고 꽥꽥거렸던 시절이 어제 같았는데, 벌써 졸업인가, 눈 코 뜰새 없이 바빴고, 먹은 것이라고는 하나도 없는 것처럼 배고프고 힘들었던 그때가 가 버리고 이제는 졸업인가.

멋진 모자와 중앙에 1군 마크가 그려진 하얀 마후라, 이 하얀 마후라는 그 무렵 헌병들만 사용했다. 이 마후라는 각 군 사단 병과마다 색깔이 정해져 있었다.

예를 들면 공군은 빨간 마후라, 해병대는 그들 고유의 붉은색 마후라에 해병대 마크가 선명했다. 육군 보병은 흔하디흔한 얼룩무늬 마후라, 육군 공병 부대는 주황색 등이었다.

마후라는 손수건 크기의 장방형에 끈이 달려 있어 목 뒤로 묶었다. 군복 상의에 맨 윗단추를 잠그지 않은 상태에서 내의와 맨살을 감추기 위해서 착용했는데, 멋쟁이들은 칼날 같은 주름을 세워서 착용했다.

 북파 공작원

하사관 정복인 모직 사지 정장을 입었다. 베어링이 들어 있는 원형의 스프링으로 바지 밑단을 감아 주름살 없이 아래로 쭉 빠지게 입었고, 견장이 번쩍번쩍하는 상의에는 갖가지 표지가 부착되었다.

군복 양쪽 깃에는 양철로 된 칼과 총이 교차하는 육군 보병 마크, 오른쪽 주머니에는 검정색 바탕에 노란 자수의 80074223 강평원이라고 수놓은 명찰, 왼쪽 상의 주머니 위에는 단검이 상징하는 RANGER 마크, 백발백중 사격 메달, 팔뚝에는 1군 마크, 그리고 하사 계급장.

모자에는 신주로 된 갈매기 두 개에 상단 중앙의 별 한 개, 다름질이 썩 잘 된 군복에 상하의의 주름을 손바닥이 베일 것같이 칼날처럼 세워 정장을 했으니 모두가 미남이다.

더욱 세련되어 보이라고 하얀 고급 면장갑, 이와 대조되는 파리가 앉다 미끄러져 뇌진탕으로 돌아가실 만큼 광이 번쩍번쩍 나는 군화. 그렇게 멋있는 군복을 입은 군인은 그때는 하사관 학교 졸업생뿐이었다. 그런 우릴 보고 서울서 원주로 갓 시집 온 새색시가 다시 처녀라면 연애 한번 해 보면 원이 없겠다고 했단다.

4개월 동안 고생했다고 마음껏 치장시켜 주었으며, 4개월을 고생한 성과로 그렇게 멋있게 차려입고 본교 교정으로 이동하여 졸업식을 가졌다.

서종철 1군 사령관이(그때는 중장이었는데, 나중에는 대장으로 진급하여 '69년 8월부터 '72년 6월까지 제19대 육군 참모총장으로 계셨다) 참석하여 긴 훈시를 하였고, 교장의 졸업 축하

인사말로 졸업식을 끝냈다. 간단하게 끝난 것인지 요란하게 준비한 것인지 지금도 헷갈린다.

졸업식 때문에 너무 흥분한 탓일 게다. 그래도 선명하게 기억나는 것이 있다. 다시 분교로 돌아왔더니, 10일간의 휴가가 우리를 기다리는 것이었다.

이제 고향에 가서 그 동안의 회포를 풀 수 있다. 4개월이나 유보해 두었던 휴가를 이제서야 찾아 먹는 것이다.

우리는 다시 더블백을 쌌다. 떠나는 거다. 이제는 모두 원주역으로 간다. 거기서 뿔뿔이 흩어져서 언젠가는 어디서이든 만나게 될 것이다.

교문 앞까지 중대장 이하 구대장·내무반장에 유격장 교관까지 나와서 전송하면서, 중대장은,

"하사관 학교 개교 이래 가장 어린 나이로 하사에 임명된 기록의 사나이이고, 왼손 총잡이도 네가 처음이다."

이런 말을 하며 장하다고 어깨를 두드려준다. 유격대 교관도 날더러 정말 대단한 놈이라고 치켜세워준다. 전방에 가서도 그 정신으로 근무 잘 하라고 격려해 준다.

이렇게 해서 우리 보병 병과 하사들은 모두 전방의 소총소대 분대장이 된 것이다. 그래, 이제는 떠나는 거야, 그 힘들고 어려웠던 교육을 모두 무사히 끝낸 마당이니.

"중대장님, 구대장님, 내무반장님, 안녕히 계십시오."

우리는 마지막으로 정렬하여 중대 대표의 이별 신고식을 들으며 눈물을 글썽거렸다. 민간인으로서는 도저히 상상할 수도 없는 고난도 훈련을 무사히 마친 나는 이제는 어린애

가 아닌 청년으로 환골탈태했다.

"충성! 육군 하사 권광남 외 백 XX명은 이제 졸업과 동시에 전출을 명 받았습니다. 이에 신고합니다. 충성!"

우리가 떠난 빈 공간은 후배들이 채워 줄 것이다. 원주의 겨울 바람은 그때까지도 우리의 살갗을 매섭게 스쳐가고 있었을 게다. 그러나 누구도 추워하지 않았다. 우리는 그들을 뒤에 두고, 원주역으로 힘차게 행군해 갔다.

등 뒤에는 우리를 괴롭혔던 모든 것들의 존재가 어떤 의미에서인지 자꾸 돌아보게 유혹했다. 그러나 원주역에 가면 우리를 고향으로 데려다 줄 철마가 기다리고 있다.

가자, 가자. 또 다른 내일을 위하여. 이제껏 배웠던 모든 것을 발휘할 수 있는, 육군의 꽃이라고 부르는 최전방 부대를 향하여.

누가 말했던가? 최전방의 —— 휴전선이나 비무장 지대에서 두 줄 철조망을 사이에 두고 호시탐탐 남침을 노리는 북괴와 대치한 지역 —— 소총 소대원으로 근무하지 않은 자는 군대 이야기를 하지 말라고 말이다.

나의 시국관

이제는 성공적인(?) 남북 정상 회담으로 영도다리 난간을 잡고 목메이게 불러보던 떡거머리 총각이 호호 백발되어 북한 대동강변에서 헤어졌던 금순이를 상봉할 날이 머지않을 것 같은 현실로 시국은 변해 가고 있다.

대다수의 우리 국민은 평화 통일을 꿈꾸고 있는 지금 이 순간에도 통한의 155마일 휴전선 철책선에서는 우리의 젊은 이들이 완전 무장한 북한군과 총부리를 겨누며 대치하고 있다. 물론 남북한 정상 회담 이후 상호 비방과 도발 행위는 현저히 감소하고 있는 것은 사실이다.

세계에서 단 한 곳밖에 없는 분단 국가의 그 상채기인 철책선, 날짐승이나 넘나드는 동화 속에 나오는 마귀성 울타리 같은 경계선에 무려 100만의 남과 북의 병사가 너와 나는 한민족이 아닌, 너와 나는 적이라는 이상 현실 속에 주둔하고 있다.

"타인을 죽이는 행위를 막기 위해 생명을 바치지 않고 팔짱낀 채 보고만 있다면 그것은 바로 나 자신이 죄다. 그러한 일이 벌어진 뒤에도 아직 내가 살아 있다는 것은 씻을 수 없는 죄가 되어 나를 뒤덮는다."

어느 철학자의 말처럼……. 조국과 민족을 지키는 특수 신분인 군인으로서는 긴장을 한 순간이라도 늦출 수 없는 분단의 현장 한반도. 수십 번을 태우고 남을 고성능 무기로 서로 심장부를 향하여 겨누고 있으며, 여전히 한반도가 세계 제1의 화약고라는 사실에는 변화가 없다. 한 순간의 잘못으로 죽이고 죽는 현장에는 가장 혈기 왕성한 젊은이들이 있다. 또한 전군 병력 60퍼센트 이상을 서울을 향해 전진 배치하고 있는 북한은 '53년 휴전 이후 무려 42만 4천5백여 건의 정전 협정을 위반하는 행위를 자행하였다. 이것은 북한의 변함없는 적화 통일을 위한 대남 전략과 대남 도발의 실상을 그대로 확인해 주는 명백한 증거이며, 한반도는 현재 휴전 상태에 있다고는 하지만, 남북한 간의 소규모 무력 전쟁은 끊임없이 계속되고 있다는 현실을 반영하는 것이다.

반백 년의 세월이 지났건만 올해도 한반도의 분단 현실은 아무런 변화도 없고, 불안정한 휴전 상태는 계속되고 있는 것이다. 더욱이 통일을 위한 변화의 주체가 되어야 할 북한보다도, 정상 회담 이후 급변하는 우리의 모습 속에서 북보다 오히려 우리가 변화의 급류를 타고 있는 것이 아닌지 심각하게 걱정될 정도이다.

‘과연 한반도에서 전쟁 위협은 모두 제거되었는가?’

‘북한은 더 이상 적이 아니다?’

그러나 분단 한반도의 현실이 이러함에도 불구하고 이미 우리는 많은 부분에서 변화하고 있다. 불과 몇 년 전만 하여도 상상조차 할 수 없었던 일들이 이제는 우리들의 일상 생활에서 공공연하게 벌어지고 있는 것이다.

신문과 라디오에 등장하는 북한을 묘사한 광고나 말투는 더 이상 새로운 것이 아니며, TV에서는 북한 영화가 상영되고, 거리에서는 북쪽 대중 가요가 불려지며, 학문의 요람인 대학교에서는 인공기가 심심찮게 휘날린다. 암울했던 군정 시절 같으면 이적 행위로 귀신도 모르게 잡혀가 피 터지게 얻어맞고, 물 고문·전기 고문 등으로 육체 마디마디가 절단 나거나 사형 아니면 무기 징역이다. 설혹 풀려나더라도 ‘요’ 감시 인물로 찍혀 시도 때도 없이 비 맞은 개새끼 먼지 나도록 얻어터진 것처럼 무지막지하게 매타작을 당했을 일이다. 더욱이 필자의 유년 시절에는 동무란 말을 하여도 빨갱이라고 하여 반병신되었던 시절이 있었다.

20세기 말 동서 냉전 구도가 무너진 후 땅 위에는 화해와 협력의 시대가 열리기 시작하였다. 격동의 20세기가 끝나고 새로운 천년 21세기에 들어서며 세계는 지난 어느 때보다 평화에 대한 기대가 컸다.

그러나 세계 유일의 초강대국 미국의 심장부에서 사상 최악의 동시 다발 테러가 발생했다. 9월 11일 오전 테러범들에 의해 공중 납치된 미 국내선 여객기 3대가 뉴욕 세계무역센터 WTO와 워싱턴 국방부 건물 펜타곤에 가미가제식 테러를 가하는 참사가 발생해 전세계에 엄청난 충격을 던졌다.

같은 날 펜실베이니아주 피츠버그 인근에 추락한 1대를 포함, 모두 4대의 여객기가 동원된 이번 테러는 미국의 세계 경제 지배의 상징인 세계무역센터 110층 쌍둥이 건물 2채를 완전 붕괴시켜 잿더미로 만들었고, 미군사력의 상징인 펜타곤도 파괴해 세계 최강 미국의 위상을 여지없이 무너뜨렸다.

이번 테러로 인한 인명 피해는 납치된 비행기 승객 266명 전원 등 최소 6,000여 명으로 추정되고 있으며, 한인 피해도 20명가량 집계됐다.

그것은 세계인들에게 지구 위의 평화 정착은 아주 머나먼 일임을 깨우쳐 주었다.

폭음을 일으키며 떨어지는 비행기 화염에 휩싸인 채 무너지는 건물들, 공포에 질린 비명 소리, 피 흘리며 죽어가는 사람들…….

그것이 바로 전쟁이었다. 당한 만큼 갚아주겠다. 팔레스타인과 이스라엘 전쟁인 중동의 화약고, 그것은 여전히 인류가 폭력의 위험 앞에 놓여 있음을 보여주었다.

어떤 민족이나 나라도 비상 사태에 휘말릴 수 있으며, 전쟁에 노출되어 있음을 일깨워 준 사건이다. 또한 땅 위에 전쟁의 공포가 사라지지 않았음을 깨닫게 해 준 일련의 사건들이다.

지난 세기에 우리도 동족 상잔의 비통한 전쟁을 겪었던

것을 우리는 잊을 수 없다. 어언 50여 년의 장구한 세월이 흘렀건만, 그 처참한 상흔은 우리에게 아직도 생생하다.

위에 열거한 일들이 우리에게 남의 땅에서 일어난 참사가 결코 남의 일이 아닌 것이다. 지구 위의 어느 누구보다도 우리는 몸 떨리는 충격 속에 그것을 보았다.

그것은 어느 날, 어느 순간, 우리 눈앞에서 일어날 수 있는 참경이기 때문에, TV화면을 지켜본 우리들은 미국의 대응을 관심 있게 지켜보았다.

미국은 선을 위하여 전쟁을 하였다. 하나 전쟁의 광기는 수많은 인명과 재산을 앗아가 버린 아프가니스탄 참화를 보고 지난 세기 우리가 겪었던 뼈아픈 전쟁의 상흔을 재생시켜 주었다. 그 같은 슬픈 역사를 되풀이하지 않기 위해 지금 우리는 화해의 노력을 포기하지 않고 있다.

그러나 이 땅에 평화가 완전히 뿌리 내릴 날이 언제나 오려는가? 그 날에 이르기까지 가야 할 길은 너무 멀다. 화해를 이야기한다고 해서 화해가 이루어지는 것은 아니다. 위기는 예고가 없다.

지구 위에 마지막 분단 국가, 사상과 이념이 다른 한민족이 서로 총칼을 겨누고 휴전 후 50여 년을 서로 대치하고 있다. 지구 위에서 전쟁 위험이 가장 높은 곳으로 분류되는 한반도!

지금은 다행히도 평화를 이끌어내려는 노력이 지난 어느 때보다 진지하다.

그러나 안심해도 좋은가? 우리 나라는 과연 테러와 전쟁의 위협으로부터 안전한가? 북한은 육·해·공군 117만 명의 정규군과 대규모 특수 부대(10만~12만 명) 외에도 750만 명의 예비 병력을 보유하고 있다. 또한 북한은 1993년에 전쟁 준비가 완료되었음을 공언한 바 있으며, 지금까지 단 한 번도 전쟁 포기를 천명한 일이 없다.

북한은 또한 테러 위협국으로 분류되어 있다. 2,500~5,000톤의 생화학 무기를 저장하고 있으며, 불과 몇 주일 안에 군사적으로 충분한 양의 세균 무기를 생산할 능력을 가진 나라가 북한이다. 아웅산 테러와 김현희 KAL기 폭파 사건에서 보여준 북한의 테러 위협은 여전히 엄존하고 있는 것이다.

간과해서는 안 되는 것은 휴전선이란 결코 안전선이 아닌 것이다. 다만 세월이 오래 흐르다보니 우리는 그것을 자주 잊을 따름이다.

〈쉬리〉라는 영화에서는 테러리즘의 근원이며 공포와 증오의 대상이었던 북한이 판문점 공동경비구역 〈JSA〉라는 영화에서는 따뜻한 심장을 가진 보통 사람들의 세상으로 묘사된 영화가 나왔다. 하지만 필자가 걱정되는 것은 이러한 시대적 흐름에 편승되어 우리들의 주적(主敵) 개념이 함께 희박해지고 있다는 것이다.

지금 북한이 변화하였는가? 아니면 북한이 변화하고 있는가?

남북 관계 개선을 추구하는 우리에게 이 문제만큼 중요한 것도 드물다. 북한은 개방이니 하는 말들에 거부감을 나타내고 있으며, 김정일 국방위원장도 그 동안 "내게 변화를 바라지 말라"고 말해 왔다. 따라서 북의 변화는 우리 입장에서 주관적으로 판단할 수밖에 없다. 희망일 뿐이다. 북한의 평화 공존의 여부, 개방 개혁 여부, 그리고 체제의 완화 여부 등 세 가지 측면에서 검토하는 것이 바람직하다. 북한의 평화 공존 호응 여부에 관해 보면 평화 공존의 핵심은 평화의 제도화, 군사적 긴장 완화, 남조선 적화 통일 혁명의 포기 여하에 달려 있다.

평화의 제도화를 위해서는 6·15 공동 선언에 평화에 관한 조항이 반드시 포함되어야 함에도 불구하고 북한의 부정적인 자세 때문에 누락되고 만 것이다.

남북 정상 회담 이후 2000년 가을에 열린 남과 북의 국방 장관 회담에서도 북한측은 군사적 긴장 완화 조치에 소극적이고 모호한 태도로 일관하였다.

북한은 '4자회담'을 통한 한반도에서의 항구적 평화 보장 체제 마련에도 회피적 태도를 보여 왔으며, 정전 체제의 평화 체제 전환에 있어 북·미 평화 협정 체결 입장을 고수하고 있다.

당사자인 남한을 빼고서 미국과의 체결을 주장한 그간의 북한측의 태도로 보아 제2차 남북정상회담이 서울에서 열린다고 할지라도 정부가 바라는 '남북 불가침 선언'에 북한이 호응할지 미지수이다.

군사적 긴장 완화를 위해서는 군사 직통 전화 개설, 상호 훈련 참관, 부대 이동 사전 통보, 군 인사 교류와 같은 초보적인 군사 신뢰 구축 조치가 마련되어야 함에도 불구하고 북한은 이를 외면하여 왔다.

그들은 오히려 지난 2년간 장·방사포 등 재래식 공격 무

기를 25퍼센트 증강했다고 하며, 전병력을 앞서 이야기했지
만 60퍼센트 이상 휴전선 일대에 전진 배치시켜 놓았다.

2000년 여름에는 10년 이래 최대 규모의 군사 훈련을 휴
전선 지역에서 실시한 것으로 알려졌다.

우리는 IMF로 수많은 기업이 도산하였고, 100만 명 가까
이 실업자가 생기고, 서울역 지하철역 등에 전국 각지에서
가정이 파산한 사람들이 노숙자로 들끓고 있을 때 '대북 식
량 지원'으로 60만 톤 곡물(50만 톤은 차관. '언제 받을지도 모
름.' 10만 톤은 무상)을 북측에 보냈다. 이것은 굶주린 북한
동포를 위하여 제공한 것이다. 북한은 무엇 때문에 그랬을
까? 한번 되새겨 볼 일이다.

다행이 아이러니하게도 군의 움직임에 반해 남조선 혁명
전략과 관련해서는 대남 비난·비방 행위가 일단 줄어들었
다 할지라도 민민전(한국 민족 민주주의 전선) 방송을 통해
대남 교란 행위는 계속되고 있다.

우리 대통령은 북한이, 주한 미군 철수, 국보법(보안법) 폐
기, 연방제 실시 주장에 종래 입장에서 변화를 보이고 있다
고 밝힌 바 있다.

다시 말해 그러한 주장을 포기했다는 말이다. 남북 정상
회담 이후 북한이 국보법 폐기 주장을 뒤로 하고 있는 것은
사실이나, 그것은 남한 내에서 국보법 개정 폐기 움직임이
자생적으로 나타나고 있기 때문에 이를 관망하려는 입장에
서 공식적인 주장을 중지하고 있다고 보아야 할 것이다. 그
리고 주한 미군 철수와 연방제 실시 문제에 관해서는 정상
회담 이후에도 북한이 관영 매체를 통해 여러 차례 주장한

 북파 공작원

바 있다.

평화 공존을 위해서는 남북 기본 합의서 부활이 꼭 필요하다. 2001년 1월 4일 〈노동 신문〉에는,

"우리는 기존 관념에 사로잡혀 지난 시기의 낡고 뒤떨어진 것을 붙잡고 앉아 있을 것이 아니라, 대담하게 없애 버릴 것은 없애 버리고……."

"모든 문제를 새로운 관점과 새로운 높이에서 보고 풀어 나가야 한다."

라는 등 신사고를 강조하는 김일성 국방위원장 어록을 게재하였다고 한다. 북한은 지난해에 이어 올해에도 EU 국가들과 수교를 하는 등 대외 관계 개선에 주력하고 있다. 북한이 신사고를 강조하는 배경에는 낙후된 경제 회생을 위해서는 과학 기술 발전이 필요하기 때문이다. 그 과학 기술의 신장을 위해서 신사고를 역설한 것으로 보아야 할 것이다. 북한이 근자에 들어 정보·통신 기술 분야의 발전에 심혈을 기울이고 있는 것도 그와 같은 맥락에서 보아야 할 것이다.

북한이 진정으로 변화의 모습을 보여 주려면 체제 및 정치 분야에서의 통제를 완화해야 한다. 절대 군주 수령의 절대주의를 덜 강조하고 합리성을 추구해야 하며, 정치 분야에서는 다원주의와 요소를 도입해야 한다. 그러나 오늘의 북한 사회에서는 그러한 징후들이 전혀 보이지 않고 있으며, 오히려 강성 대국론과 선군 정치를 강조하고 있다.

남북정상회담 이후 남북 관계는 외형상 대화·교류·협력을 통한 화해 협력 무드가 이어져 왔다. 그러나 북한의 외형적인 유화적 태도와는 달리 실제적이고 본질적인 면에서

는 남북한 관계 진전은 이룩되지 못했다.

그 주된 이유는 북한은 근본적으로 변화를 하지 않고 있는 데 있는 것이다. 현단계 북한의 변화는 사회주의 체제 강화를 위한 전술적 변화이지, 체제 완화를 위한 전략적 변화는 아니다. 그렇다면 변하지 않는 북을 어떻게 할까?

사상과 이념이 다르고, 반세기 동안 전제군주적인 절대 체제에서 살아온 북한 주민은 상위 지도자들이 이념적 사상 체계가 무너질까 두려워하고 있기 때문에 변화하지 못하고 있다. 지금 변화하고 있는 것은 북한이 아니라, 바로 우리다. 하지만 남북 정상 회담 이후 급변하는 대북 정책은 이미 북한을 우리의 주적에서 제외시켜 버렸다.

이러한 정책에 근거하여 더 이상 북한이 우리의 주적이 아니라면 과연 우리들의 주적은 과연 누구일까? 골수에 사무친 우리 선조 대대로 찍힌 원수 일본? 중국? 러시아?, 그렇지 않다면 우방이라고 자처하고 슈퍼 세계 경찰이라고 하는 미국? 아니다. 북의 백만 대군, 세계 몇 위의 살상 무기는 한반도 서울을 향하여, 아니 같은 민족인 단군의 자손인 우리를 향하여 겨누어져 있다는 현실을 직시하여야 한다.

위에서 열거한 국가들이 향후 미래에 대한민국의 적대 국가가 될 수도 있을 것이다. 흔히들 문서상 외교 관계에 있어 영원한 우방이란 존재하지 않으니까.

하지만 지금 한반도의 지리적 특성과 동북아시아의 외교적 역학 관계를 고려할 때 여전히 우리의 제1의 적국(敵國) 바로 북한이다.

참으로 서글픈 역사와 동행하고 있다. 남북한 관계가 갑자기 호전되었다고 해서 적과 아군도 구분 못 하는 멍청한 짓은 이 정도 수준에서 멈추어야 할 것이다. 왜냐 하면 북한이 변화를 시도한다면 '위로부터의 개혁' 형식을 취해야 한다. 공산 독재 국가들의 특징에 따라 주민들을 철저히 통제하여, 아래로부터의 봉기 가능성을 원천적으로 봉쇄하고, 현체제에 손상을 주지 않은 범위 내에서 변화를 시도해야 하기 때문이다.

또한 점진적 부분적인 개혁을 추진할 수도 있을 것이다. 아래로부터의 봉기 가능성을 열어줄 정치 개혁을 뒤로 미루어 두고 경제 개혁만 부분적으로 추진할 수 있으며, 대남혁명보다 체제 수호적 차원에서 대남 정책을 추구할 가능성도 크다.

주민의 조직 및 의식화가 결여되어 있기 때문에 '아래로부터의 개혁' 가능성이 크지 못하나, 위로부터의 변화하지 않으면 북한의 변화는 그 물에 그 밥인 셈이다.

우리는 들떠 있다. 우리 대통령의 환영과 환송을 보고 가까운 시일 안에 통일이 될 줄 알고……!

천만의 말씀이다. 북한은 아직까지 이념이나 체제, 그리고 전략면에서 달라진 것이 없다. 중국이 쳐들어올 것도 아니고, 러시아가 쳐들어올 것도 아닌데, 북한 주민 수십 만 명이 굶어죽어 가는데 국방비는 줄이지 않고 있다.

우리가 한 가지 바람은 체제가 손상되지 않은 범위 내에서 많은 변화가 시도되며, 암시장·자유시장 등을 통한 북한 주민들이 자본주의화를 보고 아래로부터의 변화를 시작하여, 이러한 것들이 축적되어 장기적으로는 북한 체제의 변화를 바라는 것이 우리들의 꿈이다.

그러나 현실은 냉정하다. 필자나 아니 누구이든 간에 김정일을 비록 북측의 고위 간부라면 지금 대로가 편할 것이다.

우리의 현실을 보라. 피칠갑을 해서라도, 남의 목을 밟고서라도 고위직을 원하지 않는가?

바람 벽에 똥을 바를 때까지 노망들도록 말이다.

인간의 심리는 남이나 북이나 똑같은 것이다. 권력을 탐하는 무리들이 있는 한 평화 통일의 염원은 멀기만 하다.

즉, 우리 대통령이 김정일더러 물러가라, 내가 통일 대통령이 되겠다. 김정일이 우리 대통령 보고 내가 남한까지 통치하는 단일 지도자가 되어야 하겠다면…… 웃기는 얘기 아닌가?

휴전 성립 후 끝없는 어두운 터널, 살얼음판 같은 북과의 관계는 역사적인 김대중 대통령의 2000년 6월 13일 이루어짐으로써 해빙의 무드를 탔다.

공항까지 영접을 직접 나온 김정일 국방위원장과의 정상 회담도 순조롭게 이루어졌다.

아직은 성급한 감이 없지 않아 있기는 하지만, 정상 회담 전 일부 언론의 우려와는 달리 성공적인 이번 남북 정상 회담은 대다수 언론에 의해 한반도 평화 증진과 통일을 위한 초석이 될 것임을 믿어 의심치 않고 있다.

하지만 평화 분위기가 고조되고 있는 한반도와 달리, 동북아시아 정세는 새로운 급류를 타고 있다. 한동안 소원했던 러시아와 중국은 최근 미국의 NMD계획에 대한 입장을 같이하면서 외교 관계를 다시 강화하고 있고, 세계 유일의 슈

퍼 강국인 미국에 대한 공동 견제를 공공연하게 천명하고 나서고 있다.

일본 역시 최근 주일 미군에 의해 자행된 민간인 피해 사건으로 인하여 반미 감정이 매우 격화된 상태이고, 일본 정부 역시 이러한 반미 감정을 수습하는 데는 별로 관심이 없어 보인다. 북한은 이번 남북 정상 회담을 계기로 인하여 새로운 국제 외교 관계 수립에 적극적인 자세를 보이고 있으며, 러시아와 중국과의 새로운 협력을 준비하고 있는 것이다.

결과적으로 이번 남북 정상 회담은 남북 정상의 첫만남이라는 가시적인 성과를 거두고, 향후 발전적인 남북한 관계 개선의 기틀을 마련한 것이다.

그러나 중국 및 러시아와 같은 우방과의 긴밀한 외교 관계를 다시 회복하고, 국제 사회에 더욱 적극적인 진출을 모색한 북한과는 달리 오히려 우리는 일부 언론의 우려와는 달리, 성공적인 남북 정상 회담은 대다수 언론에 의해 한반도 평화 증진과 통일을 위한 초석이 될 것임을 믿어 의심치 않고 있는 것이다.

오히려 우리는 비록 우려할 정도는 아니라고 하지만, 내부적 국론의 분열과 함께, 한미행정협정(SOFA) 문제로 인하여 가장 중요한 우방인 미국과의 관계가 소원해지는 등 적지 않은 손실을 입고 있다.

한반도 평화를 위하여 대한민국에 주둔하고 있는 주한 미군의 존재와 한미 행정 협정이 어째서 한반도 평화의 새로운 걸림돌이 되는지에 대하여 의문을 제기하는 사람도 있으리라 본다.

하지만 한반도 평화 정착에 지대한 공헌을 하고 있는 주한 미군의 역할을 충분히 감안한다 하더라도 불평등한 한미 관계는 결국은 새로운 갈등의 씨앗이 될 것이며, 한반도 통일에 있어 그 어느 때보다도 중요시되는 한미간 긴밀한 공조 체제의 균열은, 어떠한 형태로든 한반도 평화 통일의 저해 요소로 작용할 것이다. 물론 주한 미군의 전면적인 철수를 요구하는 것은 절대 아니다. 골빈 놈들이 주한 미군 철수를 지껄이지만, 우리는 미군이 주둔하지 않았다면 휴전 이후 전쟁을 몇 번을 치렀을 것이고, 지금의 경제 발전은 감히 생각도 못 했을 것이다. 그 많은 국방 예산은 어디서 충당할 것인가?

'60년대서 '70년대 초반까지 우리는 북한보다 못살았고, 군의 병력 및 화력은 엄청난 열세였다. 미군이 주둔하고 있어 우리는 많은 혜택을 보고 있는 것은 사실이다. 북한이 한반도 적화 통일의 제일 큰 걸림돌이 주한 미군이다. 그러나 우리는 전적으로 미군을 믿을 수가 없다.

주일 미군 병사에 의한 성추행 사건으로 달아오른 여론을 진정시키기 위해 미 대통령이 직접 나서서 성명 발표하는 마당에, 그 동안 한국민들 사이에 누적되어 왔던 주한 미군에 대한 불만과 갈등에 대해서는 무성의한 모습을 보여주는 이중적인 미국의 모습 속에서 과연 우리는 미국의 진정한 혈맹(血盟) 신의를 믿을 수 있을 것인가?

물론 미국과 우리 나라의 수평적 외교 관계를 기대하기는 어렵다. 하지만 마치 식민지 주둔군과 같은 태도를 보이고

있는 주한 미군의 고압적인 자세에, 급기야 유례없이 대한
민국 대통령이 직접 한미행정협정, 즉 SOFA(Status Of
Agreement)의 문제점에 대하여 지적하고 나설 정도로 한미
관계는 새로운 국면에 접어들고 있다. 그러나 아직은 주한
미군 철수를 논할 단계는 아니라고 본다. 안타까운 현실이
지만, 지금 주한 미군이 없는 한반도의 자주 국방은 앞서
이야기했듯이 상상도 할 수 없다.

대다수 국민은 불과 37,500여 명 수준의 주한 미군의 규모
만 보고 미군의 철수를 역설하고 있다. 그러나 대북 정보
수집 한 가지 예만 들더라도 미국은 한반도에 연간 약 10억
달러 이상의 예산을 쏟아붓고 있는 것이다. 주한 미군의 존
재는 단순한 주둔 병력 숫자 이상의 의미를 지니고 있는 것
이다.

인류의 종말을 달리고 있다고 종교계의 예언처럼, 지구를
수백 번 파괴하고도 남을 미국의 '핵'우산 속에 우리는 보호
를 받고 있다.

물론 이에 대한 반발 역시 만만치 않다. 주한 미군의 주둔
은 한반도 통일의 가장 큰 저해 요소라는 것이다. 그러나
만약 한반도의 평화 통일을 위하여 주한 미군이 모두 철수
하였다고 가정해 보자. 그렇다면 주한 미군 철수로 인하여
발생하게 될 막대한 국방비의 추가적인 부담은 과연 누가
질 것인가?

한반도가 지금 당장 통일이 된다고 하더라도 독립적인 자
주 국방이 이루어지기 위해서는 상당 시간이 필요할 것이
다. 그리고 이것은 통일 이후에도 일정 시간 동안의 주한

미군의 한반도 주둔을 의미하는 것이다. 더군다나 현재 대한민국의 재정 수준으로는 지금 당장 통일이 된다 하더라도 북한까지 챙길 여유가 없다. 그것은 동서독 통일에서 보았듯이 통일 독일도 동독 때문에 한때는 혼란한 사회가 된 적도 있었기 때문이다.

IMF로 결딴났다가 이제야 겨우 허리를 펴고 있지 않은가! 이런 상황에서 주한 미군이 상당수 부담하고 있는 국방비를 우리가 고스란히 떠맡게 된다면 우리의 국가 재정은 상상할 수 없을 정도로 악화될 것이다. 지금 우리가 유일하게 할 수 있는 행동은 더 이상 한미 공조 체제가 깨어지지 않도록 불평등한 한미 행정 협정을 시정하는 것뿐이다.

그것만이 한반도 통일의 가장 핵심적 위치에 있는 미국의 우호적인 지원을 기대할 수 있는 유일한 대안이기 때문이다. 미국과 아직 끝나지 않은 전쟁들은 말이다.

매향리 사격장 소음 주민들과 마찰 같은 사건이 곳곳에서 제기되고 있고, 월남 고엽제와 휴전선 고엽제가 재판 상태에 있는 등 풀리지 않은 일들이 계속 꼬이고 있는 것이다.

덩달아 경제가 연착륙되고 있어, 무역 장벽을 높이는 일 때문에 당사국 간에 무역 전쟁도 치러야 하는 등 우리와의 관계는 점점 더 골만 깊어가는 작금의 현상을 우려하는 쪽도 간과해서는 안 될 우리 정부의 어려운 입장이다.

평화 통일에도 지름길이 있을까? 지름길이 있다면 과연 무엇일까?

문제는 있지만 답은 얻기 어렵다. 피 흘리지 않고, 그 동안 눈부신 경제 발전을 이룩하여 오늘의 경제 강국이라고 자축하고 있는 한반도에 평화 통일의 답이 있다면……?

그러나 현실은 냉엄하다. 필자는 우스꽝스런 이야기를 들은 적이 있다. 우리 민족은 화투놀이를 무척이나 즐긴다. 우리의 정신 문화를 병들게 하고, 마을의 화합을 깨고, 노동력을 상실케 하는 등을 노려 일본이 의도적으로 보급한 놀이 문화가 북은 없다지만, 네 장의 화투를 청자 항아리 안에 넣고서 김정일 국방위원장과 우리 대통령이 눈감고 두 장씩 가져, 높은 끗발로 대통령이 되고 부통령이 되는 놀이를 하면 평화 통일이 되지 않겠는가?

얼마나 답답하면 그런 코미디 같은 이야기가 나올까. 앞서 얘기했듯이 욕심이 있는 한 한반도는 힘의 우위에 의하여 통일이 될 수밖에 없을 것 같다.

말장난에 불과한 이야기다.

다른 방법은 없는가?

우리와 비슷했던 동서독의 경우를 예로 들어보자.

많은 국민이 알고 있는 사실이지만, 서독과 동독 통일에 있어 가장 큰 견인차 역할을 한 것은 물론 서독의 경제력이었다. 서독의 자본으로 동독을 몽땅 사들였다는 표현이 적절할 정도로 독일의 통일 과정은 서독에 의한 동독의 완전한 흡수 통합이었다.

그러나 그 이면에는 제2차 세계 대전의 전범 국가라는 불명예에도 불구하고 NATO의 일원으로 동독을 완전히 압도한 서독의 강력한 군사력이 있었고, 또 한편으로는 공산 국가 구 소련의 몰락도 있었기에 통일 독일이 가능했던 것이다.

"군사력은 그 국가 지도자가 가장 최후에 선택하는 비장의 카드이다."

더욱이 경제력 뒷받침이 되지 않은 군사력이란 현시대에선 존재할 수가 없다. 인적 구성의 옛 군대와는 판이하게 다르다.

그럼 이러한 전재를 바탕으로 추론을 시도해 보도록 하자. 만약 서독이 아닌 동독이 통일의 주체가 되었다고 가정해 볼 때 과연 동독이 경제력으로 서독을 압도하고 평화적인 통일을 이룩할 수 있었을까?

사회주의 경제 체제의 한계로 인해 이러한 가정은 실현이 불가능하다. 만약 사회주의 경제 체제인 동독의 주도로 통일이 이루어졌다면, 아마도 서독의 경제 체제까지 완전히 교란되었을 것이다.

그럼 군사력에 의해 무력 통일은 어땠을까?

이것 역시 현실성이 떨어지는 과정이다. 왜냐 하면 만약 수적으로는 동독이 서독을 압도할지도 몰라도 질적으로는 서독에 완전히 압도당하고 있었기 때문이다. 이것은 독일의 통일 후 5년 동안 동독군의 군장비 중 80퍼센트 이상을 도태시켜 버린 사실들로써 잘 알 수 있을 것이다.

자! 그렇다면 우리의 경우를 되짚어보도록 하자. 경제적으로는 북한을 완전히 압도할 수 있다고 하지만, 지금 당장 통일이 된다 하더라도 북한의 경제까지 완전히 수용할 만한 수준은 되지 못한다. 그것은 한마디로 독일 통일시 서독이 보여 주었던 엄청난 자본력이 지금 우리에겐 없기 때문이다.

현대의 기계 산업의 꽃이라는 자동차 산업만 보더라도 삼성 자동차가 르노에게 팔리고, 대우 자동차가 역시 조만간에 외국 업체에 팔려나갈 상황에서 완전 공황 상태까지 가버린 북한 경제를 우리가 책임진다? 김정일이 듣는다면 박장 대소할 것이다.

그렇다면 국방력은 어떠한가?

지난 연평도 앞 해전의 결과에서 알 수 있듯이 질적으로 우리 군이 북한군을 압도하고 있다. 하지만 체감 전투력은 그리 큰 차이가 나지 않다는 것이 문제이다. 현재 한반도 통일 정책에서 최소한 무력 도발에 의한 통일 의지를 포기하게 만들기 위해서는 무엇보다도 우리 군의 철통 같은 국방 태세와 강력한 군사력이 먼저 선행되어야 할 것이다.

우리가 통일을 논함에 있어 절대로 간과해서는 안 될 사실은 평화는 확고한 자주 국방이 이루어질 때만 가능한 것이며, 평화 통일 역시 우리의 국력이 확고할 때만 가능할 것이다. 불안정한 국력과 자주 국방 의지는 오히려 혼란과 분단의 영구 고착만을 지속시킬 것이다.

또한 아직도 대남 적화 야욕을 버리지 못하고 있는 북한의 무력 도발 의지를 포기시키기 위해서는 북한을 완전히 압도할 수 있는 국력이 필요한 것이다. 단, 이것은 우리가 독일의 통일 과정과 같이 북한을 흡수, 통일하자는 의미와는 전혀 다른 것이다. 북한은 남한에 의한 흡수 통일에 대한 공포를 가지고 있다고 한다. 그리고 여기서 한 가지 불안 요소가 발생한다.

많은 사람들이 경제적으로나 군사적으로 남한이 북한을

완전히 압도하고 있다고 생각하고 있지만, 이것이 바로 큰 오판이다. 왜냐 하면 경제적으로는 북한을 완전히 압도하고 있을지 몰라도, 군사적으로는 아직도 남한이 북한에게 열세를 면치 못하고 있기 때문이다.

이것은 눈에 보이는 유형적, 그리고 물리적 군사력을 고려한 결과이다. 오죽했으면 미 국방성이 북한을 가리켜 거대한 병영 국가라고 평을 내렸을까!

그러나 이것은 양쪽 날의 칼이 될 수도 있다. 강력한 군사력 유지를 위해서는 이를 뒷받침할 수 있는 경제력이 필요한데, 현재 북한의 경제력은 막대한 군사력을 뒷받침할 수 없기 때문이다.

경제력이 뒷받침되지 못하는 군사력은 존재할 수 없다. 이것은 북한이 새로운 변화를 모색하게 된 가장 큰 동기가 되고 있다. 하지만 북한의 개혁과 개방이 자신들의 의도대로 진행되지 않고 정권 운명이 막다른 골목에 몰렸다고 판단될 때, 그들이 마지막으로 선택할 수 있는 최후의 방법은 무엇일까?

당연히 그 해답은 군사력 사용일 것이다.

만약 북한이 최후의 수단으로 군사력의 사용을 결정했을 때 우리의 자주 국방력이 북한을 완전히 압도할 수 없다면 한반도에서는 지난 50년 전의 한국 전쟁 비극이 되풀이될 것이다. 아니 지금의 양쪽의 군사력이 필살의 전투를 한다면 지난 한국 전쟁 때 입은 물적·인적 손실의 몇 수십 배를 넘을 것이고, 영구히 복구되기는 어려울 것이다. 많은 전문가들이 만약 한반도에서 통일이 이루어진다면, 그것은 어느 날 갑작스럽게 이루어질 가능성이 매우 높다고 예측하고 있다.

하지만 우리는 갑작스런 통일에 대한 준비가 부족하다. 특히 자주 국방의 경우 이번 정상 회담을 기점으로 북한을 불필요하게 자극할 수 있고, 한반도에서의 불필요한 군비 증강을 억제한다는 이유로 군의 주요 전력 증강 사업이 백지화되거나 전면적인 재조정에 들어가고 있다 하지만, 주요 전력 증강 사업은 통일 이후에 자주 국방에 대비하는 차원에서 반드시 추진되어야 한다.

그리고 지상군 병력만으로는 절대로 주변국에 대한 전략적 견제가 불가능하다는 사실을 염두에 두어야 할 것이다. 왜냐 하면 우리 나라는 육군 중심의 남북한 군사력, 특히 70년대 수준을 벗어나지 못하고 있는 북한 공군과 북한 해군의 작전 능력은, 통일 이후 한반도 자주 국방에는 아무런 도움이 될 수 없기 때문이다.

또한 장거리 타격 능력을 갖춘 공군과 대양 작전 능력을 보유한 해군이야말로 통일 한반도의 자주 국방에 핵심적인 역할을 담당할 것이기 때문이다.

한반도에도 평화는 오는가?

완전한 평화를 위한 현재 상황을 전쟁 예방 이론에 적용하여 보았을 때 한반도에는 어떠한 전쟁 예방 이론도 적용하기 힘든 묘한 상황에 놓여 있다. 물론 이것은 한반도라는 지정학적 특성과 한반도 주변 강국들의 이해 관계가 서로 복잡하게 뒤엉키면서 발생한 문제이다.

물론 이러한 전쟁 예방 이론을 군이 적용하지 않더라도

한반도는 불안전한 평화는 언제나 전쟁 불씨를 내포하고 있기 때문에 우리는 본능적인 공포를 느낀다.

일부에서는 칸트(Immanul Kant)의 영구 평화론을 인용하면서, 한반도의 궁극적인 평화와 전쟁 예방을 위해 한반도 주변국들이 모두 민주화되고 안정되어 국가간 평화 공존을 추구하는 성숙한 국제 사회가 이룩되는 것이 가장 효과적인 방법이라고 역설하고 있다. 그러나 이와 같은 주장은 중국과 러시아, 그리고 북한의 민주화가 선행되어야 한다는 전제 조건이 필요하기 때문에 실현 가능성은 매우 낮다.

하지만 우리는 지금 세계 어느 곳에서 시도되지 않았던 새로운 통일 정책을 추진하고 있다. 바로 북한의 개혁 및 개방을 유도하는 대북 포용 정책으로, 지난 날 어떠한 통일 정책보다도 합리적이고 이성적인 접근 방법을 취하고 있는 대북 포용 정책은 남북한 정상 회담이라는 가시적인 성과를 이끌어냈고, 북한을 조금씩 변하게 만들고 있다.

하지만 우리가 절대로 간과해서는 안 될 사실은 이러한 북한의 변화는 북한의 어떠한 도발에도 유연하게 대처할 수 있는 우리의 확고한 군사 대비 태세가 확립되어 있기에 가능한 것이다. 지금 한반도에는 그 어느 때보다도 평화 분위기가 고조되어 있다. 그러나 앞에서도 말했듯이 불안전한 평화는 언제나 전쟁의 불씨를 내포하고 있다는 사실을 절대 잊어서는 안 될 것이며, 지금은 통일에 대한 보다 성숙한 자세가 필요한 시기이다.

우리 속담에 급할수록 돌아가라는 말이 있다. 모처럼 조성된 남북한 평화 무드를 우리의 조급함 때문에 깨서는 절대

 북파 공작원

로 안 될 것이다. 이미 통일이 되어 단일 민족으로서의 게르만 민족의 저력을 과시하고 있는 통일 독일은 지구상의 최후의 분단 국가인 우리에겐 선망의 대상이다. 그러나 우리는 그들의 통일이 결코 하루 아침에 이루어진 것이 아님을 절대로 간과해서는 안 될 것이다. 더욱이 그들이 통일을 위해 그 동안 들였던 노력에 비교해 볼 때, 우리의 통일 노력은 이제 걸음마 수준도 되지 않음을 직시해야 할 것이다.

분단 반세기를 넘어서 이제 겨우 남과 북의 지도자들이 서로 만났을 뿐이다. 항간에는 북의 어려운 경제 사정을 빌미로 경제 원조를 조금 해 주고 만났다고 하는 무리들이 있는 것도 사실이다. 하지만 지금 우리의 모습을 뒤돌아보면 너무 서두르고 있다는 느낌을 지울 수 없다.

불과 지지난 해만 해도 서해안에서 남과 북한의 해군이 서로 전쟁 일보 직전인 교전(交戰)을 벌였지 않았던가? 그런데 우리 대통령이 북한을 방문한 다음 불과 한 달여 사이에 모든 것이 바뀌고 있다. 우리는 기만에 의하여 전쟁을 수행한다(Byway Of dece ption shaltdowar).

손자 병법을 연상케 하는 정보전을 북한이 취하고 있는 것도 경계해야 할 점이다. 그러니 우리는 오히려 변화의 주체가 되어야 할 북한보다 우리가 변화의 급류를 타고 있다는 조심스러운 경고의 목소리까지 들리고 있다.

더욱이 북한의 변화는 아주 천천히 그리고 조심스럽게 진행되고 있다. 갑작스런 변화는 북한 정권의 몰락까지도 불러올 수 있다.

하지만 갑작스런 변화에 익숙한 우리에겐 북한의 더딘 변화가 다른 의미로 잘못 해석될 수도 있다. 그러나 우리가 진정 원하는 것이 북한 정권의 몰락과 북한의 혼란인가? 그렇지 않으면 상호 협력을 통한 평화 통일인가? 지금은 정부 당국자들의 좀더 여유 있는 자세가 필요한 시기이다. 그리고 한반도 통일에 있어 무엇보다도 가장 중요한 것은 한반도 주변 국가들과의 긴밀한 공조 체제의 유지일 것이다.

남과 북만 원한다 해서 통일이 이루어질 수는 없다. 특히 우리가 원하든 원하지 않든 간에 한반도 통일에 있어 가장 중요한 위치에 있는 미국의 존재를 절대 간과해서는 안 될 것이다. 왜냐 하면 독일 통일에 있어 구 소련의 존재가 결정적인 역할을 했듯이, 한반도 통일에는 미국의 존재가 결정적인 역할을 할 것이기 때문이다.

다시 한 번 강조하지만, 미국이라는 우방이 세계 유일의 최대 강국으로 존재하는 한, 그리고 대한민국의 국력이 현재 일본 정도의 수준으로 성장하지 않는 한 미국과의 불필요한 마찰은 우리에게 유·무형의 불이익으로 되돌아올 것이다. 모처럼의 한반도 평화 분위기와 통일의 희망을 우리의 조급함과 근시안적인 발상으로 저해해서는 안 될 것이다. 왜냐 하면 통일을 생각하기에는 아직 우리의 준비가 미흡하기 때문이다.

남북 이산 가족의 한스런 장벽……. 아니 우리 민족의 통일을 막고 있는 휴전선이 어떤 식으로 만들어졌는가?

언제, 어느 날, 어디서, 어떤 식으로, 누구와의 협상으로 만들어졌는가를 알아보자.

 북파 공작원

휴전선(休戰線). 1950년 6월 25일 새벽을 기하여 북한 공산군이 38도선 전역에 걸쳐 불법 남침함으로써 야기된 6·25 사변이 1953년 7월 27일 22시에 휴전됨으로써 생긴 군사 분계선. 휴전선은 휴전 협정(armistice agreement), 또는 정전(armi - stice)이라는 협정에서 비롯된다. 본래 armistice의 어원을 보면 라틴어 arma(arm)와 institum(interval)이 합친 것이며, 병기 휴식을 뜻한다.

북한 공산군이 1950년 6월 25일에 불법으로 남침하자, 유엔안전보장이사회에서는 당일 북한군에 대하여 침략 행위를 중지하고, 군대를 38도선 이북까지 철수할 것을 요구하였으나, 북한은 이에 불응하였다. 6월 27일에는 리(Lie, T.) 유엔 사무총장이 재차 이를 요구하였으나 불응, 6월 30일 미국 트루먼(Truman, H.S.) 대통령은 한국 동란에 미국 지상군이 참가할 것을 발표, 7월 12일에 워커(Walker, W.H.) 중장이 지휘하는 미국 제8군 사령부가 한국에 설치되어 한국에 주재하는 전 유엔군 및 국군의 작전권을 통합하여 단일 지휘를 하게 되었다.

유엔군은 9월 28일에 수도 서울을 탈환하고 북쪽 국경선 초산까지 북진하였으나, 1950년 10월에 예기치 않은 중공군의 개입으로 유엔 총회는 전쟁의 확대를 방지하기 위하여 12월 14일 '정전 3인단'을 설치할 것을 결의하였다.

총회 의장이 된 이란 대표 엔터잠(Entezam, N.)과 인도 대표 라우(Rau, B.), 캐나다 대표 피어슨(Pear - son, L.B.) 외상이 52 : 2표로 유엔 정전 3인위원회의 대표로 선임되었다.

이 3인단의 임무는 한국에서 만족할 만한 정전의 기초를 결정하고, 이를 총회에 권고하는 것이었으나, 중공 대표와의 회담 교섭에 실패하였다.

오히려 1951년 1월 1일에 중공과 북한이 대규모 공세를 시작하므로 그 해 2월 1일에 유엔 총회는 중공이 한국의 침략자라는 결의를 채택하였다. 전쟁 1년을 맞으면서 1951년 5월 18일, 미국 민주당 상원의원인 존슨(Johnson, E.)은 상원에서,

"유엔군은 38도선으로 철수하며, 북한이 남침을 한 지 만 1년이 되는 6월 25일을 기하여 휴전한다. 그리고 이해 12월 1일 이내로 한국 내의 모든 외국군이 철퇴하자."
라는 휴전안을 발표하였다. 이는 유엔 기구 밖에서 나온 최초의 실질적인 휴전안이었는데, 이 제안에 대해서 소련에서 반응을 나타내기 시작하였다.

즉, 유엔의 말리크(Malik, J.) 소련 대표는 1951년 6월 23일 한국 문제 해결을 위한 휴전을 정식으로 제의해 왔다. 한국의 임시 수도 부산에서는 소련의 화평 제안을 놓고 6월 26일 긴급 국무회의가 소집되었다. 이때 정부는 국토가 양단되고 통일이 없는 휴전안은 어디까지나 반대한다고 결의하였다. 이승만(李承晩) 대통령은 6월 27일 공보처를 통하여 다음과 같은 특별 성명을 발표하였다.

"한국의 국토는 비록 황폐화하여졌으나 우리는 계속 싸울 것이며, 적을 압록강과 두만강으로 몰아낼 때까지 어떠한 유화 정책에도 양보할 수 없다."

이와 때를 같이하여 대한민국 국회에서도 38도선상의 정

 북파 공작원

전을 반대하면서, 38도선의 정전은 곧 자살 행위라고 하였다. 6월 30일 한국 정부는 정전 반대 5개 조건에 대한 성명을 발표하였다.

①중공군의 철퇴 ②북한군의 무장 해제 ③유엔의 침략 원조 방지 ④한국 대표의 국제회의 참석 ⑤한국의 주권이나 영토의 침범을 불법으로 한다는 것 등이다. 6월 30일과 7월 1일에는 38도선 정전을 반대하는 국민 총궐기 대회가 전국에서 열렸다. 1951년 6월 29일 트루먼 대통령은 리지웨이(Ridgway, M.B.) 유엔군 총사령관에게 현지에서 공산측과 휴전 교섭을 할 것을 지시하였다. 이후부터 공산측과의 협상은 어떠한 문제라도 워싱턴 당국의 승낙 없이는 안 된다고 규정하였다.

리지웨이 사령관은 처음 원산 앞바다에 정박하고 있는 덴마크 병원선인 유틸랜디아호(Jutilandia號) 선상에서 회담을 열자고 제의하였으나, 공산측의 반응이 없어 다시 원산 비행장, 개성·임진강 사이의 공로(公路)에서 하자고 계획을 변경, 수립하였다.

7월 1일 중공은 처음으로 리지웨이 사령관의 제의를 수락하면서 회담 장소는 서울에서 서북쪽으로 35마일 떨어진 38도선 이남의 개성을 택하였다. 한편, 공산측은 마치 유엔군이 전쟁에 실패하여 휴전안을 제의해 온 것처럼 선전하면서, 공산군이 전쟁에서 승리한 것으로 선전하였다.

최초의 공산측의 휴전 회의 제의가 김일성과 펑더화이의 이름으로 리지웨이 사령관에 보내졌다. 1951년 7월 8일 개성 내봉장에서 예비 회담을 가지고, 이어서 7월 10일 같은 장소에서 제1차 본회담을 개최하였다. 이 회담의 유엔군 측 대표는 미군의 조이(Joy, C.T) 해군 중장, 크레이기(Craigie, H.I.) 육군 소장, 버크(Burke, A.A.) 해군 소장, 한국군의 백선엽(白善燁) 소장이었고, 공산군 측 대표는 북한의 남일(南日) 대장, 이상조(李相朝) 소장, 장평산(張平山) 소장, 중공군의 덩화(鄧華) 중장, 세팡(謝方) 소장이었다.

유엔군 대표들은 순수 군인 출신이었고, 공산측 대표들은 군사 경력과 함께 정치적 경험을 가진 정치 군인이었다. 1951년 10월 하순, 2개월 만에 휴전 회담은 개성에서 판문점으로 장소가 옮겨졌다. 11월 27일 쌍방은 30일 간의 감정적 군사 분계선을 실제 접촉선으로부터 2킬로미터씩 너비 4킬로미터의 비무장 지대로 설치하는 데 타결을 지었다.

이후 휴전선이 확정되고, 휴전선 감시 기구인 군사정전위원회가 휴전 협정 제2조에 규정되었다. 1952년 5월 22일 유엔군 수석 대표직이 해리슨(Harrison, W.K.)으로 바뀌었고, 매코넬(McConnell, F.C.)이 추가되었으며, 한국군 이한림(李翰林) 준장이 유재흥(劉載興) 소장과 교체되었다. 1952년 10월 8일까지 1년간 200회의 회합과 345시간의 시일을 소비한 휴전 회담을 제안 단계에서 휴전 성립 여부를 기다리게 되었다.

1952년 10월 14일 제7차 유엔 총회에 한국 휴전 문제가 16번째 의제로 채택되었으나, 1953년 4월 14일 10시 30분(한국 시간 4월 15일 0시 30분) 유엔 정치위원회에서 브라질 대표에 의하여 한국의 휴전 협상은 유엔 총회에 상정할 것 없이 현지인 판문점에서 해결짓도록 하자는 결의안이 정식으

 북파 공작원

로 제출되어 만장 일치로 채택되었다. 1953년 4월 11일에 상이포로교환협정이 조인되었고, 한편 국내에서는 1953년 3·1절을 계기로 휴전 반대 운동이 열화처럼 일어나, 5월 말까지 연 7,000회에 달할 만큼 전국에 확산되었다. 이러한 원인은, 첫째 미국이 포로 문제에 대해서 공산군 측에게 일대 양보를 하여 석방이라는 우리 입장을 무시하고 송환을 원하지 않는 포로를 중립국 관리위원회에 이관시키는 것이고, 둘째 중립국 가운데 공산국가와 인도가 한국에 파병된다는 것, 셋째 5·25송환 제안을 하는 데 한국과 협의 한 번 없었다는 점 등이다.

미국은 6월 25일 로버트슨(Robertsonm W.S.) 대통령 특사를 보내어 한미 현안 문제를 논의 한 결과, 한국 정부는 미국의 조건을 받아들여 휴전 협상의 전망은 밝아졌다. 미국의 조건은 ①한미상호방위조약 체결 ②장기적 경제 원조 ③한미 양국은 90일이 경과하여도 성과 없는 경우 정치 회담에서 탈퇴 ④한국군 확장 업무 수행 ⑤정치 회담 개최 전에 한미 고위 회담 개최 등이었다. 이로 인하여 북진 통일과 휴전선에서 중공군을 철수시키려 했던 계획은 수포로 돌아갔다.

한국군 대표는 5월 25일 이후 불참을 선언하고 조인식에도 나가지 않으려고 하였으나, 울분을 느끼는 가운데 7월 27일 10시에 휴전 협정을 지켜보았다. 공산군 측 대표는 김일성·남일·펑더화이였고, 유엔군 측 사령관은 클라크(Clark, M.W) 해리슨이었다. 3년간의 민족 상잔의 피해만 남긴 채 휴전선을 중심으로 중립 지대를 설정하여, 중립국 감시위원단이 조직되어 양측의 휴전 협정 준수와 위반 등을 감시하게 하였다. 한국은 휴전 협정의 체결을 결사 반대하면서 국토와 민족 통일을 유엔군에 호소하였으나, 성과를 얻지 못한 채 분단선인 38도선은 휴전선으로 대치되었다.

휴전 회담

휴전 회담. 한국 전쟁을 평화적 방법으로 해결하기 위하여 유엔군 대표와 공산군 대표가 1951년 7월 10일부터 1953년 7월 27일까지 2년 17일 동안 개성과 판문점에서 협상을 벌인 끝에 3조 63항의 휴전 조인문에 합의, 서명하고, 한국 전쟁을 정전으로 매듭지은 군사 회담.

배경 : 6 · 25사변을 정치적 협상을 통하여 평화적으로 종결짓기 위한 노력은 1951년 7월 10일 휴전 회담이 개시되기 훨씬 전부터 유엔을 중심으로 여러 번 시도되었다. 중공군이 한국 전쟁에 개입한 직후인 1950년 12월에 미국의 트루먼 대통령과 영국의 애틀리(Atlee, C.) 수상이 워싱턴에서 회동하여 6 · 25사변을 평화적인 수단에 의하여 종결짓기로 합의한 것을 계기로, 1950년 12월 14일 유엔 총회에서 3개국 협상단(인도 · 이란 · 캐나다)의 구성안이 통과된 바 있었으나, 공산측의 반대로 결실을 보지 못하였다.

그 뒤 서방 여러 나라의 끈질긴 노력으로 1951년 3월에 정전 결의안이 다시 유엔에 상정되어,

"현 상태에서 즉시 정전한다. 휴전 기간 중 한국 문제를 정치적으로 해결한다. 외국군은 적당한 단계를 거쳐 철수한

 북파 공작원

다. 대만 문제와 중공의 유엔 가입 문제는 미·영·중·소
4개국이 협의한다."
라는 내용의 결의안을 채택한 바 있었으나, 이 역시 중공측
에서,

"협상 결과에 따라 휴전한다. 협상 개시와 동시에 중공의
유엔 가입을 인정한다. 협상 참가국은 미·소·영·프랑
스·인도·이집트·중공으로 하고, 협상 장소는 중공 영토
내로 한다."
라는 내용의 일방적인 주장을 내세워 고집함으로써 무산되
고 말았다. 이러한 우여곡절을 거치는 동안 한국의 전세가
크게 변하여 중공군의 춘계 공세가 좌절되고, 이를 계기로
유엔군이 작전의 주도권을 장악하게 되자, 공산측은 더 이
상 전투를 지속할 능력이 없음을 인식하고 유엔군과의 휴전
협상을 통한 정치적 타협 방법을 모색하게 되었다. 그리하
여 유엔 주재 소련 대표 말리크(Malik, J.) 외무차관은 1951
년 6월 23일 유엔 방송을 통하여 휴전 협상을 제의하였고,
중공도 또한 이 제의에 즉각 동의 의사를 표명함으로써 협
상의 문이 열리게 되었다.

이때 미국은 소련의 휴전 협상 제의를 받아들여, 리지웨이
유엔군 사령관으로 하여금 현지에서 공산군 측과의 휴전 협
상 가능성을 타진하도록 지시하였다. 이에 따라 리지웨이
사령관은 1951년 6월 30일 라디오 방송을 통하여 공산군 총
사령관에게 그들의 휴전 협상 제의를 수락할 용의가 있음을
표명하고, 회담을 원산 앞바다에 있는 덴마크 병원선에서
개최하자고 제의하였다. 이에 대하여 공산측은 그 해 7월 2

일 북경 방송을 통하여 회담 개최에 동의하고, 회담 장소를 개성으로 하자고 제의하였다. 이리하여 1951년 7월 10일부터 개성시 고려동 내봉장(來鳳莊)에서 휴전 협상을 위한 본회담이 열리게 되었다.

협상 과정

1951년 7월 10일 쌍방 대표의 상견례에 이어, 그 해 7월 11일부터 본격적인 휴전 회담에 들어갔다. 유엔군 측은 협상 의제의 채택, 군사 분계선의 설정, 휴전 감시 방법 및 그 기구의 설치, 전쟁 포로에 관한 문제 등 휴전에 선행되어야 할 순 군사적인 문제만을 다루자고 주장한 데 대하여, 공산군 측은 쌍방이 적대 행위를 즉각 중지하고 38도선을 군사 분계선으로 설정하는 문제와, 한반도로부터의 외군 철수 문제를 우선적으로 토의하여야 한다는 정치적 주장만을 앞세움으로써 좀처럼 해결의 실마리를 찾지 못하다가, 협상 개시 16일 만인 7월 26일에야 쌍방은 다음과 같은 협상 의제와 토의 순서에 합의하였다. 즉, 의제Ⅰ 협상 의제의 채택, 의제Ⅱ 군사 분계선의 설정, 의제Ⅲ 휴전 감시 방법 및 그 기구의 설치, 의제Ⅳ 포로 교환에 관한 협정, 의제Ⅴ 쌍방의 당사국 정부에 대한 건의 등에 합의하였다. 1953년 7월 27일 휴전이 정식으로 조인되기까지 쌍방이 각 의제에 합의한 일정과 주요 내용은 다음과 같다.

1951년 7월 17일에 시작된 의제 제Ⅱ항 군사 분계선의 설정에 관한 협상은 현 접촉선을 군사 분계선으로 하자는 유엔측의 주장과 38도선을 군사 분계선으로 설정하여야 한다는 공산측의 주장이 팽팽하게 맞서 회담이 교착되었다. 그러는 동안 공산군 측이 회담협의 사항을 무시하고, 무장한 중공군 병사들을 회담 지역 내로 행진시키거나, 유엔군 항공기가 개성을 폭격하였다고 트집을 잡는 등 회담을 고의적으로 지연시키면서 전세를 만회하는 데만 주력하자, 유엔군 측은 1951년 9월 27일 회담 장소를 다른 곳으로 옮길 것을 제안하는 한편, 회담을 유리하게 이끌어나가기 위하여 전 전선에 걸쳐 군사적인 압력을 가하기 시작했다.

전세가 불리하게 된 공산군 측은 1951년 10월 22일 판문점에서 회담을 재개하자고 제안하고, 그 해 10월 23일에는 군사 분계선을 쌍방 군대의 현 접촉선으로 하자는 유엔군 측의 제안에 동의하면서,
"군사 분계선의 설정에 관한 조항을 쌍방이 합의할 경우 즉시 휴전을 실시하자."
라고 요구하였다. 유엔군 측이 공산군 측의 이 제안을 수락함으로써 1951년 11월 27일 군사 분계선의 설정 협정이 조인되었다. 그 요지는 ①휴전 협정이 조인될 때까지 전투를 계속한다. ②현 접촉선을 군사 분계선으로 하고, 이를 중심으로 남북으로 각각 2킬로미터씩 4킬로미터의 비무장 지대를 설치한다. ③상기의 군사 분계선 및 비무장 지대는 30일 이내에 휴전 협정이 조인될 경우에 한하여 유효하다. ④만일 30일 이내에 휴전 협정이 조인되지 않을 경우에는 군사 분계선은 휴전 협정이 조인될 당시의 접촉선으로 한다는 것 등이었다. 그러나 12월 27일까지의 임시 휴전 기간 중 휴전

협정 조인은 고사하고, 아무런 협정도 성립시키지 못하여 결국 전쟁은 계속되었다.

의제 Ⅱ항에 합의한 의제 Ⅲ항의 휴전 감시 방법과 그 기구의 설치 문제에 관한 협상에 들어갔으나, 협상이 지연되자 시간 절약을 위하여 의제Ⅳ항 포로 교환 문제와 의제 제Ⅴ항 쌍방의 당사국 정부에 대한 건의 문제를 병행하여 토의하기로 하였다. 의제 제Ⅲ항 휴전 감시 방법 및 그 기구의 설치에 관한 협상은 1951년 11월 28일에 시작되었으며, 협상의 주요 내용은 휴전 후 군사력 증강의 규제와 중립국 감시위원회의 구성에 관한 것이었다. 첫째 문제는 주로 휴전 후 한반도 외부로부터 병력 및 전투 장비의 반·출입을 규제하는 문제로서, 쌍방은 1952년 2월 23일 휴전 후에도 계속 한반도 내에 주둔하게 될 외국군의 병력 교체를 고려하여 월 3만 5000명의 병력이 한반도를 출·입국할 수 있도록 인정하는 선에서 합의하고, 1952년 3월 20일에는 병력 및 전투 장비 출입국 규제에 관한 협정 내용의 준수 여부를 감시하기 위하여 쌍방은 남북한 각 5개의 감시 대상 항구를 지정하였다.

공산군 측은 신의주·신안주·만포진·함흥·청진으로 지정하고, 유엔군 측은 부산·인천·강릉·군산·대구로 정하였다. 둘째, 중립국 감시위원회의 구성에 있어서는 유엔군 측이 중립국의 수를 쌍방이 각각 2개국씩 지명하는 4개국 안을 제안한 데 대하여 공산군 측은 양측이 각각 3개국씩 지명하는 6개국으로 하고, 그 가운데 반드시 소련을 포함시킬 것을 주장하였다. 이에 대하여 유엔군 측은 한국 전쟁의 주범으로 단정하고 있는 소련을 중립국으로 받아들일 수 없다고 주장하였다.

이리하여 의제 제Ⅲ항에 대한 협상은 교착 상태에 빠졌으나, 1952년 5월에 재개된 본회의에서 공산군 측이 유엔군 측 제안을 수락하여 5월 7일 쌍방은 공산군 측이 지명한 폴란드와 체코슬로바키아 2개국과, 유엔군 측이 지명한 스웨덴과 스위스 2개국 등 4개 중립국으로 휴전감시위원회를 구성하는 데 합의하였다. 의제 제Ⅴ항 쌍방의 당사국 정부에 대한 건의에 관한 협상은 1952년 2월 7일부터 시작되었으나, 토의가 시작된 지 11일 만인 그 해 2월 17일에 쌍방이 합의함으로써 쉽게 타결되었다. 즉, 한국 문제의 평화적 해결을 보장하기 위하여 쌍방의 군사령관은 쌍방의 관계 각국 정부에 휴전 협정이 조인되고 효력을 발생한 뒤 3개월 내에 각기 대표를 파견하여 정치 회담을 소집하고, 한국으로부터 모든 외국군의 철수와 한국 문제의 평화적 해결 등의 제 문제를 협의할 것을 건의한다는 것이었다.

의제 제Ⅳ항 포로 교환 문제는 의제 제Ⅲ항과 병행 토의하기로 하였는데, 이는 비교적 쉽사리 타결될 것으로 생각하였기 때문이었다. 그런데 이들 포로의 처리 문제를 둘러싸고 회담은 의외로 난항을 거듭하였다. 유엔군 측은 포로 개개인의 자유 의사에 따라 한국·북한·중공, 또는 대만을 선택하게 하는, 이른바 '자유 송환 방식'을 주장한 데 대하여, 공산군 측은 모든 중공군과 북한군 포로는 무조건 자기 고국에 송환되어야 한다는, 이른바 '강제 송환 방식'을 고집하였다.

이로 인하여 1952년 2월 27일부터 약 2개월 동안 협상이 중단되었다. 쌍방이 각기의 주장을 굽히지 않은 것은, 유엔군 측에서 본다면 공산군 측의 주장대로 강제 송환을 한다는 것은 이제까지 주장해 온 인도주의와 자유주의를 스스로 포기하는 것이 될 뿐 아니라, 한국 전쟁 개입의 명분에도 어긋나는 것이었다.

한편, 공산군 측의 입장에서 만일 포로의 일부가 귀환을 거부하게 되면 침략자(유엔군)를 격파, 추방하여 남한을 해방시킨다는 이른바 '정의의 전쟁'이라는 기치가 퇴색될 것이고, 장병 간에도 전쟁의 목적에 의구심을 가지는 자가 발생할 우려가 있었기 때문이었다. 이와 같이 포로 교환 문제는 민주주의와 공산주의의 이데올로기의 대립 그 자체를 의미하는 것이었다. 여기에 부가하여 공산군 측이 자유 송환에 극력 반대한 것은 1952년 4월 10일 유엔군 사령부가 공산군 포로들을 대상으로 조사를 실시한 결과, 공산군 포로 약 17만 명(민간인 억류자 포함) 가운데 10만 명의 포로가 자유 송환을 원하고 있는 것으로 나타났기 때문이다.

이리하여 공산군 측은 포로 교환에 관한 문제로 휴전 회담이 교착될 때마다 회담을 유리하게 끌고 나가기 위하여 포로 수용소 내에서 계획적인 폭동을 일으키도록 조종하였는데, 그 가운데 가장 큰 사건은 1952년 3월 소련 수상 스탈린(Stalin, J.)이 급사하자 공산군 측은 회담을 서두르지 않을 수 없게 되었다.

그리하여 휴회 6개월 만인 1953년 4월 16일 공산군 측의 요청에 따라 휴전 회담이 재개되어, 그 해 4월 20일부터 26

 북파 공작원

일 사이에 먼저 부상당한 포로를 쌍방간에 교환하고, 그 해 6월 8일에는 그 동안 난항을 거듭하던 본국 송환을 거부하는 포로 처리 방법에 합의함으로써 1년 반 동안이나 끌어오던 의제 제Ⅳ항 포로 교환 문제가 마침내 해결되었다. 다음날부터 쌍방은 휴전 협정을 체결하는 데 먼저 해결해야 할 마지막 남은 문제들, 즉 군사 분계선의 확정, 휴정 협정 조인 일자, 비송환 포로의 인도지역에 관한 문제들의 토의에 들어갔다.

그런데 이 회담이 진행 중이던 1953년 6월 18일 유엔군 측이 억류 중이던 반공 포로 2만 7000여 명을 한국 정부가 일방적으로 석방시킨 사건이 일어났다. 이 사건을 구실로 공산군 측은 또다시 회담을 중단시켰으나, 유엔군 측이 한국군으로 하여금 휴전 협정을 준수하도록 보장하겠다는 것을 공산군 측에 확약함으로써 회담이 재개되었다.

그리하여 7월 22일에는 군사 분계선이 확정되고, 7월 23일에는 비송환 포로들을 비무장 지대에서 중립국 송환 위원단에 인계하였으며, 7월 27일에는 판문점에서 휴전 협정에 조인하기로 합의가 이루어졌다. 1953년 7월 27일 오전 10시 제159차 본회의에서 유엔군 수석대표 해리슨(Harrison, W. K.) 중장과 공산군 측 대표 남일(南日)이 3통의 휴전 협정서와 부속 협정서에 각각 서명한 뒤 클라크 유엔군 사령관, 북한군 총사령관 김일성, 중공의용군 총사령관 펑더화이는 각각 그의 후방 사령부에서 휴전 협정서에 서명하였다.

그러나 대한민국 대표는 최후까지 휴전에 반대한다는 의미에서 끝내 본 휴전 협정서에 서명하지 않았다. 이리하여

1951년 7월 10일에 개시된 휴전 회담이 만 2년 17일 만에 타결됨으로써 1950년 6월 25일 새벽 4시에 북한군이 불법 무력 남침을 개시한 지 만 3년 1개월 2일 만에 6·25사변은 휴전으로 매듭짓게 되었다.

민족간에 저질러졌던 한국 전쟁은 미완의 전쟁으로 끝나고, 다시 적화 통일을 꿈꾸는 북의 망상을 저지하기 위하여 우리는 인간 병기가 되어 또 다른 전쟁, 우리들만의 전쟁을 하였다.

신체 장애를 입어 더러는 정신 이상자가 되고 말았다. 정부에서는 임무가 끝난 뒤 보다 나은 삶의 질을 보장하겠다는 약속을 지키지 않아 그들은 특수 신분이었기에 사회에서 온갖 불이익을 당하고, 그들만의 전쟁을 하고 있다.

누가 이들에게 손가락질을 할 수 있는가? 그들은 모두가 국가 유공자다. 그러나 실체 없는 부대원들은 유공자에서 누락되어 있다. 그러면 국가 유공자는 어떠한 분들이며, 어떠한 절차에 의하여 결정되는가?

대부분의 국가는 국가와 민족을 위해 공헌하거나 희생한 분들과 그 유족 또는 가족들의 예우와 안정된 생활을 보장하기 위한 보훈 프로그램을 가지고 있으며, 우리 나라도 예외는 아니다. 특히 어떤 범위의 사람들을 특별한 공헌과 희생이 있는 사람들로 보아 국가 유공자로서 예우하고 보상하도록 결정하느냐 하는 것은 보훈 제도의 초석이라 할 수 있겠으며, 국민들로 하여금 애국심의 귀감으로 삼아 민족 정기를 선양하게 하려는 국가의 책무와도 직결된다.

이에 현재 국가 유공자로 예우받고 보상받는 분들은 누구이며, 어떠한 절차를 거쳐 결정되는가에 대하여 국가 유공자의 대다수를 차지하고 있는 전·공상(戰·公傷) 군경을 중심으로 살펴보고자 한다.

국가 유공자 등의 범위 안에 반드시 북파 요원을 등재시켜야 할 것이다. 그래야 그들만의 전쟁을 끝낼 수 있다.

우리 나라는 광복에 뒤이은 사회 혼란기의 좌·우익의 이념 대결 과정에서 1945년의 대구폭동, 1948년의 여순반란사건 및 군사 접경 지역에서의 소규모 접전 등으로 군경 희생자가 발생하였고, 1950년 6·25전쟁으로 인해 많은 전쟁 희생자들이 발생하여 이들에 대한 국가적인 대책이 절실히 요청되었으며, 이에 따라 1950년 군사원호법 제정을 효시로 상이군경과 전몰군경유족 위주로 원호 업무가 시작되었다. 즉, 1961년 군사원호청이 창설되기 전까지는 군인 또는 경찰관으로서 전·공상을 당한 경우를 원호 대상으로 하였으며, 군경과 행동을 같이하다가 전투 중 사상을 입은 청년단, 향토방위대·소방관·의용소방관 기타 애국 단체원 등을 이에 준하여 원호하도록 하였다.

그러나 1961년 8월 15일, 국무총리 소속하의 원호 전담 기구인 군사원호청의 설치와 1960년대 이후의 경제 발전 과정에 발맞추어 국가 유공자의 범위도 확대되고 다양화되었으며, 오늘날 예우와 보상을 받도록 되어 있는 국가 유공자는 일제의 국권 침탈기에 조국 광복을 위해 공헌한 분을 비롯하여, 국토 방위와 국가 발전을 위하여 크게 공헌하거나 희생한 분들로 대략 다음과 같이 나누어 볼 수 있다

첫째, 일제의 국권 침탈 전후로부터 1945년 8월 14일까지 국내외에서 일제의 국권 침탈을 반대하거나 독립 운동을 하기 위하여 항거하다가, 그 항거로 인하여 순국하거나 항거한 사실에 대한 공로로 건국훈장을 받은 순국 선열과 애국 지사가 있다.

둘째, 국토 방위를 위해서 희생되었거나, 특별한 공헌을 한 사람으로는 전투에 참가하여 희생된 전몰 군경과 전상 군경이 있고, 국방 또는 치안 임무 수행 중 희생된 순직 군경 및 공상 군경이 있으며, 국방 임무 수행 중 뚜렷한 공헌을 하여 무공훈장 또는 보국훈장을 받은 사람과, 6·25전쟁 당시 일본에 거주하여 전쟁의 직접적 피해 우려가 없었음에도 고국에 돌아와 자진 참전한 6·25 참전 재일 학도 의용군인 등이 포함된다.

셋째, 국민의 기본권을 찾기 위한 순수한 동기에서 4·19 혁명에 앞장 선 4·19혁명 사망자와 4·19혁명 부상자, 공무 수행 중 사상자로서는 공상 공무원과 순직 공무원이 있으며, 이 밖에도 공무와 관련하여 상이를 입거나 사망한 전투 경찰 대원, 교정 시설 경비 교도대원, 향토예비군 대원, 민방위 대원 등도 국가 유공자 등 예우 및 지원에 관한 법률에서 정한 보상을 받도록 규정되어 있는 등 그 범위는 광범위하다.

국가 유공자 등의 등록 절차에는 근간에 민주화 운동을 한 사람도 법안이 통과되었다. 대북 특파 요원들은 총을 들고 사선을 넘나들며 단 하나뿐인 목숨을 버릴 각오로 국가의 부름에 말없이 응했다. 지옥 훈련을 받으면서 인권 유린을 당한 채도 말이다.

돌을 들고 민주화 운동을 한 사람과 총칼을 들고 나라를 위해 3년간 봉사한 사람과 어느 쪽이 국가를 위하여 더 많은 헌신을 하였는가? 지금 우리는 생각해 보아야 할 것이다.

국가 유공자, 그 유족 또는 가족이 되고자 하는 자는 국가 유공자 등 예우 및 지원에 관한 법률과 동 법률 시행령이 정하는 바에 따라 주소지를 관할하는 보훈청장에게 구비 서류를 갖추어 등록을 신청하여야 하며, 이의 신청을 받은 관할 보훈청장은 국가 유공자 등의 요건에 해당하는지 여부에 대해 보훈심사위원회의 심의·의결을 거쳐 결정한 뒤 그 결과를 당사자에게 통보한다.

국가 유공자로 등록된 국가 유공자에게는 대상에 따라 보상금을 비롯한 교육·의료·취업·주택·생업 자금 대부 등 영예로운 생활 보장을 위한 각종 지원이 이루어지며, 무공·보국 수훈자, 공상·순직 공무원 등 일부 대상자에게는 보상금이 제외된다

그러나 군인 및 경찰공무원, 공무원으로 재직 중 상이를 입거나 사망한 자가 등록을 신청하는 경우에는 소속하였던 기관의 장, 즉 군인의 경우 국방부장관의 위임을 받은 각군 참모총장, 경찰 공무원 및 전투 경찰의 경우에는 경찰청장 또는 해양경찰청장, 기타 공무원의 경우에는 행정자치부장관의 위탁을 받은 공무원연금관리공단 이사장이 국가 유공자 등의 요건과 관련된 사실을 병상 일지 등 객관적인 자료를 근거로 확인하여 국가 보훈처장에게 통보하도록 되어

있으며, 이를 접수한 국가보훈처 보훈심사위원회는 국가 유공자 등의 요건에 해당되는지 여부에 대해 심의·의결 후 주소지 관할 보훈청장에게 통보하면 관할 보훈청장은 국가 유공자 요건 해당 여부에 전몰·상이 군경 등의 요건 속에 포함시켰다. 특수 부대원은 전역 후 대다수 정신적 장애를 입고 있다.

사회적 적응을 못 하여 대인 관계도 기피하는 사람이 있다고 하였다.

◨ 전몰군경 :

● 군인 또는 경찰 공무원으로서 전투 또는 이에 준하는 직무 수행 중 사망한 자

● 군무원으로서 1959년 12월 31일 이전에 전투 또는 이에 준하는 직무 수행 중 사망한 자

◨ 전상군경 :

● 군인 또는 경찰 공무원으로서 전투 또는 이에 준하는 직무 수행 중 상이를 입고 전역(퇴역·면역 또는 상근 예비역 소집 해제를 포함) 또는 퇴직한 자(군무원으로서 1959년 12월 31일 이전에 전투 또는 이에 준하는 직무 수행 중 상이를 입고 퇴직한 자를 포함)로서 그 상이 정도가 국가보훈처장이 실시하는 신체 검사에서 대통령령이 정하는 상이 등급에 해당하는 신체의 장애를 입은 것으로 판정된 자

 북파 공작원

■ 순직군경 :

● 군인 또는 경찰 공무원으로서 교육 훈련 또는 직무 수행 중 사망한 자(공무상의 질병으로 사망한 자 포함)

■ 공상군경 :

● 군인 또는 경찰 공무원으로서 교육 훈련 또는 직무 수행 중 상이(공무상의 질병을 포함)를 입고 전역 또는 퇴직한 자로서 그 상이 정도가 국가 보훈처장이 실시하는 심체 검사에서 대통령령이 정하는 상이 등급에 해당하는 신체의 장애를 입은 것으로 판정된 자

■ 순직공무원 :

● 국가공무원법 제2조 및 지방공무원법 제2조에 규정된 공무원(군인 및 경찰공무원 제외)과 공무원연금법시행령 제2조의 적용을 받는 직원으로서 공무로 인하여 사망한 자(공무상의 질병으로 인하여 사망한 자 포함)

■ 공상공무원 :

● 국가공무원법 제2조 및 지방공무원법 제2조에 규정된 공무원(군인 및 경찰 공무원 제외)과 공무원연금법시행령 제2조의 적용을 받는 직원으로서 공무로 인하여 상이(공무상의 질병 포함)를 입고 그 상이 정도가 국가 보훈처장이 실시하는 신체 검사에서 대통령령이 정하는 상이 등급에 해당하는 신체의 장애를 입은 것으로 판정된 자에 대해 결정한 후 당사자에게 통보한다. 다만, 상이(傷痍)를 입은 자의 요건을 갖

춘 자는 서울 지방 보훈청을 비롯한 전국의 5개 지방 보훈청과 춘천 보훈 지청에서 실시하는 상이 등급 판정을 위한 신체 검사를 받아야 되며, 관내 국군 병원 1급 1항 내지 6급 2항의 상이 등급에 해당하는 신체의 장애를 입은 것으로 판정되어야 국가 유공자로 결정되며, 상이 등급 판정을 받지 못하면 국가 유공자로 결정되지 못한다.

또한, 군인 또는 경찰 공무원 등으로 재직 중 공무와 관련하여 사망한 자의 유족과, 상이를 입고 전역 또는 퇴직한 분들이 상당 기간 경과 후 국가 유공자 등이 되고자 신규로 신청하는 경우, 과거에는 소속하였던 기관의 장에게 '전공사상(戰公死傷) 확인 신청서'를 제출하여 그 사실이 인정되어야만 관할 보훈청에 등록 신청이 가능했던 제도를 1999년 3월부터는 이를 개선하여 소속하였던 기관의 장에게 전공 사상 확인 신청을 직접 하지 않고도 관할 보훈청장에게 등록 선청서와 함께 전공 사상 확인 신청서를 함께 제출하는 경우에도 등록 신청이 가능하도록 하여, 그 동안 민원인이 시간적·경제적으로 불편을 겪어야만 했던 것을 해소함으로써 민원인 편의 위주의 제도로 전환되었다. 즉, 이 경우에는 당해 보훈청에서 소속하였던 기관의 장에게 전공 사상 요건 관련 사실을 직접 확인 요청하여 관련 서류를 통보받은 뒤 위의 절차에 따라 국가 유공자 해당 여부를 결정하게 된다.

이상에서 본 바와 같이 오늘날 우리 나라의 보훈은 상이 군경 및 전몰군경 위주의 원호에서부터 출발하여 국가 유공자들의 공훈에 대한 예우와 선양의 문제로 점차 확대되어

왔다. 그러나 그 기본은 어디까지나 국가를 위한 공헌과 희
생에 대한 보상의 차원에서 이루어졌다고 볼 수 있으며, 남
북 대치라는 특수 상황 속에서 살아가는 우리들에게 있어서
국가 유공자들의 숭고한 애국 정신을 본받아 나라 사랑하는
마음을 가질 때 진정한 보훈 이념이 실현될 수 있을 것으로
본다.